JIEDAI MIJU
借贷迷局

翁华杰　著

中国检察出版社

图书在版编目（CIP）数据

借贷迷局／翁华杰著. —北京：中国检察出版社，2016.8

ISBN 978 - 7 - 5102 - 1698 - 5

Ⅰ. ①借… Ⅱ. ①翁… Ⅲ. ①长篇小说 - 中国 - 当代 Ⅳ. ①I247.5

中国版本图书馆 CIP 数据核字（2016）第 166534 号

借贷迷局

翁华杰 著

出版发行：中国检察出版社

社　　址：北京市石景山区香山南路 111 号 （100144）

网　　址：中国检察出版社 （www. zgjccbs. com）

编辑电话：(010)68658769

发行电话：(010)88954291　88953175　68686531

　　　　　(010)68650015　68650016

经　　销：新华书店

印　　刷：保定市中画美凯印刷有限公司

开　　本：710 mm×960 mm　16 开

印　　张：17.5

字　　数：265 千字

版　　次：2016 年 8 月第一版　2016 年 8 月第一次印刷

书　　号：ISBN 978 - 7 - 5102 - 1698 - 5

定　　价：45.00 元

自　序

　　多年来很想把自己从事几十年民商事审判办理的一些案例和体会写成小说，将抽象的法律规范，通过形象思维的方式，来表达作为一个法律人对自己经历过的人与人之间的社会关系中发生的法律现象作粗浅的说明。以下的故事，是许多法官、律师和当事人经历过的其中的一个视角，现记载于此。

　　这里的故事和人物都是虚构的，本人想通过小说的形式，反映当下社会经济生活中发生的一些内容。首先，这是司法人员亲身体验经历过的现象；其次，作者试图通过这个故事，反映当下社会经济生活中所发生的法律关系，与大家共同探讨和分享其中的内容；最后，所写的内容可能存有不足或偏差，希望能够宽容理解，这是小说，所谓真实的内容毕竟离不开虚构和想象。

　　本人在青少年时期很喜欢文学，也曾经做过当作家的梦，但是一直未能实现。长期在基层法院的工作经历，使我深刻体会到民事诉讼活动的复杂和艰辛，作为审判员，在民事诉讼中承担着极其繁重的工作任务，在实施法律为实现社会公平正义这个天平上接受考验和磨炼，虽说没有惊天动地轰轰烈烈的业绩和发财致富的机会，但在平实和清净中可以找到其闪耀的亮点。民事法律规范是调整平等主体之间所发生的社会关系（财产关系和人身关系）的行为规则。由于自己的文学造诣和写作水平有限，在此不能尽情地表述当今社会改革中法律规范在调整社会关系过程中丰富精彩的内容和面貌。基于法官的求真职业思维，所写的基本上是现实生活真实而实际的内容，缺少进行艺术加工的水平和能力，可能不能满足朋友们的阅读要求，但我毕竟花了很长的时间和很大的精力。衷心希望朋友们能对我的作品提出宝贵的指正和批评意见，使我能在这紧迫的时间内，带着心中的美好希望和祝愿，写出更多的篇章，献给朋友们，以尽自己的一份力！

翁华杰

2016 年 3 月 25 日

目录

第一章

虚　实

　　2013 年 12 月 6 日下午，位于东海之滨的蓬山县人民法院 15 号法庭内，正在开庭审理一起民间借贷纠纷案。这是一个为审理简易民事纠纷案而设置的小型法庭，尽管空间不大，那整洁、肃静的场面，让人感受到司法机关的庄重气氛和权威。这里有庄严的国徽，还有审判席，原告、被告席，在进门的两侧摆放着整齐的两排听众席。

　　这起看似很简单的民事纠纷案件，立案后以简易程序审理，由审判员杨忠独任审判。他 45 岁左右的年龄，中等个头，白净的脸，浓黑的眉毛下面有一双深邃的眼睛，穿着法袍，显示出严谨、沉稳的形象，坐在审判席上增添了法庭庄重的气氛。

　　近年来，杨忠审理每一起民间借贷纠纷案，都很认真谨慎，因为这里面涉及的人员范围广，证据认定难度大。有的看似简单，但当事人和律师会提出很多证据和相关的事实予以相互对抗。资金往来繁多，借款形式多样化，借款发生的关系复杂化是审理民间借贷纠纷案件的其中一个难点。

　　本案的当事人：

　　原告：王彩凤，女，1959 年 9 月 3 日出生，汉族，退休职员，住蓬山县岸东街道东湖小区 25 幢－1 号。

　　被告：胡平，男，1981 年 11 月 2 日出生，汉族，蓬山中发投资咨询有限公司总经理，住蓬山县南溪街道创兴路 82 号玫瑰小区。

二

　　原告王彩凤凭一份由被告胡平出具的借条向法院起诉。她没有亲自到庭参加诉讼，而是由她的特别授权委托代理人钱益取律师出庭参加诉讼。钱益取在原告代理人席位上看了一眼自己写的不到 100 个字的诉状，向法庭陈述诉讼请求，事实和理由："判令被告偿还原告借款100万元，并支付约定的利息，按银行同期贷款利率的四倍计算到本金付清之日止。"

被告胡平和他的委托代理人陈其律师一起，在被告席上略带微笑。

被告方在庭审前并没有事先作书面答辩，也没有提供相关证据，而是在简易程序的庭审中口头答辩并提供证据。陈其律师以底气十足的神态，蛮有把握地陈述答辩意见："请求法庭驳回原告的诉讼请求。"理由是："被告已经还清了原告的100万元借款，原、被告在借款中并没有约定利息。"

在双方当事人举证中，原告方只提供了被告出具的一份借据，文字载明：

今借到王彩凤人民币壹佰万元（100万元）。

具借人：胡平

2008 年 12 月 21 日

在借据中并没有反映利息的内容，也没有约定借款的归还日期。

原告代理人钱益取向法庭陈述道："被告出具的借条，证明被告向原告借款后，并没有偿还，也没有按约定支付利息。这里要向法庭说明一个问题，双方当事人在借据中并没有写明约定的利息和借款期限，但口头约定，月利率为3%，借款期限3个月，在实际履行过程中，被告曾支付过利息。"

被告提供的证据是10份银行汇款凭证，由胡平通过自己的银行卡，先后10次汇入王彩凤的银行账户。陈其律师顺便向法庭作陈述："这10次汇款共计100万元，由被告汇到原告的银行账户。第一次2009年1月2日汇入30万元；后来在2009年4月21日汇入3万元，以后在每月底汇入3万元至2009年9月21日，连续汇入5笔，共计15万元；2010年7月30日汇入30万元；2011年1月18日汇入15万元；2013年8月20日汇入5万元；2013年11月2日汇入5元，这10份银行汇款凭证全部金额正好是100万元。"对此，陈其还专门列了一份表格与银行汇款单一起提供给法庭。

4

胡平归还王彩凤 100 万元借款明细账单

编号	日期	归还金额
1	2009 年 1 月 2 日	30 万元
2	2009 年 4 月 21 日	3 万元
3	2009 年 5 月 21 日	3 万元
4	2009 年 6 月 25 日	3 万元
5	2009 年 7 月 30 日	3 万元
6	2009 年 8 月 22 日	3 万元
7	2010 年 7 月 30 日	30 万元
8	2011 年 1 月 18 日	15 万元
9	2013 年 8 月 20 日	5 万元
10	2013 年 11 月 2 日	5 万元
合计		100 万元

　　杨忠在审判席上查看着被告提供的证据。凭其多年从事民商事审判以及近几年审理民间借款纠纷案的经验，他已经明白，本案原、被告双方都在故意避开某些对自己不利的事实，而是提供部分对自己有利的证据。在通常情况下，原告将 100 万元资金无息出借给被告的可能性不大，应该有利息，但被告出具的借条为什么没有写上借款期限和利息？借款以后立即返还原告 30 万元是什么原因？以前杨忠在审理民间借贷纠纷案时，也遇到过类似的案情，这里真真假假、虚虚实实的猫腻很多，作为审判员在审理案件中，要查清案情，不能凭主观想象，需要依当事人举证后对案情的陈述来分析判断。如果本案在开庭前，预先由法官对当事人进行谈话，了解案情，那么法官可能会从中知道其中的某些事实和原因，如原、被告之间到底是什么关系？原告王彩凤是否以出借资金营利作为第一职业或第二职业等，也有可能会对尽快解决纠纷提供依据。

　　杨忠查看完被告提供的证据后，示意书记员将证据原件及副本交给原告委托代理人钱益取质证。钱益取仔细看了被告提供的 10 份银行还款凭证后，在质证过程中显得很沉稳。他提出质证意见："对被告方提供的10份银行汇款凭证的真实性并无异议！但是这不能证明被告已经还清了原告的100万元借款，因为原告持有借据，这是原告向被告主张债权的有效凭证。如果被告已经还清原告的100万元借款，原告应当将借据还给被告。这份银行汇款单，其中从2009年4月21日汇入3万元，以后在每月底连续汇入3万元，恰好印证了借款的月利率为3%，每月3万元的事实。"接着立即向法庭提出要求："尊敬的审判员，由于被告事先没有把证据副本提交法庭送达给原告，被告方在庭审中搞突然袭击，请求法庭将被告的证据副本交付原告后，由原告予以核实，以便原告提供相关的反驳证据，以查清本案的事实真相。"

对原告代理人钱益取提出的请求，杨忠认为，在民事诉讼中原、被告的诉讼地位是平等的，原告在起诉时提供的证据副本已经送达被告并有法定的答辩期限，被告提供证据，也应当送达原告，给予相应的抗辩反驳准备期限。但被告却在开庭时突然提出答辩意见并提供有关证据，使原告没有适当的准备时间。于是杨忠当庭表示："本案今天以简易程序审理，由于被告方在开庭前没有提交证据副本，在庭审中提供的证据，需要原告方做核实准备，法庭采纳原告代理人的意见。根据民事诉讼法以及《最高人民法院关于民事诉讼证据的若干规定》的规定，双方当事人可以协议举证期限，为查明本案事实，双方当事人应如实地陈述案情，提供证据并在举证期限内将证据副本提交法庭。"并询问双方是否协商举证期限。

原告代理人钱益取先提出："原告要求本案的举证期限从今天起，在15日内完成。"被告代理人陈其表示同意。杨忠在法庭上当即作出决定："根据原、被告的举证协议。本案举证期限为，今日起15日内，即至12月21日止，法庭予以认可。双方当事人应当在举证期限内向人民法院提交证据材料。"杨忠本想询问双方当事人有关本案事实，如被告既然还清了借款，为什么没有向原告收回借条？原告出借给被告100万元后，为什么被告立即返还原告30万元？但考虑到原告代理人钱益取律师已经提出要对被告的证据进行核实后再提供证据，也只能等到原告提供新的证据后再进一步的核查。因而，杨忠也没有向双方询问这些内容。他作了启发性的简单小结："根据刚才庭审中原、被告对案件事实的陈述以及提供的证据，双方对各自提供的证据真实性并无异议，被告承认收到原告的 100 万元借款，提出已经全部还清。原告以持有借据为由主张 100 万元债权及利息，但在借条中并没有写明利息，也没有提供相关的证据证明借款利息以及利率。双方当事人在举证期限内，应提供更为充足、符合客观事实的证据。对刚才法庭归纳的内容有什么异议?"原、被告均表示无异议。

杨忠敲响了法槌宣布休庭。

第二章

分赃谋划

三

钱益取律师在休庭离开法庭后，立即与王彩凤通了电话，把庭审情况向王彩凤作了简要的说明。王彩凤约他马上到附近的天灿茶馆商量对策，并一起在茶馆吃晚饭。

已经50多岁的钱益取律师原来是个中学语文教师，爱好法律，在20世纪80年代就会代写诉状。1991年通过了律师资格考试，1992年自己要求调到蓬山律师事务所当律师，算是自学法律成才，半路出家的法律人才。与王彩凤通了电话后，他从法院径直向天灿茶馆快步走去，因为到那里路途并不远。他那矮胖的身子，黝黑的皮肤，人头圆脸，显得十分健壮，走路的节奏较快，看上去不像是教师出身的律师，而像个在过去流行叫"跑外勤的"（商品推销员）。钱律师代理民商事诉讼案件有他独特的一面，在蓬山县律师界内做得业务算是上等的。他善于同对方沟通协商调解，不钻牛角尖，喜欢用简单的方法解决复杂的法律问题，调查取证也有点方法。就拿王彩凤与胡平这个借贷纠纷案件来讲，钱益取在接受代理这个案件时，王彩凤对他讲过，她与胡平的借款关系不止发生一笔，双方通过银行的资金往来有好多笔，胡平汇款给王彩凤很多次，据王彩凤讲那是胡平支付给她的利息，而本金并未偿还，利息尚未付清。可是胡平出具的那份借条上，并没有约定利率，如果在诉讼中胡平不承认借款有利息，那么，法官就可能以借据记载的文字为依据，对让胡平支付利息的请求不予支持。钱益取当时经考虑认为，还是以胡平出具的借条为依据进行诉讼，把复杂的问题简单化，看看胡平在法庭上怎么答辩。借条是债权的凭证，可能胡平就以借条为准接受调解。按钱益取自己的说法，就是以这样的诉讼方法进行火力侦察。他对胡平的委托代理人陈其律师在法庭上答辩和提供的证据，已经有准备，所以在庭审中对此并不感到惊讶。

钱益取走到了天灿茶馆门口，马上拨通了王彩凤的电话，王彩凤在电话里告诉他，马上就到。钱益取独自走进了茶馆。

茶馆的女领班认识他，立即与他打招呼："钱律师您好，欢迎您大驾光临。"钱益取对女领班说："给我开个包厢，大约三四个人一起喝茶，顺便还要在这里吃晚饭。"女领班马上安排包厢，招呼服务员把钱益取领进了包厢，等待王彩凤的到来。

四

王彩凤生于20世纪50年代末，高中毕业后在一家街道小企业当会计多年，后又到县信用合作社工作直到退休，非常了解资金在经济活动中的供求关系，也结识了很多需要资金的客户。早在20世纪90年代，她就将自己的积蓄，以高于银行贷款3倍以上的利率出借，利息收入已经高于她的工资收入。以后越来越多急需资金的企业和个人向她借款，到2008年，王彩凤自己家里的资金已经远远不够出借，就向她的亲戚朋友介绍借款的客户和运作方法。她的亲戚朋友都很信任她，要把资金交付给她，由她出借，从中给予她相应的酬金。由王彩凤出借的资金，一般不会遇到要不回本息的，很少发生因借款人未还借款而诉讼的事情，借款人基本上都在她的掌控之中，按约还本付息。当时，由王彩凤掌握出借运行的资金有上千万之多，她一个人已经忙碌不过来了。在2008年8月请来一位助手，叫田莹莹，这个20多岁的姑娘，是浙江丽水人，大学专科毕业后曾在一家生产服装的企业财务科工作过一段时间。她办事细心诚实，言行举止端庄娴雅，具有很强的交往沟通能力，并且为王彩凤引进了很多好的客户。尤其是她美丽的外貌，鹅蛋脸上有一个小小酒窝，身形苗条，大眼睛，白润的皮肤，很是讨人喜欢。自从田莹莹来了以后，王彩凤就把主要精力用于如何把握资金的来源，出借的利率问题，对借款人的信誉调查和分析方面，而具体的事务放手交给田莹莹办理。王彩凤出借资金的利息一般不会超过三分（3%的利率），她认为利率高的借款风险大，宁愿以小利求稳开展业务。在资金出借前，她必须要对客户的经营状况、社会关系、近期的信誉等进行调查，做风险评估。田莹莹亲热地称呼王彩凤为"阿姨"，觉得跟随这个阿姨工作很有意义，不但在做事言谈中和谐愉快，而且每天都有自己的业绩，充分发挥了她的工作天赋，颇具成就感。

过了不到十分钟，王彩凤开着一辆红色的丰田佳美，到了天灿茶馆的门口。她身穿米色上装，蓝色的长裙，颈部挂一串珍珠项链，拎着一个白色的卡仙奴皮包，虽然已经 50 多岁了，但她稍带丰满的身材，与她的穿着打扮很般配得体。泊好车后，她便快步走进了茶馆，由服务员带进了钱益取开好的包厢。

<h2 style="text-align:center">五</h2>

钱益取正一边抽烟，一边品茶，手里还拿着一份资料。王彩凤说了声："钱律师您辛苦了！"就在钱益取对面的椅子上坐下后又站起来，拿起桌子上泡好的一壶铁观音，亲自为钱益取加了茶水。钱益取苦笑了一下说："事情还真有点复杂。原来我想凭借条，先将胡平一军，但他反而倒打一耙，一分钱也不肯付。现在我还没有搞清楚全部案情，所以要与你商量对策。"说完，他立即把胡平提供的证据副本拿出来，继续对王彩凤说："这里其中的 5 份银行汇款单，每月汇给你 3 万元，我知道那是付你的利息。其余的汇款情况，关键是 2009 年 1 月 2 日汇入 30 万元，是怎么回事？"说着，将那份 30 万元银行汇款单复印件交给王彩凤。

王彩凤接过来看了一下，有点激动，脸色通红，气愤地说："这个胡平，简直就是无赖！这 30 万元与现在打官司的 100 万元根本无关。2008 年 12 月 2 日他向我借 30 万元，当时他写了借条给我，在 2009 年 1 月 2 日通过银行汇款还给我 30 万元后，我就将借条还给他了。现在我有这 30 万元的银行汇款单。不过，实际我打入他银行卡里的只有 294000 元，其中的一个月利息 6000 元是已扣除的，这些，我与他当时有约在先，都讲好的。他现在不但想赖掉我 100 万元借款的利息，而且本金也想赖，真可恶。"

钱益取听了王彩凤对这 30 万元的解释后，爽朗地笑着说："别生气，这个事实一定能在法庭上讲清楚，我们可以这样说，2008 年 12 月 2 日的 30 万元，是另一笔借款，其中 294000 元是通过银行汇款给胡平的，另外 6000 元是现金交付的。现在对 2008 年所借的 100 万元利息，由于在借条上没有写明利息，可能会有麻烦。"钱益取说到这里，王彩凤突然想到了一个问题，带着懊恼的表情打断了钱益取："啊呀！我刚才忘了，2008 年 12 月 2 日借给胡平的那笔 30 万元的借款，是通过田莹莹的银行账户打入胡平账户的。现在这笔钱胡平已经还清，我就把借条也还给他了，这可怎么办？"

坐在对面的钱益取抽了口烟，思索了一下说："那只能叫田莹莹到法庭上出庭作证，说明事实。有田莹莹的真实说明，加上那 294000 元的银行汇款单，这个事实真相就关联起来了，我想法官一定会认定这个真实事实的。"

听钱益取这么一说，王彩凤那紧张的表情平静下来了。她对钱益取说："当时，胡平正在与田莹莹谈恋爱，他要买一辆宝马轿车，一时资金周转不过来，向我借 30 万元，借款期限 1 个月，月息两分，在借款前预先扣除，还有担保人保证偿还，在借条上还签有担保人的名字，胡平还清了这笔钱，我把借条还给他，还打电话告诉过担保人。到 2008 年 12 月 21 日，胡平又向我借款 100 万元，当时他说是因顺帆船业有限公司急需资金，要向他借 300 万元，他的资金尚不够 100 万元，就向我借 100 万元，月息三分。我经过了解，确实是这样的情况，我提出要找个担保人担保，他对我说情况紧急，一时担保人难以找到，并拍着胸脯对我说，'请相信我胡平，这点能力还是有的，你放心吧'。我也认为凭他当时的实力，100 万元借款也没什么大问题，再加上他与田莹莹的那种亲密关系，就叫田莹莹办理了借款手续。我有很多钱是通过田莹莹的银行账户汇出的，这笔 100 万元也是通过田莹莹的银行账户汇给他的。我与他约定，借款期限为 3 个月，可到期后，他说顺帆船业有限公司没有还他的 300 万元借款，他也无法还给我 100 万元借款。我当时很宽容他，他每个月的利息还是在支付我的。后来他与田莹莹关系紧张，到 2009 年 8 月他们的关系告吹，主要是他追上了顺帆船业有限公司董事长张鑫明的女儿张媛媛。以后，他连利息也不付给我了，开始我与莹莹经常一起催讨，他总是借口资金紧张，利息肯定会付等，假话讲得天花乱坠，明明是在家里，他却说人在上海，我不知催了多少次，他总是躲避、找借口、付少量的资金来应付一下。最近，他连电话也不接，上门催讨也不直接与我见面。这个缺德的胡平，田莹莹也恨他的。"王彩凤说到这里，似乎气还没有全消，停了一下，转了转眼珠看着钱益取。钱益取说："这些我在以前有所耳闻，略知一些。最好田莹莹能把这些事实说清楚。"王彩凤回答说："我现在就打电话叫田莹莹过来。"她立即从皮包里拿出手机，拨通了田莹莹的电话。

王彩凤没有要求借款人在借条上写明约定的利息和利率的计算方法，并且把自己的资金通过田莹莹的银行账户汇给借款人，不只发生在胡平的借款上，她对其他人出借的资金也会这样操作。这其中的原因很多。当时社会上很多人认为，放高利贷是个恶名，就是不务正业的社会闲散人员的地下职业，是不道德的人做的黑市生意。社会上对王彩凤有很多评价，说她是职业高利贷人，开地下钱庄的食利阶层，"非法集资"等。王彩凤很在乎别人议论她是高利贷人这个恶名，因为她这个年龄经历过的政治运动多，对出借资金的行为，在脑子里好像去不了"非法"两个字，她怕政府追究放高利贷人的责任，她担心自己的资产被没收或受到其他处罚，所以在别人向她借款时，有一部分是通过田莹莹的银行账户汇给借款人的。她出借资金，一般情况下有担保人担保，要求担保人是企业的老板，也有公务员、医生、教师才能担当。因此她出借的资金，基本是本息回归的，资金生意做得确实很好。在当地也有很多人评价她经营有头脑，办事利索，为急需资金的企业和个人解决问题，能以自己的智慧和胆识，把社会上一些闲散资金用在刀刃上。多年来，王彩凤确实挽救了一些处于经营危难之中的企业和个人。还有，她也学着很多做资金生意的同行一样，在资金出借的同时，先收取利息，当地的土话称为"脑头抽"，就是先抽掉利息，再出借资金，因此，很多借条就没有写明利息，特别是利率高于 2% 的借款，在借条上基本没有写明约定的利率，怕背上高利贷的恶名。

当王彩凤与田莹莹通了电话后，钱益取已经简要地写好了需要再提供证据的目录。王彩凤告诉他，田莹莹一会儿就到。钱益取对王彩凤说："我们还需要提供的证据，我已经列了清单。我认为要胡平归还借款本金 100 万元，并支付利息，扣除他已经支付的利息，尚欠部分，按中国人民银行发布的同期同类贷款基准利率的四倍计算，至本金付清之日止。"说完就把写好的证据清单以及相关的内容交给王彩凤看。王彩凤边看边称赞"好！好的！"

她问钱益取："是否要去找找法官的关系？"钱益取对他说："那个承办

人杨忠要想找关系是行不通的，对他来说找不找关系是一个样，没有用的。"王彩凤说："那要去找庭长或者院长。"

这时服务员进来倒茶，钱益取拿过菜单，点了三份套餐准备吃晚饭。过了十几分钟，服务员捧进了三份套餐。钱益取拿起其中的一份，香喷喷的饭菜味儿扑鼻而来，他先拿起筷子夹了一块红烧排骨尝了一口。这套餐是三菜一汤，有清蒸小鲳鱼、红烧排骨、香菇炒青菜，再加一个紫菜虾皮汤，是地道的当地特色菜。他对王彩凤说："小田快到了吧，我的肚子在提意见了。"王彩凤拿起手机，正想打田莹莹的电话，田莹莹的电话就打过来了。

六

田莹莹于2009年10月通过考试，录取到N银行蓬山支行工作。现在担任信贷部的客户经理。由于当时王彩凤出借给胡平的100万元没有收回，与胡平的恋爱关系也告吹，使她很苦恼，她想变换一下工作环境。但又觉得不妥，应当与王彩凤商量后再决定。她将自己的想法与王彩凤商量后，王彩凤表示同意她向好的方向发展，并提出要求她协助向胡平继续催讨100万元借款。田莹莹当时对王彩凤表示，这是应该做的，而且要始终尽力，向胡平要回这100万元借款。她虽然不在王彩凤处工作，但她们之间的关系还与原来一样的亲密，经常有往来或电话联系，有事相互商量。

田莹莹由茶馆的服务员领进包厢，王彩凤立即迎上去说："莹莹你来啦，我来介绍一下，这位是钱律师。"钱益取站起来与田莹莹握了握手说："以前听你王阿姨介绍过，今天见到小田姑娘果然漂亮。"田莹莹握着钱益取的手，害羞地笑了一下说："谢谢钱律师的夸奖，以后请多关照。"王彩凤说："莹莹，我们在这里吃点便饭吧，吃完饭后，我们商量一点事。"

田莹莹与王彩凤、钱益取一起在天灿茶馆吃好晚饭后，王彩凤带着恳求的语气对她说："莹莹，现在胡平想在法庭上赖掉我在2008年12月借给他的100万元借款本息，这件事情你也是知道的，你可要帮帮我呀，这100万元借款，当时讲好利息是三分的，但借条中并没有写明利息，现在胡平不但要

16

赖掉利息，甚至本金也要赖掉了。因此要请你到法庭作证。"田莹莹知道这100万元借款其中的事实过程，王彩凤与胡平口头确实约定月利率为3%，但是要到法庭上作证，却感到很为难，她知道这要到法庭上与胡平当面对质。她正想对王彩凤作出说明，但一时又说不出合适的话。她犹豫了一下，脸色略带为难地对王彩凤说："他写了借条，利息也支付了一部分，现在怎么会这样呢？后来他曾经提出过，利息太高，他出借给别人的钱也没有要回等情况。"王彩凤说："今天下午开庭，钱律师在法庭上，胡平的律师说，已经还清了这100元借款。"钱益取在旁边拿出胡平在法庭上提供的证据副本交给田莹莹，指着证据对田莹莹说："胡平提供了10份银行汇款凭证，分10次把钱汇入你阿姨的银行账户，合计刚好是100万元。这充分说明他是在支付利息的。"田莹莹看着证据副本，对钱益取说："这里的　一笔30万元是以前胡平向阿姨借的，通过我的银行账户汇给胡平后，胡平偿还阿姨30万元。后来每月支付3万元是利息，到2009年9月，他没有按时支付利息，我和阿姨向他催讨了不知多少次，他只是断断续续地支付了几笔。为了这100万元借款，我心里很内疚，觉得没有为阿姨做好工作。"王彩凤马上插话说："这不是你的错，就怪那个胡平不讲信誉。听说他现在经营的公司很好，应当有钱，但故意不还。莹莹啊，这事你如果不去作证，我的100万元借款就会被他赖掉了。"田莹莹思索了一下对王彩凤说："阿姨，这事你看这样好吗，我先打电话给胡平讲，也许他会承认的。"王彩凤回答说："你可以打电话试一试，但是要注意与他的对话策略。"田莹莹点了点头。钱益取补充说："与胡平对话时，要有录音。"王彩凤接着说："对！对！我去准备一支录音笔给莹莹带上。"

第三章

变　迁

七

杨忠宣布休庭后，查看完庭审笔录，就与书记员张小燕一起回到办公室。张小燕与杨忠是同一个办公室的，与杨忠相对而坐。她把下午开庭后的卷宗交给杨忠说："杨老师，这个民间借贷案件又有麻烦了，借条中既没有约定利息，也没有明确借款的期限。我看原、被告可能都在有意规避有关案件的事实。"杨忠说："你对刚才庭审中，被告提供的其中 30 万元汇款怎么看？"张小燕说："这 30 万元是被告向原告借款 100 万元后，过了 12 天汇给原告的，被告说是归还原告 100 万元借款的其中 30 万元，这里面的原因确实难以判断。"杨忠说："现在民间借贷具有隐蔽性的特点，有的当事人不愿意背高利贷这个名声，所以不能公开借款的利息，没有像买卖合同等商务活动的当事人那样关系明朗化。这个案件由于案情复杂，应当转为普通程序，组成合议庭审理。"张小燕说："好的，下次合议庭再开庭，把这个借贷案件的隐蔽内容全部暴露在阳光下。"说完，她与杨忠一起笑了。

张小燕从桌子上拿起一份材料交给杨忠，是一起买卖合同纠纷案件的原告急切申请财产保全，杨忠接过材料审查后，马上拟好财产保全裁定书，就到快下班的时候了。张小燕因家里有点事，到了下班的时间就回家了。

杨忠在单位食堂吃完晚饭后，回到办公室还想继续工作。虽然是周末的晚上，将近年终，但审判人员为清理年终未结案加夜班已经是习以为常了。杨忠看到很多办公室都亮着灯，年轻的"80 后"审判员丁连斌也在隔壁的办公室加夜班。

杨忠并没有打算对年终未结案全部清理，一个不留。他认为报表统计的未结案只是一个形式，而实际要把民商事纠纷在年终全部解决是不可能的。但他又知道，年终的未结案数量也是对法院以及审判人员一年来工作的评价内容之一。

杨忠今天加夜班，还有个原因，就是对下午开庭审理的那起王彩凤与胡平的民间借贷纠纷案，由于双方当事人对案件事实的争议很大，要再理一理头绪。由于手头要审理的案件很多，他习惯对自己承办的复杂疑难案件，在开庭后再仔细地对诉讼材料进行梳理分析。他深深感到，今天的那个民间借款纠纷案件又是个棘手的案件。近年来，法院受理的民间借贷纠纷案件逐年上升，而且法律关系越来越复杂。很多债权人与债务人相互关联，他们既是债权人，又是债务人，有的以较低的利息借入，再以高利息出借。这些债权人和债务人很多是没有职业的，注册一家所谓投资信息公司经营，以获取利息为营利目的。也有教师、医生、银行职员以及国家公务人员。借款用于个人消费性的并不多，大多数涉及企业和个人投资经营，还有用于赌博的或以获取高额利息为目的，也有以借款的形式非法融资。这些民间借贷关系在形式上很简单，由借款人出具一份借据就算是借款的凭证，但在资金的实际交付过程中问题就复杂了。借贷双方往往用个人银行卡交付，也有现金交付，发生的债权债务往往不是一笔，而是有数十笔甚至上百笔的资金往来。一旦发生纠纷，事实难以查清。

他在办公桌上翻阅了几个案件材料，到晚上 8 点多，他的手机响了。来电显示，电话是他的老同学、老同事，现任蓬山县海港镇镇长董世明打来的。

"喂，杨忠您好！你现在在哪里？"

杨忠回答说："世明您好！我现在在办公室。"

"又在加班了吧，法官大人真辛苦，我现在立即过来看看你，老同学。"

杨忠就对董世明说："镇长大人在晚上亲自过来，可能有什么事情吧？"

"无事不登三宝殿，到了以后再说。"

"好的，我等你。"

八

杨忠与董世明是大学同班同学，都生于 20 世纪 60 年代，1992 年在某大学法学院本科毕业后，一起分配到蓬山县法院工作。杨忠被安排到当时的经济审判庭任书记员，董世明被安排到办公室当秘书。当时，董世明很羡慕杨忠的工作岗位。法学专业毕业后，能够到审判第一线工作，而且是较为吃香的经济审判庭，可以实践在学校中所学的知识，更重要的是当时的经济审判庭，可以结识很多工商企业界的人物。而在办公室当秘书，基本围着领导转，做文字工作，安排具体的事务，布置会场，还要被同事嘲笑为"太监"。三年后，董世明与杨忠同时被县人大常委会任命为审判员，所不同的是，董世明还同时被任命为法院办公室副主任。1997 年董世明经组织部门考察，被选拔到蓬山县某乡任副乡长，而杨忠仍然在法院当审判员。在 20 世纪 90 年代，杨忠是蓬山县法院的业务骨干，发表过很多颇有观点的文章。在办案中他坚持法律原则，敢于直言，由此也得罪了一些人。杨忠在 90 年代末被任命为经济审判庭副庭长。很多基层法院选拔中层干部实行竞聘上岗制，任期一般为三年，蓬山法院也是实行中层干部竞聘上岗制。到 2002 年三年任期到了，按照杨忠的条件，可以继续竞聘中层干部，法院有很多同志也提出，像杨忠这样科班出身有经验的审判员，就是担任庭长也不为过。

多年来他确实脚踏实地，为人正义，秉公执法，尤其是他的庭审驾驭能力，在制作法律文书上，对案件事实和适用法律的精湛表述，深受同行的赞誉。但他却没有再报名参加竞聘中层干部，因而一直当一名审判员。

近年来，杨忠在办案中显得更为沉稳，同时却少了过去的那些锐气。如今，他的许多同学当上了法院院长、副院长、庭长，还有大律师以及其他官员。当别人问他为什么不去竞聘当庭长时，他只是淡淡地一笑说："是由于我的领导能力不够，我这个小山村出身的农家子弟，能有今天，已经是很不错了。"他常以美国作家杰罗姆·大卫·塞林格的一句名言对照自己：一个不成熟的男人勇于为事业献身，一个成熟的男人却为事业而卑贱地活着。他回想起一个大学同班同学，在毕业时送给他的一本笔记本上写下的豪言壮语："为赴公平大义，轻生死，生命不息，奋斗不止，开创民主与法制新天地！"后来这个同学当上了某基层法院院长，2011 年，却因受贿罪被判刑，一直在鸣冤叫屈。多年的审判工作生涯，使杨忠对他身处法官这个角色以及审判权的认识尤为深刻。作为审理案件的法官，对案件的决定权仅仅是其中的一部分，而且不是起最后决定的人，最后决定案件裁判结果的是庭长、院长和审判委员会。他过去为某个案件，往往会与领导或同事观点不同而坚持自己的主张，这看来似乎很正常，但是这里就涉及法律权力的恰当运用，因为在适用法律过程中，对同一事实，在法律范围内有不同的价值评判标准。如几年前他审理的一起民间借贷纠纷案件，借贷双方约定月利率为6%，这是高利贷，法院对这么高的利率当然不予保护。但该案的借款人已经支付了2个月的利息，尚欠1个月的利息以及本金未予偿还，借款人答辩提出要求，对已经支付的高于银行贷款利率部分的利息抵作本金。他作为审理该案件的审判员，极力主张对借款人已经支付的6%的利息降低到银行同期同类贷款基准利率计算，但是庭长、院长都不同意他的处理意见，经审判委员会讨论，多数委员认为借款人已经支付的利息虽然高，但只要不超过同期贷款基准利率的四倍，法院不能干预调整。理由是，应当根据借贷双方自愿的原则，对已经支付的利息通过司法干预调整，不利于维护合同履行的稳定性。对尚未支付的高利率，由于合同尚未履行，借款人提出请求，应当按司法解释予以降低。杨忠后来才明白自己的观点是错误的。想到这里，他点击了一下电脑鼠标，查看了有关民间借贷纠纷的资料库。他记得该案审理后，省高级人民法院在2009年对此类借款纠纷案件作过指导性意见："债务履行完毕后，借款人以利息或者违约金超过司法保护幅度为由，起诉请求出借人返还其已支付的利息或者违约金的，一般不予支持。"他又查看到最高法院于1952年11月27日，向当时的东北分院作过一个回复，他认为这个回复至今仍然对他有指导意义，于是仔细地看了一遍记载的内容。最高法院的这个回复是这样写的："你院法总字第一二一○号函悉。关于城市借贷利息超过几分为高利贷的问题，经函询中央人民政府政务院财政经济委员会的意见，兹据复称：'关于城市借贷利率以多少为宜的问题，根据目前国家银行放款利率以及市场物价情况私人借贷利率一般不应超过三分。但降低利率目前主要应该依靠国家银行广泛开展信贷业务，在群众中大力组织与开展信用合作业务，非法令规定所能解决问题。为此，民间自由借贷利率即使超过三分，只要是双方自愿，无其他非法情况，似亦不宜干涉。'"看完后，他进一步认识到，要解决民间借款的利率高低问题，不能片面以行政或司法手段干预解决，而是需要金融市场机制调整。在法律规定中既可以这样判决，也可以那样判决的疑难选择中，应当选择对社会有利的价值进行评判，才能作出符合大众利益的裁判结果。近年来，他越来越明白，作为法官在审理案件中，应对事实负责，不但应该精通法律，还应当通晓人情世故，首先自己应作出符合我国国情的价值判断，要准确地选择法律，才能在社会变革中发挥自己的作用。至于职务的高低，权利大小，对他的影响已经不是很大了。他也想到可能自己的"情商"不够，人们在平时闲谈中，常说"智商"决定人生的 30%，"情商"决定 70%。心理学家们普遍认为，情商水平的高低对一个人能否取得成功也有着重大的影响，有时其作用甚至要超过智力水平。

九

杨忠在办公室思考着，过了大约 20 分钟，董世明来电话告知杨忠，他已经到了法院门口。杨忠马上下楼到大门口，将董世明接到自己的办公室。

董世明高高修长的身材，穿着一件棕色的皮夹克，五官分明，虽然夜里视线有些模糊，但还是能够清晰地看到他帅气的轮廓。他步履轻健，动作敏捷，看上去就显得灵活、有精神。平时董世明与杨忠之间电话联系较多，但碰面却不多，都各自忙乎着。老同学相逢，既亲切，又温暖。杨忠为董世明泡了一杯龙井茶，请董世明坐在办公桌对面的椅子上。董世民手里提着一个公文包，入座后，杨忠捧上已经泡好的一杯茶对董世明说："世明，这么晚到我这里，可能有什么重要事情吧？你在乡镇已经多年了，最近是否又要升迁了？"

董世明接过茶回答说："升官已经谈不上了，怎么？你已经得到了有关我的什么消息？"

杨忠笑着说："我对这方面本来有点迟钝，现在更不过问了，能有什么消息。我只是顺便猜测呀。"

董世明喝了一口茶说："下午，县委领导找我谈过话，县委已经决定调我到法院任党组副书记、常务副院长，党组副书记的任命文件马上要下发了，副院长的任命过两天到人大常委会会议后决定任命。因为海港镇要升格为副县级，我这个镇长现在是正局级，算是平调吧。我今天非常高兴，我们在大学读书的时候，不就是想做个法律人，为实现社会公平正义的梦想吗。再说，我们老同学又可以在一起了，我晚上来，就是与你聊聊天。离开法院多年了，以后还要好好地研究审判工作，希望你多支持，在关键的时候提醒提醒我呀。"

杨忠听了董世明的这一席话，心里一阵激动。他为董世明能重返法院领导岗位感到庆幸，又考虑到应该向这位老同学聊聊现实工作中的一些问题，可一时又找不到合适的话题。于是便放慢语调地说："老同学回法院当领导我很高兴！我不求什么照顾提携，但求有个公平正义的力量支持。我一直在审判第一线从事民商事审判工作，二十多年来深感社会经济和法律关系的变化之大，需要探索，解决问题，法官所起的作用是不可低估的。但是，现在我们在审理民商事纠纷案件中，存在片面强调形式上的公平，生搬硬套法律条文，丢掉了法律为实现社会公平正义的原则，有些人甚至借市场经济尚未成熟以及政府在社会管理和法律规范存在的漏洞，故意钻空子，谋私利，严重地影响了司法的公信力……"说到这里，杨忠自己觉得讲得有点激动，于是叹了一口气，笑着说："唉！这些问题我们以后再聊吧。"

正在这时，隔壁办公室也在加夜班的年轻审判员丁连斌推门进来，因为他认识董世明，他的女友就在海港镇担任团委书记，他对董世明热情地打招呼："董镇长您好！"董世明立即起身对他说："小丁，也在加夜班，周末没有与女朋友约会呀？"说着伸出双手与丁连斌握了握手，丁连斌回答说："年终要赶未结案清理，我手头案件多，与杨老师一样，加夜班。"杨忠叫丁连斌坐下一起聊聊，丁连斌说："我还有其他事情，不打扰了。我在隔壁听到好像是董镇长的声音，过来看看，果然是领导在这里。"说着他挥手与董世明和杨忠说了声"再见！"董世明也招呼了一声，丁连斌离开了杨忠的办公室。

董世明接着对杨忠说："现在法院受案最多的是哪类民事纠纷？"

杨忠立即回答说："民间借贷纠纷案件。记得我们刚到法院工作的时候，民间借贷案件并不多，而且很简单，原告拿出一份借条，被告承认借款的事实，纠纷就解决了。那个时候，办案的审判员要是接到一起借贷纠纷案件，心里就感到轻松，因为这类案件简单且容易调解结案。可是现在的民间借贷纠纷案件就复杂了，比一般的商事合同纠纷要难处理。"

董世明从沙发上挪动了一下身体插话说："对民间借贷纠纷，我们海港镇是个矛盾焦点问题之一，你也一定知道。"

杨忠回答说："我有所了解，海港镇发生的民间借款纠纷案件，诉到法院的数量是很多的。"

董世明说："因为造船产业是海港镇的主要产业，造船企业由于向金融机构融资困难，就以民间借款的融资方式维持经营。民间资金以借款的方式出借给企业，虽然解决了企业一时的困境，但是由于利息较高，增加了企业的负担，出现很多问题。前几年由于受金融危机的影响，船舶运输业很不景气，造船企业的经营受到极大的冲击，加上钢铁价格的浮动，很多造船企业面临着经营的困境，企业偿还借款就很困难，在诉讼中发生的情况确实较复杂。"

杨忠说："由此而引发的民间借贷纠纷，案情都比较复杂。从我审理的像造船公司这样向民间借款的纠纷案件中发现，有的是数个自然人共同出资作为股东，注册一家公司。造船公司如果接到制造一艘大型船舶的订单，需要很大的资金投入，购买原材料和设备等，股东出资能力有限，向银行贷款困难，就由股东以个人的名义向亲友乃至投资公司融资造船，待造好的船舶出售后再进行分红。股东或公司一般都是以借款的方式向民间融资，并且承诺以3%或更高的利息作为出借人的回报。本来应当是投资的形式，但是造船公司的股东向出资人出具借条，成了借款。造好的船舶一旦发生延期交付或客户违约，不履行付款义务，那么造船企业偿还债务就陷入了困境，债权人起诉到法院，由此而发生的民间借贷纠纷范围很广。"

董世明说："我这个镇长为解决这些矛盾付出很大的精力，到现在尚不能很好地解决。对于民间借贷纠纷，我看不但在海港镇有高发现象，其他地方也有，不但在造船业发生，其他行业也有发生，要解决这个问题，法律规范的调整作用不可缺少。我们要做调查研究，依法处理好民间借贷纠纷，正确引导民间借贷在阳光化、规范化的环境中活动。"

杨忠笑着说："你马上要到法院来工作了，以后还是会遇到这些解决借款纠纷的难题。我下午开庭审理的一起民间借款案件，就是一道难题，原告拿出一份被告出具的100万元借条，要被告归还本息，被告拿出100万元的银行汇款单，主张已经还清了原告的 100 万元。"他指了指放在自己办公桌上的卷宗继续说："作为法官，查清案件事实是最本分的职责，但现在对民间借款案件的事实认定确实有点难度。"

董世明说："等我到法院工作后，要亲自审理一起民间借贷纠纷案。我们是否可以写一篇调研性文章，提出民间借贷出现的问题和解决的对策，探讨正确引导民间资金运行的思路。"杨忠回答说："好啊！在大学的时候你就是我们学校小有名气的笔杆子，参加工作后又长期在办公室做文字工作，现在是领导干部，可以更高的视角谈论民间借贷这个课题。"董世明接着对杨忠说："这样吧，我们今晚先一起讨论列出提纲，有关民间借贷出现的一些社会问题，我让海港镇政府秘书和政法办一起向有关企业和人员收集，你把法院审理过的民间借贷纠纷案及其法律问题梳理一下。"杨忠高兴地说："我早就有这个想法，就是忙于审理案件给耽搁了。有你领导一起参与，我充满信心。"说着，拿起笔记本记录草拟起提纲的内容。

两个具有丰富工作阅历的秀才，以敏捷的思维，共同探讨着，提纲很快就拟好了。

题目：

民间借贷的成因、特点及规范引导

一、成因

（1）市场经济离不开货币资金，我国金融机构正在改革中探究资金适应市场化的需要尚不成熟。由于银根紧缩，很多中小企业存在融资难的状况，向民间借款是解决融资难的一个快捷方便途径。（2）利息是资金的价格，民间借贷没有国家统一的利率标准和监管机制，出借人为追求高额利息，不顾风险把资金投放于民间资金市场。（3）部分人为炒股、炒房以及其他消费乃至于赌博需要，不惜以高利息借款拼一下。

二、特点

（1）主体复杂化。有个体经营者、企事业单位职员，也有国家公职人员。还有投资信息公司、寄旧行、典当行等职业民间放贷者。（2）自由、隐蔽、灵活、快捷。民间借贷没有监管，完全是由借贷双方自由协议而形成的合同关系，在资金流向、数额、利率上不公开，具有隐蔽性。（3）合同形式简单原始化、不规范，以借款人出具借据为主，而在资金实际交付中复杂多样化。（4）资金流向广泛盲目无序。有流向房地产业、建筑业、运输业、制造业，借款人借的资金后用于何处，出借人往往不知情。

三、民间借贷对社会经济的影响

（1）民间借贷大多是在双方自愿、利率合理的情况下所发生的债权债务关系，是公民、法人依法行使财产权的正当权利，受法律保护。对解决中小企业以及个人的生产经营生活资金急需，促进经济发展发挥积极的作用，使民间闲散资金得到充分的利用，成为当今经济生活不可缺少的金融补充。（2）由于民间借贷具有自由隐蔽性的特点，缺乏监管，造成资金流向的盲目性，影响经济的发展和国家宏观调控，并给一些投机取巧，非法吸取公众存款、集资诈骗的不法分子有机可乘。（3）高利率导致民营企业和个体经营者陷入困境。（4）由于形式简单、随意、不规范，发生纠纷后处理难度大，有的甚至引起矛盾激化。

四、依法规范、引导民间借贷的探索

（1）政府和基层有关组织，建立民间借贷监管机制，尝试登记备案制度，使民间借贷在阳光下发挥应有的作用。对一些商业信誉差，缺乏市场竞争并对自然环境影响严重且风险大的行业，公开提示信息。（2）引导民间闲散资金向具有发展前途的高科技企业或个人投资，向信誉好的成长型中小企业入股。（3）人民法院在审理民间借贷纠纷案件中，应认真审查借贷关系的性质，证据的真实、客观和关联性，依法妥善处理好消费性、经营性、投机性的借贷关系以及利率的合理性。（4）对利用民间借贷而实施非法吸取公众存款、集资诈骗等违法犯罪行为，依法予以打击。

拟完提纲，杨忠将笔记本交给董世明说："好像又回想到了大学时代，

我们一起在写论文了。那时候你给我很多的启发和提示。"董世明接过笔记本再看了一遍说："现在我们要善于调查研究,有些材料和数据还需要到下面去落实。你现在办案任务重,我马上与海港镇政府政法办落实一下。这叫从群众中来,到群众中去嘛"。说完董世明看了一下手表,已经是晚上 10 点半了,他一边拨电话,一边对杨忠说:"这么晚了,我打个电话给你太太俞彩芳,向她问个好。"

电话立即接通了。"喂,彩芳您好,我是董世明。我现在与杨忠在办公室商量一点事情,马上就回家了。"

对方传来亲切的声音:"董镇长您好!这么晚你还与杨忠在一起,辛苦了,到我家来吃点夜宵,我现在就去烧。"

董世明立即回答说:"不用了,你也知道,我没这个习惯。今晚我开车送杨忠回家,他就不用骑自行车了。"

对方回答说:"他加夜班,骑自行车是习以为常了,谢谢您,一会儿见!"

打完电话,董世明与杨忠一起到楼下。

冬天的夜晚,虽有些寒意,但夜空中挂着明亮的月亮闪耀着斑斑星光,两人似乎没有一点寒意,迎面吹来一阵清风,飘动着枯枝败叶,沁人心脾。他们坐进一辆帕萨特,董世明发动汽车出了法院大门,驶入灯火辉煌的大街。

第四章

心　雨

十一

2013 年 12 月 7 日星期六的傍晚，冬季的气候，地处东海之滨的蓬山县城并不寒冷，晚风飘着绵绵细雨，在大街五光十色的灯光照耀下，闪着多彩的光亮，空气尤为清新，为这个海滨小城增添了一道亮丽的风景。田莹莹今天身穿一套墨绿色的套裙，胸前系一条粉红色的纱巾，含情的目光显示出她娴雅而持重的气质，坐在一辆蓝色的现代新款轿车上，由她的同事姚红驾车，驶向一家五星级酒店——枫兰港湾城。

田莹莹与姚红讲过今晚是胡平约她到枫兰港湾城商谈一些事，但没有说明具体的事情。姚红也知道胡平与田莹莹过去有恋爱关系，在田莹莹请她来的时候，曾开玩笑地说："今晚他约你，是冷战结束的谈判呢？还是重归和好的开始呀？我可不做你们俩的电灯泡啊！"田莹莹说："可能你说的两种情况都有，所以你今晚一定要陪我一起去，好妹妹，帮帮我的忙，辛苦你了。"

十二

近段时间，田莹莹与胡平虽然没有互通电话，但胡平偶尔有短信发给田莹莹，田莹莹也回复胡平的短信，相互在短信中示意着友好的情感。就在上午，胡平发给她的一条短信，是唐朝诗人元稹写的一首诗《离思》："曾经沧海难为水，除却巫山不是云。取次花丛懒回顾，半缘修道半缘君。"田莹莹知道胡平发这首诗的用意，是表达对她的夸奖和思念之意。于是也回复了胡平一句古诗："人面不知何处去，桃花依旧笑春风。"回了短信后她主动打电话给胡平，但并没有提起他与王彩凤的借款纠纷，而是问候胡平的近况，讲述了她自己的工作和一些琐事。胡平在电话里非常真情地邀请她晚上到枫兰港湾城的咖啡馆会面，并向她表达了分手以后藕断丝连的感受。

田莹莹与胡平于 2008 年 10 月相识。胡平经营的蓬山中发投资咨询有限

JIEDAI MIJU

公司主要从事民间借贷业务，那时他的公司正兴旺发达，与王彩凤有借贷的业务信息往来，田莹莹因此而认识胡平并经常联系。胡平为田莹莹严谨负责的处事态度，质朴、聪慧并带有温婉柔顺的气质所折服。于是他经常约田莹莹一起看电影，唱卡拉 OK，还去黄金海岸沙滩上散步、冲浪、游泳。于是，这对年轻人的感情逐级升温。田莹莹对胡平也产生了爱慕之心。她认为胡平具有一定的经营管理头脑，社交能力强，在朋友圈中大方有度，富有感情，胆子大而且为事业敢于拼搏。两个人就这样确立了恋爱关系。

胡平个头并不高，一米七还差一点点，但他光洁端正的脸膛和一双炯炯有神的大眼睛显示出英俊、潇洒、帅气的神情。他与田莹莹一起参与社交场合，常常会得到很多人的羡慕赞赏。尤其是他俩的歌声优美动听，很喜欢对唱一首"心雨"，那情调和旋律，与原版原唱没有多大区别。

当时，王彩凤对胡平与田莹莹确立恋爱关系很支持，内心希望他们早日成婚。她认为胡平这个年轻人，在较短的时间内能在经营资金的商业圈内作出业绩很不容易，他处事既大胆又灵活，而且很尊重像王彩凤这样上了年纪的同行，有什么事情，也很乐意帮忙。

田莹莹与胡平经过一段时间的接触和磨合后，对胡平有了更深的了解，她觉得胡平有爱慕虚荣、不踏实、追求表面光彩的心理。如在交往中，经常向他人炫耀物质上的虚假富足，炫耀自己的身价，尤其是在谈论交友择偶的话题时，把是否拥有财富作为重要的条件。2008 年 12 月，由于受金融危机的影响，胡平出借的资金，因客户不能按约支付利息，他的资金周转已经困难。但是为了实现过去他对朋友们讲过要买一辆宝马轿车的愿望，他不惜向王彩凤借款 30 万元购买宝马车。当时，田莹莹劝他暂时不要买宝马，因为没有必要借款购车，等资金宽裕的时候再买也不迟。但胡平对她说："现在这个世道，你要是没有高级轿车，出门办事，交朋友，结识老板和政府官员，人家都会冷眼相待的。"坚持一定要买，并对田莹莹的劝说冷笑着说："你不懂社会上的人情世故，在越是困难的时候，越要以富有闪耀自己，才能显示自己的身价，这其中的原因你今后会知道的。"田莹莹由此受到一次感情冲击。她知道现在有很多人确实喜欢与开着奔驰、宝马等豪华轿车的人士打交道，但千虚难逃一实，她很讨厌弄虚作假，故作姿态的人物和行为。到 2009

年年初，由于他们俩在价值观以及处事态度上有分歧，比原先的约会也少了，似乎开始了冷战时期的对抗。就在这个时期，胡平结识了另一位姑娘张媛媛。

张媛媛是顺帆船业有限公司董事长张鑫明的女儿，曾经自费留学英国，回国后在顺帆船业有限公司担任财务总监，她比胡平小四岁。2008年年底，由于她父亲经营的船业公司流动资金周转有困难，特别是将要到期的300万元银行贷款需要转贷，急需资金。通过别人介绍，来到胡平经营的蓬山中发投资咨询有限公司，与胡平商量借款的事宜。经过谈判后，胡平觉得张媛媛对企业的管理以及所谈一些话题，与他很投机，对张媛媛留下很深的印象。尽管那时胡平经营的公司资金周转已经困难，但他还是通过所从事资金出借行业的渠道，筹资300万元出借给顺帆船业有限公司。其中包括胡平向王彩凤所借的100万元。当时胡平与顺帆船业有限公司约定的月利率为5%，借款期限为3个月。此后，胡平与张媛媛的关系迅速升温，相互之间电话和短信联系密切，频繁约会。而胡平与田莹莹的联系却越来越少，双方之间的关系逐渐冷却。这其中的另一个原因是胡平的父母对胡平与田莹莹的关系并不满意，认为田莹莹是外地人，且没有固定的工作，也没有什么家庭背景。胡平的父母都是N银行蓬山支行退休职员，其父亲曾担任过信贷科科长，对浙江顺帆船业有限公司过去在经营过程中的曾经辉煌有所了解，特别是对董事长张鑫明的为人很佩服。得知胡平与张媛媛之间的亲密关系后，就想方设法引导说服胡平与田莹莹终止恋爱关系，保持并发展与张媛媛之间的密切联系。

后来，由于胡平未归还王彩凤的100万元借款和支付利息，田莹莹多次向胡平催讨。对田莹莹的催债，胡平开始态度还是很好的，到后来就埋怨责备田莹莹以致发脾气，直至两人发生口角。到2009年8月他们的恋爱关系告吹，田莹莹对此感到很苦恼。她对胡平虽然产生隔阂，但是在感情上的牵挂却没有中断，她常想起与胡平一起唱歌、散步、冲浪的情景，想到胡平对她的爱护，给她带来的快乐温暖，胡平坚定而带有帅气的神态，时常浮现在她眼前。

田莹莹今晚准备与胡平相会，既带着与胡平重逢感情依恋以及冲突纠结的复杂心理，又有为完成王彩凤交给的任务而负有压力。一方面，她认为有愧于王彩凤。在2008年年底，她已经知道胡平的资金周转有困难，但王彩凤

对此并不知情，她是故意为胡平着想而没有把实际情况告诉王彩凤。平时王彩凤对她在生活上的关心，工作上的信任和尊重，还每月给予她 1 万元左右的收入，使她的感恩之情长存心间。另一方面，她也很同情和理解胡平近年来所遇到的挫折。他经营的蓬山中发投资咨询有限公司，由于出借的资金利息很多不能按约定收取，有的连本金也无法按期归还，使他陷入困境。他所买的那辆宝马早就被人强行扣押抵债了。更使他受到打击的是出借给顺帆船业有限公司的 300 万元，好像是没归还的希望了。2009 年，由于该公司制造的一艘二万吨级货轮，应收款无法收回，导致公司资金链断裂，公司无法经营而停产，董事长张鑫明避债外出下落不明，财务总监张媛媛也跟着一位大款到国外生活。

田莹莹毕竟与胡平有过深刻难忘的交往相处，除了惦念，她很关注胡平的消息。前段间她还得到了有关胡平的好消息。她听说胡平并没有因此而跌倒，反而更为成熟、勤奋。他所经营的投资咨询公司，经他的同学和其他股东共同参股，改变了原来单纯以出借资金为主的经营方式，转而以真正的投资咨询、科技研发投资入股、房地产投资为主要经营方式。经过近几年的努力，公司经营状况非常好。田莹莹认为这是真实可信的，在前段时间胡平发给她的短信中，凭她对胡平的了解判断可以得到验证。她还记得胡平发给她的其中一条短信："对事业投入感情，事业才会回报奇迹；成功需要的是毅力，而不只是聪明，更不是投机取巧。"

十三

田莹莹感觉到汽车正在减速慢行，打断了她的回忆，望着车窗前方辉煌多彩的灯光，她知道已经到了枫兰港湾城。姚红对她说："莹莹姐，已经到了，这一路上你在想什么呀？"田莹莹笑了一下说："我在想，今晚我们可能会找到一个好的存、贷款客户。"姚红高兴地说："我想我这个驾驶员也不会白当的，今晚一定会带来好运。"她说着，汽车已经到了宾馆的大门口停下了，门童立即前来开车门。姚红对田莹莹说："我去泊好车，你先下车，我一会就到。"

田莹莹下车后，在门口观赏着枫兰港湾城的迷人夜景。这里的东面和南面由河流环绕，虽然是冬季，但河岸边上的杨柳垂叶尚未落尽，灯光映照着散落的细雨如薄纱飘舞。她第一次来到这里，那繁华中高雅的气息，使她的心境置身其中，她觉得纷繁的心情暂时得到了净化，心里赞赏胡平真会选约会的地方。

姚红到停车场泊好车走过来对田莹莹说："这个地方真不错，现在离你约会的时间还早，我们先参观一下好吗？地下一层和二层是智慧停车场，我刚才停车看到了，暂时不去那里了。"田莹莹回答说："好！我们向上参观，领略一下这里的市面。"

枫兰港湾城是新开业的集购物、美食、文化娱乐、旅游、商务、度假酒店为一体，近20万平方米的商业综合区。

田莹莹与姚红先浏览了一层室外街面，有几家国际名品旗舰专卖店，有服装、数码产品，还有银行、旅游服务店面。因为时间紧，她们没有进去观看，只是在外面观赏。内街是儿童玩乐城，托管儿童配套以儿童食品专卖等专业主题的商城。这里非常热闹，有很多年轻的父母，还有老人带着小孩在玩游戏，也有在选购玩具和儿童食品的。田莹莹与姚红也在这里与儿童一起玩了一下游戏，就上了电梯。二层和三层是购物中心。姚红对田莹莹说："这里等会儿再来吧，我们直接上咖啡馆。"四层是文化广场，约六千平方米的商业区，还有一千五百平方米的中庭阳光广场，她们浏览了国际影城、图书室，还有创意设计、儿童教学培训厅室、儿童主题生日餐饮、美发美容、国际连锁餐饮等。田莹莹走向阳光广场，那是用玻璃搭建的透明广场，灯火通明，演艺厅已经开始文艺演出。一首钢琴曲《雨中散步》吸引了田莹莹，伴随着乐曲她想起了其中的词意："雨中漫步寻声去，衣带渐湿终不悔，为伊消得人疲惫。烟敛云开，依约是旭日。山重水复寻他去，人不见，湖上青山碎成段。"她停下脚步陷入深思。姚红走过来看了看表对她说："莹莹姐，已经七点了，我们到咖啡馆去吧。五楼以上是五星级宾馆，我们暂时不上去了好吗？"田莹莹答应着"好吧，我们走！"

她们在四楼的咖啡馆订了一个小型包厢，田莹莹先发个短信告诉胡平，姚红点了两杯咖啡。她们在包厢内观看窗外的美景，品尝浓香的咖啡。姚红兴致勃勃地对田莹莹聊着这个新开酒店的布局："莹莹姐，这里的五楼以上有服务式公寓，下面有大型超市、影院、儿童游乐园和艺术广场等，要是我有钱，在这里买一套公寓，每天可以享受五星级酒店服务的生活，还有超市和影院，那生活品位可以算是上流了。"田莹莹正在翻阅一份这个咖啡馆的介绍资料。她向姚红念了介绍资料的一段文字："将咖啡馆文化与酒店的商业行为相结合的新式酒店品类……爱尔兰一位意识流作家，其作品有《尤里西斯》、《都柏林人》等，是以咖啡馆文化为主题的酒店。许多新思维可能会从咖啡馆里产生。哲学家、文学家、艺术家乃至政府官员、法官等也是咖啡馆的常客……"田莹莹念到这里，姚红插进话题说："我有一位企业总经理朋友曾经对我说过，他经常出入咖啡馆谈生意，他公司的很多业务订单是在咖啡馆谈成的。"田莹莹回答说："对呀，我也听说有很多商务规则是在咖啡馆形成的，一些律师和法官将商务谈判中的规矩形成规范性文件，对商业行为具有指引作用。"田莹莹说完看了看表，已经是快到七点半了。姚红说："他可能快到了吧，我到商场去逛一会儿。"田莹莹对她说："等会儿你一定要回来。"姚红回答说："一定！"说完走出了包厢。

十四

　　姚红走后，田莹莹的思绪有点乱，摸了摸手提包里由王彩凤交给她的那支录音笔，想到胡平马上就到了，心里带着苦涩的感受。她感到世界上两全其美的事情并不多，今天她的首要任务是解决王彩凤交代的任务，因此，与胡平之间的交谈，录音是必要的，如果胡平能与王彩凤和解，那就两全其美了，事后不妨把事实再告诉胡平，也算不上隐瞒胡平了。

　　就在这时，伴随着门外传来钢琴乐曲"心雨"的旋律，胡平轻轻地敲门而入。他身穿深红的羊毛衫，蓝色的牛仔裤，外套一件黑色皮背心，脚上穿着高帮皮鞋，显得比以前的身材略高一些。见到田莹莹后立即招呼："莹莹您好！"田莹莹也立即起身说："您好！"胡平很想在这时拥抱田莹莹，但又想到与田莹莹久别重逢，相互之间的隔阂尚未明确消除，怕过于激烈的动作可能会发生尴尬。于是他伸手与田莹莹紧紧地握手，两人在包厢的茶桌两边面对面坐下。田莹莹按了一下服务按钮，招呼服务员进来。胡平拿起桌上的菜单对田莹莹说："我点一些你喜欢吃的，来表示一下对你的敬意。"这时服务员进来对胡平说："先生您好！需要什么？"胡平翻阅着菜单，先点了咖啡。胡平知道田莹莹喜欢吃的东西，点了糖炒板栗、红美人橘子、宁波汤圆。然后把菜单交给田莹莹说："你再选几个。"田莹莹接过菜单放回原处，摆了一下手说："已经这么多了，都是很鲜口的，不用再点了。"

紧接着，服务员送来了咖啡和红美人橘子，就出了包厢。田莹莹对胡平说："你选到这么好的地方，我很高兴，这里氛围好，咖啡更好。"胡平回答说："受到你的赞扬我很开心，这里的咖啡确实很好，听说是从非洲、南美洲及亚洲甄选九种独具特色的精品咖啡豆进行拼配，在保留真实原味的同时糅合出独特的口感，入口柔和，在舌尖上赋予丰富的幻想，清香的感觉回味悠长。"田莹莹听得入迷，胡平拿了一个橘子给田莹莹说："你尝尝这个橘子。"田莹莹接过橘子剥开橘皮品尝了一口，连声称赞："好吃，味道太好了！"胡平继续介绍说："这个橘子称为红美人，是我县果农新研发的优等水果，具有肉质细腻，鲜甜清香，皮薄易剥、水分足、回味浓的特色。"田莹莹说："我真的还是第一次品尝到这么可口的橘子。"胡平对田莹莹说："听说你在银行工作业绩不错，在单位和客户中的口碑很好，说明是金子到哪里都会发光啊。"田莹莹说："谢谢你的夸奖，你还是讲些我不好的方面吧！"胡平开玩笑说："你在 N 银行做客户经理，没有品尝到红美人橘子，说明你们银行对农业开发的资金扶助力度不足。"田莹莹回答说："也许有，但我们 N 银行每年发放到农业的贷款也不少啊。"胡平说："你们银行对农业的金融扶助是不可否认的，但我的公司更关注农业优良产品的开发信息。我们得知果农在研发红美人橘子后，立即去实地考察，并与果农协商，注册登记公司型的农业合作社，我公司投资入股，分享成果，现在这个红美人橘子是供不应求，每公斤的价格在 160 元左右，每亩收入可达 6 万元以上。"田莹莹听了胡平的介绍非常高兴地说："我也听说你公司现在发展很好，你对投资信息一直很敏感，会有很好的前程。"胡平思索了一下说："过去，由于我有些不

正确的想法，以至于遭受挫折，也觉得很对不起你。"田莹莹望着胡平想说什么，但又停住了。

其实，他们都想开口讲关于王彩凤 100 万元借款的事情，因为这是他们俩现在的焦点问题，但又一时都找不到合适的话语。

胡平拿着手机翻阅了一下照片，其中有几张是在橘园里照的，挂满了橘红色的红美人橘子，他拿着手机对田莹莹说："这就是我们公司投资的橘园。"说着把手机递给田莹莹看。田莹莹接过手机看后连声称赞。胡平说：我现在还有个业余活动，就是拍照。我可以把一些美景发到你的微信里。我们摇一摇，可以把微信加上吗？"田莹莹笑着说："好啊！"他们各自摇了摇手机，田莹莹看了一下自己的手机大声说："加上了！"胡平说："我把一些照片发给你。"田莹莹说："太好了！"拿着手机下载着胡平发来的照片。照片有鲜花、山水、大海。她正看得投入，突然一个来电，使她为之一愣。来电显示，电话是王彩凤打来的。田莹莹神情有点为难地对胡平说："对不起，我接个电话。"说着急忙出了包厢，快步走了几步。电话接起后，传来王彩凤的声音。

"喂，莹莹，你现在在哪里？"

"阿姨，我现在与胡平一道，在咖啡馆。"

"钱律师让我给你打个电话，录音笔要打开，别忘了。"

"我知道……"

通话突然中断了，是田莹莹的手机没有电了。

田莹莹回到包厢里，胡平拿起茶壶在她的咖啡杯里加了开水。田莹莹说：我的手机没电了。胡平递上手机说："拿我的打。"田莹莹连忙推着手说："没事，不用了……"

胡平从她刚才接电话以及现在的神态中猜测到，这电话可能是王彩凤打过来的。于是就开门见山地对田莹莹讲："莹莹，王彩凤已经到法院起诉我了，你知道吗？"田莹莹平静地回答说："我知道了，阿姨已经对我说了。这事我也感到很为难。你是否可以与她协商解决？"胡平反问："今晚是否她托你来与我谈这个事情？"田莹莹思索了一下说："我不能完全代表她，但只要能解决此事，我可以尽自己的努力。"

　　田莹莹的话，使胡平有点警觉起来。按胡平职业上的经验推测，田莹莹可能会录音，因为他自己原来讨债，有时也会录音的。他谨慎地对田莹莹说："这事是你经手的，情况很清楚，现在顺帆船业有限公司没有还给我钱，就我个人而言，由于这笔借款没有收回，现在仍有负债。当时我对你和王彩凤都讲过，利息太高，总是有风险的。"田莹莹说："那笔30万元借款，是通过我的银行账户打给你的，是当时你为购买宝马轿车向她借的，不在100万元借款之内。"胡平"哼"地笑了一下说："不错，但此事另有原因，在以前我与她还有账目没有结清，你对这些事就不知道了，因为当时你还没有与王彩凤在一起工作。我正在查这笔账，以后你会知道事实真相的。"田莹莹一时没有听明白胡平所说意思，也不想问明白，感到现在与胡平谈这件事情有点困难，就茫然地说了一句："这事情找要难做人了。"胡平安慰她说："莹莹，此事我不怪你，你不要自责。现在王彩凤既然已经诉到法院了，就由法院作出裁判吧。"田莹莹笑着说："我也相信法官能作出公正的裁决。"胡平起身说："我到外面走一下，立即回来的。"田莹莹对胡平说："我想打个电话。"胡平马上把自己的手机交给田莹莹说："拿去吧。"田莹莹接过胡平的手机说"谢谢！"就拨打王彩凤的电话，语音提示"联系不上。"

　　这时胡平已经走出包厢，向洗手间走去。

　　田莹莹打不通王彩凤的电话，马上给她发了个短信："和解很难，其理由：30万元借款另外有账，100万元借款利率高！莹莹。"发完后。马上把这个已发的短信息予以删除。

　　胡平回到包厢后，田莹莹把手机交还胡平说："你的手机是新版的iPhone6，很好用。"这时，门外有敲门声，田莹莹马上开门，姚红进来了。她对田莹莹说："莹莹姐，你的手机怎么关机了？"田莹莹说："不好意思，刚才我的手机没电了！"说着向胡平介绍说："这是我的同事姚红。"姚红立即对胡平说："胡总您好！我早就听过你的大名，很高兴见到你。"胡平与姚红握了一下手说："幸会！以后我要多去N银行，多与你们打交道。"姚红说："欢迎啊！"说着他们都在包厢里坐下。服务员捧来热腾腾的汤圆，分成三碗。胡平说："我们吃点汤圆。"田莹莹和姚红品尝后，都称赞这汤圆味道好。胡平介绍说："这个汤圆是完全按我们本地传统的原料和方法做的。由水磨的糯米粉作为主要原料，内馅由洁白光亮的纯生猪油与绵白糖再加糖水桂花粘捏而成。这猪油是我公司投资的农业合作社公司特供的，保证猪肉和猪油的优质要求，你们从中会品尝出其中的特色美味。"姚红在品尝中轻轻"哇"地叫了一声说："真好吃！这汤圆入口柔软，味道香甜鲜口。莹莹姐喜欢吃汤圆、糖炒板栗，胡总都知道。我祝你们的生活也甜甜蜜蜜，团团圆圆。"胡平笑着说："但愿我们的生活都甜蜜圆满。"说着看了一下手表，已经是晚上九点十分了，就对田莹莹与姚红说："演艺厅的第二场演出开始了，我们一会儿去看演出怎么样？"田莹莹带着一幅有心事的神态说："今晚就算了，以后再说吧。"胡平看出田莹莹没有心思看演出，姚红也感到田莹莹有为难之处，就对胡平说："这里开业后，我与莹莹姐没有来过，我刚才逛了一会儿商场，感觉很好。"胡平说："我送你们两位回家吧。"田莹莹说："不必了，我与姚红有车，谢谢您！"

　　田莹莹与姚红下楼后，姚红到地下车库开车，田莹莹在宾馆门口等。外面还飘着细雨，田莹莹心想到王彩凤那里去，把今晚与胡平交谈的内容向王彩凤说明一下，并把录音笔交给王彩凤，但又想到已经很晚，手机也没有电了，联系不上。她慢步走到门口，几滴随风飘来的冷雨打在她的脸上，冰冷的感觉使她格外清醒。姚红开着汽车过来打开车窗说道："上车吧。"

第五章

正与邪

十五

"神魔皆有人情，精魅亦通世故。"

——鲁迅

英国法学家威廉·布莱克斯通曾说："如果放贷人依据契约把钱借出去，除了收取本金外，还额外收取费用作为对放弃货币使用权的补偿，认为这笔费用合法的人就把它叫'利息'，而认为这笔费用非法的人就把它叫'高利贷'。"

胡平回到家里后，与他的诉讼代理人陈其律师通了电话，他们约好明天上午在蓬山中发投资咨询有限公司办公室商量有关事情。

冬季雨蒙蒙的夜晚，室内和窗外没有一点噪声，静得出奇。胡平独自坐在自己的书房里，打开电脑，一边浏览网上的有关信息，一边思考着刚才与田莹莹交谈的情景。他估计王彩凤和律师钱益取一定会提供其他证据来主张这100万元借款的本息，可能少不了要田莹莹出庭作证，难怪田莹莹多次说她的为难。

胡平今晚与田莹莹相会，使他加深了对田莹莹真实的爱人惜物，处事有度，心理自然，具有奉献精神的可贵和可爱。胡平爱好冬泳，过去田莹莹经常在冬天的早晨陪他一起到郊外的清湖水库去游泳，使胡平感到在游泳时心里踏实、温暖。田莹莹还为胡平和其他泳友烧好开水，打扫预备下水的场地。胡平和他的泳友们都夸田莹莹勤快、温馨体贴。就在今晚，胡平感觉到田莹莹会抑制心情，即使有王彩凤那100万元的借款纠纷困扰其中，但也能以和蔼可亲的表情、温柔的心态处置，把握与他交谈的分寸。

十六

他回想起自己曾经相处过的三个女友，田莹莹是他心中最可依恋的。

　　第一位是他大学的同班同学叫金秀芸，一个北方普通农民家庭出身的姑娘。那时他们俩凭着在学校共同学习生活中形成的好感，频繁约会。金秀芸很关注胡平在学校中优良的成绩，广泛的爱好情趣以及在江南沿海生活的良好家庭背景。胡平觉得金秀芸是个善良又朴实的姑娘。胡平偶尔会带金秀芸一起到学校附近的小酒店改善伙食，到周末他们会一起去逛商城，看电影，探讨学习和生活上的问题。金秀芸多次对胡平聊起，自己的父母对她如何的爱护，到家后不要她做家务，干农家活；某个男人对他的女友如何如何好，爱护有加，脾气又好；她家乡的某女孩大学毕业后，嫁给浙江某个私营企业老板家庭的儿子，做了老板娘等。胡平听出金秀芸说这些话的用心良苦，就是旁敲侧击，要求胡平像她所说的那样爱护照顾她，实现其婚姻的目的。胡平知道，男女之间的爱情，可以享受温暖、感动、关爱，但也要付出真情、辛苦乃至做出牺牲，这需要双方的共同努力。但是胡平认为金秀芸对此却做得很平淡。尽管金秀芸很节约，每次胡平约她看电影、游玩、吃饭，都不要他大笔花钱，但是却缺少女人的柔情、纯真和浪漫，更缺少为了今后的美好生活而乐于付出的精神。最让胡平感到失望的是，当胡平以男子汉的姿态表现自己，突出他富有情感、反应敏捷、敢于拼搏等内在优点时，却得不到金秀芸的赏识，而是冷漠相待。反之，对胡平自己认为很平淡而且微不足道的事，金秀芸却为之大加赞赏。有一次，胡平在课堂上捡到 100 元钱，就马上在黑板上写了招领启事。对此，金秀芸对胡平投以羡慕佩服的眼光，多次赞扬，但胡平认为这是极为简单、微不足道、不值一谈的事。由于他们在价值观念和思维方法上的差异较大，在不到一个学期的时间里，就分道扬镳了。

　　胡平的另一位女友就是张嫒嫒，她父亲张鑫明是 20 世纪 80 年代改革开放后的民营企业家，具有优越的家庭背景和国外留学的经历，又是公司的财务总监。2008 年年底，张嫒嫒因顺帆船业有限公司急需资金而向胡平借款300 万元，与胡平相识后，很赞赏胡平在谈判中灵活应变的能力以及带有侠义气质的处事风度。后来胡平约她谈论有关公司管理等话题，也很投入。胡平发现张嫒嫒个性直率、爽快，但很爱面子，特别是与她谈到个人生活和爱情的话题时，张嫒嫒只是发表三言两语的经典语句后，就好像是对胡平的谈话内容作形式上的回应。张嫒嫒具有很强的时间观念，胡平每次与她约会，从不迟到，两人相处的时间不会超过两个小时。他们在茶馆、酒店一起喝茶、吃饭，张媛媛会抢着埋单。后来，由于顺帆船业有限公司未按约偿还胡平的300万元借款本息，胡平去公司催讨，张媛媛对胡平总是很热情，客气有加。胡平总觉得她好像是在对待一般的客户一样地应付而已。尽管如此，胡平也亲眼看到张媛媛和他父亲张鑫明工作的忙碌和艰难。除怨恨他们没有按约定偿还借款本息外，内心很同情他们在经营企业过程中的艰辛和所处的困境。

使胡平不能容忍的是，张媛媛为躲避公司债务，对胡平不辞而别，与她父亲一起出走。胡平感到自己被欺骗和捉弄了，心中经常骂张媛媛是个狡猾、虚伪的女人。对此，他曾动用社会上专门讨债的王阿三、陆虎等小兄弟去查找张媛媛和张鑫明的下落。

当时，胡平把张媛媛的聪明虚伪与金秀芸的平庸朴实相比，想到张媛媛太可怕了。后来他了解到的有关顺帆船业有限公司的真相，使他逐渐明白，在人生的道路上，磨难是在所难免的，它确实会捉弄人，但不一定是欺骗，也许磨难是对人生的一个重要转机，他自己在近年来遇到的就是很好的例证，关键是如何应对它。如果是一蹶不振，庸俗无能以致堕落，从此趴下，那后果更为可怕。他认为张媛媛不会因受到磨难而堕落。

十七

现在，胡平静心地重新思考这个问题，认为发生逃债的私营企业主，有其复杂的原因。他首先想到，以自己的5%高利率出借资金，借款企业的负担就可想而知了。还有金融制度上存在融资、信贷不平衡和不合理的现象，历史形成的经济和文化环境以及法律制度上的问题。如欠债还钱，天经地义，胜者为王，败者为寇，这些难以改变的古训；重视保护债权人的利益，轻视平等保护债务人正当权利，忽视企业破产保护制度等。

胡平清楚地记得2008年年底，张媛媛与他商谈借款的事宜基本达成口头协议后的第二天，作为顺帆船业有限公司的董事长张鑫明坐一辆用了将近十年的老奔驰轿车，亲自到他公司办公室，以谦卑、认真而急切的口气提出向

他借款的要求，并亲自与他签下借款协议。张鑫明在临别时握住他的手说："胡经理，我们公司现在暂时发生困难，但很快会过去的，请相信我，三个月内一定归还的！谢谢啦，谢谢！"

蓬山县的很多人都知道，顺帆船业有限公司是张鑫明于 20 世纪 80 年代中期开办的，一直以来以他家族管理的模式经营，企业以其地处蓬山县海港镇得天独厚的港口优势以及张鑫明辛勤敬业的精神和精明的管理而逐渐壮大，成为蓬山县的重点骨干企业，是个创利税的大户。到 2005 年前后，顺帆船业公司更为迅速发展，十几层的办公大楼以及宽广的生产作业区和船坞，数亿资产总量，使之享有盛誉。董事长张鑫明成为优秀民营企业家，还是市人大代表。尽管企业兴旺发达，但张鑫明始终保持着勤奋踏实以及时时处处都为企业发展着想的风格，就连自己用的高档汽车也舍不得购买，把企业的资金都用在购买先进设备和发展再生产上。他那辆用了将近十年的奔驰轿车，还是客户因欠顺帆船业有限公司的货款时间较长，为弥补利息而赠送给他的。胡平当时认为，把资金借给这样的公司是没有问题的，他在出借资金之前已经向银行了解过，银行有关权威人士都向他表示，顺帆船业有限公司需要转贷的情况属实，只要归还 300 万元到期贷款，立即可以再贷款 300 万元甚至更多一点给顺帆船业有限公司。

可商场如战场，有很多因素是不能预料的。2008 年，由于受国际金融危机的影响，船舶运输业低落，造船业也受到冲击。顺帆船业有限公司的很多造船合同在履行过程中，有的客户违约，有的不按约定支付价款，有的不提货、不付款。其中有一艘二万吨级的货船，造价一亿多，用了一年多的时间完工，已经交付给客户——一个印度尼西亚人在香港注册的一家船运公司。该公司竟然以质量有问题等借口，拒绝付款，还有很多客户也出现类似情况，使顺帆船业有限公司的经营面临极为困难的处境，企业流动资金濒临断裂。为此，张鑫明和张媛媛几乎每天跑银行，求贷款。但是，由于当时银根紧缩，到银行贷款不成，旧的贷款也将到期。如果到期的银行贷款不能按期偿还，那么，顺帆船业有限公司就会上银行征信系统的黑名单，就不能再向任何银行贷款，企业的资金链就会彻底的断裂，面临倒闭的结局。当时，张鑫明心急如焚，真可谓一分钱难倒英雄汉。300 万元，对顺帆船业有限公司虽然说为数不多，但在企业资金周转困难时，却真是被难倒了。作为财务总监的张媛媛，在紧急之际，通过他人介绍向胡平借款。当时，她计划借款期限是3个月，因为在3个月内，有两笔300万元的银行贷款到期，一笔是2008年12月30日到期，另有一笔于2009年2月中旬到期。面对这样的状况，张媛媛与其父亲商量，就是利息高，咬咬牙也要借，先渡过这个难关。

后来，因顺帆船业有限公司不能按约归还胡平300万元借款，胡平也未按约归还王彩凤的100万元借款。王彩凤与田莹莹不断向胡平催讨，胡平为此很烦恼，也不断向顺帆船业公司催讨。在张鑫明与张媛媛出走后，胡平曾带着社会上专门讨债的王阿三、陆虎等小兄弟到顺帆船业有限公司，打听张鑫明的下落，他们着重对顺帆船业有限公司办公室主任张昌满进行询问。张昌满带着沉重和无奈的神态，向胡平详细诉说当时顺帆船业有限公司的相关情况。

2008年12月底，顺帆船业有限公司向胡平借得300万元后，将该300万元归还银行的到期贷款，银行权威人士表示，在较短的时间内再贷款380万元。到2009年1月初，由于该银行的上级分行发出通知，因银根紧缩，贷款暂停。原来计划向顺帆船业有限公司贷款380万元也暂停，这导致了顺帆船业有限公司的经营陷入困境。

俗话说："过年容易，过日难。"熬过了2009年春节，顺帆船业有限公司的处境越来越难。一方面，应收款没有收回，张鑫明和张媛媛以及公司其他高管跑了多家银行请求贷款没有结果。另一方面，几百个工人和管理人员的工资、奖金已经数月未发。还有，为数较大的公司员工内部集资款，就是公司经营状况良好时，向内部员工借款，以1.2%的利率支付员工利息，也有几个月没有支付了。再有，众多的原材料供应商的货款以及加工船舶零部件的加工款等，也不能得到支付。银行贷款利息以及民间借贷利息也未能按约支付。在张媛媛的办公室里，每天都有要债的人。三十六计，走为上计。面对这样的困境，张鑫明选择暂时出走。在2009年9月中旬的一个晚上，他召集公司有关高管做了认真的交代，第一，要求组织公司内部职工共同商量和管理公司事务，以稳定员工的情绪，保护公司合法财产；第二，对公司的资产和债务作出有效的审计核实，与债权人核对准确的债权数额等事宜；第三，对顺帆船业有限公司的现状以及今后的打算，向当地党委和政府作出翔实的书面报告。

张鑫明当时颇有感慨地说："只要公司高管和技术骨干齐心合力共渡难关，以后仍然会有机会恢复生机的。"此时，他也非常坦诚地承认，除客观原因导致公司出现今天的困境外，原来的家族管理模式，存在忽视企业员工的利益，影响员工特别是企业高管积极性的缺陷。张鑫明对公司相关的事宜向张昌满等主要高管做了交代后，于 2009 年 9 月中旬，以到香港催收债款为名，与张媛媛一起外出。

胡平很清楚，现在向顺帆船业有限公司要回 300 万元借款本金是不可能的，张鑫明在外避债一段时间后回到了海港镇，胡平曾经几次与他当面交涉过，但砻糠榨不出油，毫无结果！

十八

有人把资金比作企业的血液，如果一个正常的人，则没有必要输血，但如果是一个急着要输血的人，不及时输血就可能会失去生命。企业又何尝不是这样？近年来，胡平亲历了其中的利害所在。当一家企业兴旺发达时，很多银行以及投资者，都会主动把资金伸向那里。如果企业经营处于危难之际，缺乏周转资金而陷入困境，寻求资金输入该有多难啊！

他在质疑原来在出借资金的目标和方法上存在的问题，同时也对当今金融管理制度的现状提出疑问。一个以出借资金为主要经营方式的所谓投资咨询公司，却不能以公司的名义光明磊落地对外出借资金，而是以个人名义出借于企业或个人，因为出借资金应当取得国家的金融许可，受国家法律和政策的限制。于是，胡平只能以个人名义出借资金，个人出借资金，在形式上就变成了合法。在前几年胡平出借资金的主要目标有银行转贷的企业，当时他认为银行转贷后，即可归还给他，且利率高，容易营利。还有就是拍卖整体项目或建筑工程招投标，需要押金，由于交不出押金而借款的个人和企业。拍卖中标或没有中标，押金仍然在，可以归还借款，这种借款的获利也是很丰厚的。事实证明，上述两个借款对象，出借资金后的风险都很大。所谓"转贷"，就是靠银行的贷款，再偿还原来的贷款，先短期向民间借款归还银行，然后由银行再贷款归还民间借款。显而易见，这样的企业，在资金流通中就存有问题，出借资金后风险一定很大；所谓拍卖或招投标的押金，也就是竞买人或投标人交给拍卖人或招标人的保证金。如果一个连保证金也不能支付的个人或企业，要做好整体项目或工程的把握也是靠不住的，归还借款更没有把握。因此导致了胡平出借给顺帆船业有限公司"转贷"的借款没有得到归还，还有几笔借款，催讨了很长时间，总算基本还清，但讨债的成本和付出的精力却损耗不少。

尽管社会上很多人鄙夷高利贷。但胡平当时认为，这是自愿正常的交易。当一个企业急需资金，需要输血时，像他这样的民间资金出借人就会在关键时刻提供资金，解救处于困境中的企业或个人。这是在冒风险，没有一定的智慧和胆略，是不能做这种交易的。尽管胡平出借的资金利息很高，但他却心安理得，他认为自己并没有走什么歪门邪道，做缺德的事。现在，他重新审视评价这个问题，对高利贷有了新的认识，企业和个人高利率借款，会增加企业或个人的经营成本，对经济发展以及正当的市场竞争可能会带来很大的负面影响。

窗外传来一阵风声，胡平感觉到外面的小雨已经停止，转风了。他关闭电脑，到卫生间洗刷一下，走进卧室躺倒在床上，心想最好能与田莹莹讨论高利贷的问题，在相互真诚、坦率的交谈中，得到满意的答案。他又想起了张媛媛，曾经在她快要出走避债时，由于不能偿还借款，谴责胡平放高利贷的狠心。胡平也曾经回应她，借债还钱，天经地义！当初在借款时不顾利息的高低而求上门借款，无力还款时还要谴责于人。胡平知道张媛媛对他没有真诚，更谈不上商量解决问题的具体话题了。

第六章

交错而过

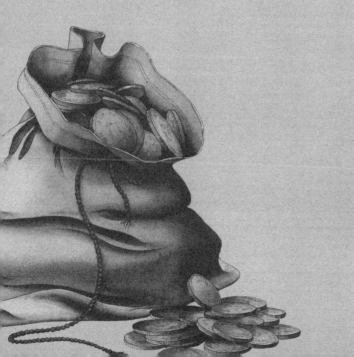

十九

　　星期天的早上，杨忠准备与妻子俞彩芳吃好早餐后一起去乡下看望他的父母。就在这时，他的手机响了。来电显示，是法院内部虚拟网的短号，海港法庭庭长葛峰打来的。杨忠接听电话，传来葛峰粗放的声音：

　　"老杨您好，起床了吗？"

　　"起了，你这么早有何贵干呐？"

　　葛峰清了一下嗓子说："今晚请你一起到洋山农家乐酒家聚一聚，吃个晚饭，到时候我来接你，你叼一定要参加呀。"杨忠立即回答说："对不起，葛峰，我今天与我爱人一起正准备到乡下看看我的父母，就免了吧，谢谢你。"杨忠在接电话中察觉到，可能葛峰已经知道董世民要调到法院当副院长的消息，因为他的消息很灵通，再加上现在是海港法庭庭长，与董世民平时有工作上的联系。立即使他想到，对董世明的任命现在尚未公布，葛峰在这个时候安排聚会是否妥当？他正在思考中，想再说点什么。可紧接着葛峰在电话中放低了声音又说："我告诉你一个消息，你的老同学，董世明镇长要调回我院当常务副院长了，晚上我请你与董镇长一起聚一聚，在他调离海港镇之前，尽我这个海港法庭庭长的一份心意。下午四点我到你乡下老家来接你和你的爱人，我知道那里离洋山农家乐并不远，就这样定了。"

　　杨忠含糊地应了一下"下午我们再联系吧。"

　　挂了电话后，俞彩芳已经把准备好的早餐摆在饭桌上，招呼杨忠一起用餐。杨忠对俞彩芳讲了葛峰约他们一起到洋山农家乐酒家吃晚饭的事。俞彩芳对杨忠说："葛峰与你的关系一直不错，既然他今晚已经安排好了，想必董镇长那里他也已经邀请了，你不能轻易地推托他的邀请。"杨忠点了点头说："好，我们吃好早餐后，马上坐公交车去老家。"

　　葛峰于1997年进入法院时在经济审判庭工作，那时杨忠已经是审判员，葛峰担任书记员。他比杨忠小几岁，但当时他们的关系很密切，工作一直配合得很好。因为葛峰工作热情很高，处事灵活，社交能力强，他们之间在工作上很默契，有些难度大的纠纷案件，正是由于他们之间的密切配合才得到了妥善调解。再有，葛峰过去还帮了杨忠一个大忙。杨忠的妻子俞彩芳原来是一家国有酒厂的化验员，在2000年的时候，国有酒厂改制，变成了私有企业，俞彩芳因此而下岗，一时找不到工作。当时，葛峰为俞彩芳找工作四处托人，结果找到了他一个远房亲戚，是当地的海宝食品股份集团有限公司的总经理。经葛峰介绍，俞彩芳马上就到了该公司担任化验员。可过了没多久，又有一件事情使杨忠感到很为难，他儿子在蓬山中学读书，儿子的班主任施老师找到了杨忠的家里。这位施老师对杨忠诉说，她的丈夫由于下海经商，经验不足，与别人发生了一起买卖合同纠纷，正在杨忠所在的经济审判庭审理，要杨忠帮帮忙，打赢这场官司。那时，葛峰已经是审判员，这个案件正是葛峰承办的。杨忠当时真的被难住了，其他人的事情可以推脱不管，但是对自己儿子的班主任，如果表现为铁面无私地拒绝或借口推脱，对儿子的学习是否会有什么影响？每年教师节，杨忠虽然没有贵重的礼物送给这位施老师，但是，出于对老师的尊敬，也要叫儿子送上一束鲜花或书籍之类的礼物。杨忠当时对这位施老师说："请施老师相信法院会公正处理的，承办案件的审判员一定会按照法律程序查清这个纠纷案件的有关事实，依法裁判。法院办案有严格的法律程序，不会走后门的。"这位施老师临走的时候对杨忠说："杨庭长，这事要你帮忙了。"杨忠也只能无奈地回答说："只要符合法律规定的要求，一定会的。"后来，这个案件由葛峰调解，解决了纠纷，而且双方都很满意。杨忠对葛峰给予他的帮助，内心一直很感动。但杨忠有时观察到葛峰作为法官，社会交际太广，对审理案件会有负面影响，在适当的场合少不了要提醒他。到2008年，一些法院的基层法庭庭长可以享受副处级待遇，葛峰经组织部考察后，由人大常委会任命为海港法庭庭长。而杨忠仍然在商事审判庭（原来的经济审判庭后改名为商事审判庭）。

杨忠夫妇吃完早餐后，俞彩芳把已经准备好的水果、食品还有老人穿的新衣服放进包里。杨忠与她一起走向附近的公交车站。

二十

上午八点多，雨过风停，冬天的太阳为天空抹上一片红润，给大地送来温暖。胡平驾车到了自己公司的门口停下后，走进了办公室，拿起手机，用微信把刚才在路上照的一张照片发给田莹莹，并写上一行文字："早上八九点钟的太阳！"又发了一个聊天："很想与你探讨一下民间借贷的利率问题。"他从自己的办公室走到了公司会议室，打开饮水器，等待陈其律师的到来。

陈其与胡平是高中的同班同学，在高中上学时，他的成绩一直是名列前茅，与胡平的关系很密切。他们都爱好体育运动，尤其是游泳发挥得特别好，经常一起到大海畅游，还多次一起参加过游泳比赛。2000 年，他们共同参加高考，胡平考上了 Z 省的一所职业学院，专业是工商管理，陈其考入中国政法大学。大学毕业后，胡平回到蓬山县，在一家商业银行从事信贷员的工作，2006 年辞职后自己开办了蓬山中发投资咨询有限公司，开始了他的创业之路。陈其则留在北京，在一家律师事务所当律师，主要从事公司上市、企业兼并和重组等法律服务。由于他刚踏入社会，在北京缺少相应的人脉关系和社会背景，且又是从事高层次的经济和法律服务，自己接不到这方面的业务，只能为其他资深的律师做助手，几乎每天忙于为那些大律师起草有关公司上市的法律文件、重组方案以及兼并协议和法律咨询意见等，他自己偶尔接到些诉讼案件，也要为之让路。

2008 年年底，胡平因出借的资金不能按约定得到归还，他的公司经营困难，到北京找老同学陈其商量解决的办法。陈其以他几年来从事企业资产重组以及相关融资和股权转让等法律服务的经验，向胡平提出了几个公司经营的建议。第一，继续催讨尚未收回的出借资金本息，对一些有履行能力而故意拖延不履行归还义务的客户，通过诉讼程序解决；第二，对现有蓬山中发投资咨询有限公司的债权债务作全面的清理，有死账坏账的则予以剥离，分流到公司股东个人承受；第三，改变公司由原来以民间借贷为主的经营方式，以从事投资信息咨询，吸引民间闲散资金向高科技开发等有发展潜力和享有较好信誉的企业或个人投资，公司为投资者提供真实可靠高质量的投资信息依据；第四，吸收有关具有一定的投资能力、专业特长以及社会协调活动能力的企业和个人入股。按公司章程的要求共同参与公司管理。陈其还以自己所经历过的具体个案，向胡平进行了详细的解释。

胡平当时听了陈其的建议后，心里豁然开朗，他敬佩陈其对企业发展的高深见解，真正使他领悟到陈其渊博的知识以及在北京倾心于钻研企业法律服务的见多识广，这是企业发展的无形资产呀！

胡平平复了一下心绪，向陈其介绍了蓬山县近几年的发展变化，建议并邀请陈其回家乡发展，认为蓬山县具有丰富的海洋资源，渔业、外贸出口加工、造船运输、旅游、建筑业具有很好的基础和发展前程，商业氛围很好。但是上市公司却不多，对企业管理和融资等方面，缺少先进的模式和专业人才。他当时以极为诚恳的语气对陈其说："老同学，像你这样的有用之才，要是能回到家乡，一定会有很大的发展空间，并能取得成功。"

回家乡发展，陈其本来就有此打算，他听了胡平的介绍后，内心立即兴奋起来，顺手在桌子上拿起一支笔挥了一下对胡平说："好啊，我也正在考虑这个问题，蓬山县的公司上市我可以先试着做起来，回家后我可以开个律师事务所，老同学你可要多帮助我。"胡平回答说："这没有问题，我第一个邀请你做我的法律顾问，但是没有顾问费的。你刚才说，吸收有关专业特长以及有社会协调活动能力的人入股。按公司章程的要求共同参与公司管理。你的顾问费可以在我的公司直接入股，变成我这个公司的股东。你的第一笔法律顾问费先定 50 万元，就是你可以在我公司享有 50 万元的股权。"

就这样，陈其于 2009 年上半年回到家乡，首先与他人合伙开办了一家律师事务所，称为江海港湾律师事务所，成为胡平的蓬山中发投资咨询有限公司股东并担任法律顾问。就在这几年内，他通过自己以及他的老师和在京的同事一起努力，成功地把蓬山县的一家股份有限公司变成了上市公司，还有两家公司在准备上市的过程中，使他成为当地一名颇具影响的律师。

二十一

　　过了大约十几分钟，陈其驾车到了蓬山中发投资咨询有限公司门口。他中等个子，身穿一件略微紧身的薄棉衣，戴一副金丝边框的眼镜，肤色白皙，五官清秀中带着一抹俊俏，手提公文包，下车后快步走进了胡平的办公室。他与胡平相互间用微笑和手势打了个招呼，就在胡平的办公桌对面坐下了。

　　胡平把已经泡好的一杯茶递给陈其说："王彩凤诉我的那个借款纠纷案，可能会提供其他证据向我要这 100 万元的借款本息。昨晚，我与以前的女友田莹莹相遇后，田莹莹提到了其中的 30 万元还款以及利息的事情，田莹莹是知道这些事实的，王彩凤可能会要田莹莹到法庭上作证。因此，今天早上请你来商量一下如何应对。"陈其思索了一下，正想了解这个纠纷案更为详细的事实，听到胡平的手机响了一下，是一个微信的信号声，陈其看他拿起手机，看得非常认真，没有当即发话，而是观察着胡平对此的反应。

　　胡平在微信中看到了田莹莹回复他的一段文字："民间借贷，有利有弊，有喜又有怨，值得探讨。上午我有空，等候你的消息。"刚才胡平发个微信给田莹莹，请她探讨民间借贷问题，是他真实意思表示的一部分，还有另一部分的意思没有直接表达出来，就是他想念田莹莹，想约个时间与她继续交流沟通相互之间的其他内容。可他想不到田莹莹这么快就回复要与他相会。田莹莹在微信文字中很明确，是上午有时间就要与他探讨。胡平猜测，田莹莹可能也包含与他沟通的其他内容。上午时间已经很紧迫，肯定是挤不出来了。胡平看了一下对面坐着的陈其笑了一下说："我先发个信息。"

　　胡平立即在微信中向田莹莹发了一段文字："莹：对不起，上午公司有事，不能脱身，中午我请你一起吃饭。"接着他对陈其说："我刚才与田莹莹发过微信，约她聊聊民间借贷的问题，想不到她立即就回复了。"陈其笑着说："过去你多次提到她，现在旧情复燃了？她还能为王彩凤出庭作证吗？"

　　胡平说："我了解她的为人，在她的心目中，过去王彩凤算是有恩于她，因此她会选择帮王彩凤的，但她也感到很为难，昨天晚上向我流露了她的难处。因此，我认为尽量减少她在这方面的压力。"

陈其听后"哈哈"地笑出声来说："原来兄弟如此会怜香惜玉，真不简单。"胡平说："其实田莹莹也不了解我与王彩凤之间借款纠纷的全部事实。"陈其说："这个借款纠纷案，对方律师钱益取想走捷径，用一份借条起诉，我当时也以简单的方式应对，有关事实也没有向你详细了解。那个钱益取现在知道这个捷径已经走不通了，一定会用更多的证据来证明他的主张。现在你把有关真实情况详细介绍一下，以便进一步应诉。"

胡平喝了一口茶说道："这个过程有点长了。我把主要的部分讲给你听听。事情的经过是这样的，在 2007 年我与王彩凤就有借款业务往来。2008年 1 月，王彩凤告诉我，蓬山佳园房地产开发有限公司在县城东郊买到了很大的一块房地产开发用地，现在已经与东郊村签好了土地转让协议，因缺乏资金，需要借款，月利率 2.5%，借款期限 6 个月，她问我是否可以一起出借 60 万元。我当时经过初步了解，确有此事，就答应与王彩凤一起出借 60万元，我与王彩凤各 30 万元。我把 30 万元通过银行汇入王彩凤的银行账户，由王彩凤把 60 万元借款汇入蓬山佳园房地产开发有限公司的银行账户后，该公司出具一份借条写明：'今借到王彩凤、胡平人民币 60 万元，月息二分半，借期半年。'当时借条由王彩凤保管。过了不到三个月，问题就出来了，蓬山佳园房地产开发有限公司所谓征用东郊村的土地开发，纯粹是非法行为。该地块根本未经土地管理部门审批，属于农用地，只是少数村干部擅自与蓬山佳园房地产开发有限公司签订的无效合同，引起了村民的反对，部分村民代表向政府有关部门检举揭发该违法行为。蓬山佳园房地产开发有限公司的法定代表人何启德知道情况不妙，就携款逃跑了。当时，我与王彩凤为追回这 60 万借款，四处打听何启德的下落，王彩凤请了一位叫八爷的东北人和我的几个小兄弟王阿三、陆虎一起查找何启德，同时也向公安机关报案。后来，那个何启德在外逃期间，死于车祸。到去年年底，我在一个酒店里遇到陆虎，他与我重提这件事时告诉我，在何启德外逃后没过多久，王彩凤通过东北人八爷向何启德追回了其中的 36 万元借款。但至今王彩凤没有与我提起过已经追回这笔债款的事情。在 2008 年 12 月，我为购买宝马轿车，向王彩凤借款30 万元，她却把那份由蓬山佳园房地产开发有限公司出具的 60 万元借条给我保管，现在借条仍然在我这里。"

陈其听了胡平的一番陈述后插话说："你刚才说的情况虽然是事实，但需要有关证据证明。"凭陈其从事律师的职业要求考虑问题，在诉讼中，仅仅是当事人的陈述，如果没有证据支撑，对方不承认，那法院也难以认定这个事实。再往深处想，胡平对他所说的上述过程，作为他老同学在亲密的商讨场合所讲的话，不得不相信是真的，但要是换了其他人能相信吗？

胡平皱了一下眉头对陈其说："打官司要证据，我也听说了一些，但如果我没有证据，而事实却与我所说的一样，难道法院真的会判我败诉？"

陈其思考了一下，对胡平说道："民事诉讼当事人在审判过程中为实现自己的诉讼目的，提供对自己有利的事实证据，从法律权利上讲，称为私权。原、被告在诉讼中的地位是平等的，法院在诉讼中居中裁判。如果一方提供了证据，能够证明案件事实，而另一方没有证据，他说得再多，也证明不了案件事实，就会败诉。所以，对你与王彩凤的借款纠纷案，我们还需要收集有关证据。"

胡平问道："我与王彩凤打官司，我为证明自己的民事权利，要自己提供证据，是我与她之间的私权？如果是盗窃、抢劫、杀人案件，就由公安、检察、法院来侦查、起诉、审判，这叫公权，是吗？"

陈其点了一下头答道："我只是打个比方，不一定完全正确，民法是私法，如果法律没有禁止的，公民个人之间可以相互自由协商，签订合同，处分自己的权利。国家权力就是公权力，是公民让出自己的一部分权利，授予国家管理者用于维护全体公民的福祉和社会秩序，这便是公权，你刚才讲的抢劫、杀人等犯罪行为，就有国家公权力来管。而私权，在民事诉讼中，要由当事人自己提供证据，法院作为国家的审判机关，根据当事人提供的证据分析判断案件事实，居中裁判。"

胡平说："我懂了，如果在民事诉讼中，我们提出的事实，没有证据证明，对方否定这个事实，那么我们提出的事实，在法庭上，也不能得到认定。"

陈其点了一下头，问胡平道："你刚才说的去年年底，在一个酒店里，陆虎对你讲过，王彩凤已经由一个叫八爷的东北人，向蓬山佳园房地产开发

有限公司的法定代表人何启德要回了 36 万元借款，对这个情况，还要了解详细的事实。还有蓬山佳园房地产开发有限公司的会记账册现在是否还在，也要去查一下，在账册中可以查到你与王彩凤共同出借的 60 万元借款的还款情况。你在 2008 年年初通过银行汇给王彩凤 30 万元的汇款凭证是最好的证据，一定要提供的。"

胡平补充说："还有蓬山佳园房地产开发有限公司出具的那份借款 60 万元的借条，现在还在我这里，可以作为证据。"陈其摆了一下手对他说："这份借条暂时不要提交到法院去，因为借条在你那里，王彩凤和她的律师钱益取反而会说，他们向何启德要回其中的 36 万元，是要凭借条的。她没有借条，而你却持有借条，可以向何启德催讨。这样他们会把没有要回这 60 万元借款的责任推到你的头上。这也是诉讼的策略。"

胡平听了陈其的一番说法，摸了一下自己的头，作出感悟的神态，发出"噢！"的一声说道："这些我真的没有考虑到呀，要不是你的指点，我就把这份借条提交给法院了，这可能反而会增加自己的麻烦。"

陈其认为胡平与王彩凤的借款纠纷，还有个利息问题需要明白，就继续问胡平："你向王彩凤借款 30 万元后，又借款 100 万元，利息是多少，2009 年 4 月 21 日后，连续五个月，每月汇款给王彩凤 3 万元，这个问题如何解释，把这些真实情况再详细地介绍一下？"

胡平思考了一下，对陈其说："在 2008 年 12 月初，我要买一辆宝马轿车，向王彩凤借款 30 万元，口头约定利率为 2%，第一个月的利息是在本金中扣掉了 6000 元，通过田莹莹的银行账户实际汇到我的银行账户是 294000 元。2008 年 12 月 21 日，我又向王彩凤借款 100 万元，借款期限为 3 个月，月利率为 3%，王彩凤通过她自己的银行账户实际汇给我的是 100 万元，当时我与她口头约定好的，我用现金把 3 个月的利息 9 万元在借款的当天支付给王彩凤，另有一万元是我支付给田莹莹的酬金，因为她为促成这笔借款出过力，我实际到手的只有 90 万元。2008 年 12 月底，我把 300 万元出借给顺帆船业有限公司，月利率为 5%，我也提前向顺帆船业有限公司收取 3 个月的利息 45 万元。到 2009 年 1 月 2 日，我将其中的 30 万元归还给王彩凤，她把我出具的 30 万元借条也还给我了。到 2009 年 3 月，这 100 万元借款到期后，由于顺帆船业有限公司没有偿还我的 300 万元借款，我也无法偿还王彩凤的 100 万元。我当时认为本金暂时偿还不了，利息还是要付的，所以 2009 年 4 月后，每个月汇款给王彩凤 3 万元。到 2009 年 9 月，我的资金周转已经很困难。当时，张鑫明和张媛媛已经外出避债，我感到出借的 300 万元资金归还无望，就向王彩凤提出要求停息，原来的利息过高，应重新调整利率，田莹莹当时也向王彩凤提出，适当降低利息，王彩凤当时表示可以适当降低利率，但是向我催讨债款的强度有增无减，有时候我正在与朋友商量某些事情，她就会上门要债。我为了躲避她的催讨，不接听她的电话也是有的，但只要有资金可以周转，我还是会安排归还给她一些。"

陈其插话说："你刚才讲的内容我听了以后，认为是符合事实的，我要梳理一下有关的书面证据材料。"

二十二

陈其看了一下表，快到十点了，在蓬山中发投资咨询有限公司的会议室里，已经坐了好几个人。他对胡平说："我们到会议室去吧。"

胡平答应着："好的！"他先打开手机看了一下信息，其中有一条是田莹莹发来的："中午我有事情，吃饭不来了，我们以后再约时间。"胡平立即给她回复一条信息："OK！届时我约你。"

陈其与胡平到了会议室，与在座的股东打着招呼，在会议桌两旁分别坐下了，这个会议室大约 50 多平方米，正中一张几米长的椭圆形会议桌，两旁坐着几位蓬山中发投资咨询有限公司的股东和员工，他们正在讨论有关公司经营以及经济信息等问题。在会议室靠墙的两边摆放着几对沙发和茶几，还有饮水器、茶壶、茶杯和鲜花等，看上去很整洁协调。

蓬山中发投资咨询有限公司于 2009 年经胡平与陈其预先制定的经营方式、股东入股办法以及管理模式，在经营范围上，包括吸收民间资金的投资管理，经济信息咨询，投资和融资服务，国内及国际贸易，展览、展示信息服务，提供商务咨询等。公司股东已经扩大到了将近 50 个。这些股东有个人入股，也有法人入股的。在重大经营问题以及公司管理决策上，由股东共同讨论决定。由于部分股东平时在其他单位上班，星期天往往有很多人到这个会议室一起讨论公司的经营管理以及互通信息。近几年公司每年有上百万的盈利，胡平是公司的总经理，法定代表人。最近，胡平根据公司快速发展以及股东日益增多的状况，要陈其起草新的公司章程，拟设立董事会和监事会。

坐在会议室的股东有章玉文，已经 68 岁了，原来是上海一家国有贸易集团公司的老总，2001 年公司改制后，他成为该贸易公司的最大股东，并继续担任法定代表人。退休后，他选择在风景优美、空气新鲜的原籍蓬山县定居，2011 年，胡平与陈其多次上门请教并邀请他指导公司的管理。章玉文在闲暇时也经常到蓬山中发投资咨询有限公司做客，并出资 50 万元入股，成为公司股东。胡平非常尊重他，公司召开股东会，经常由他来主持，公司股东称他为名誉董事长。还有两位年龄已近 60 岁的是顾希龙和朱丹霞。顾希龙是当地一家上市公司——云翔股份有限公司的副总，该公司主要经营汽车零部件制造，在蓬山中发投资咨询有限公司也有股份投入，旨在多方位地了解市场行情以及科技开发信息，顾希龙是法人股的代表。朱丹霞原是蓬山农业科技中心的高级农艺师，退休后仍然在研究优质农产品的开发研究，前几年与蓬山中发投资咨询有限公司有过很好的合作，于 2010 年在公司投入股权 20 万元。另有两位年龄在 40 岁左右的股东，一位是南塘乡田岙村的农地承包大户余常欢，从事优质农副产品的种植开发。坐在余常欢旁边的是金云，他作为枫兰房地产集团公司法人股的代表，是房地产开发的策划专家。坐在办公桌最后的两位是"90 后"年轻人黄成与徐晓玲，大学计算机专业刚毕业，为开发网络软件，他们在大学毕业后，选择在蓬山中发投资咨询有限公司各投资 10 万元入股，共同创业开发网络软件，他们既是公司股东，又是员工，在蓬山中发投资咨询有限公司除了开发研究网络软件，还担负着了解科技和市场信息等工作。因为今天没有通知召开股东会，尚有很多股东没有来。

胡平坐下后，习惯性地以汇报的方式，针对在场股东的不同行业特点和要求，介绍一下公司近期的打算和经营状况。他以常用的口头语说道："各位老板，我简单地与大家谈些公司最近的有关经营信息。我们在农业优质产品的投资上取得了很好的效益，现在红美人橘子以及原质猪肉是供不应求，且利润可观。我们投资设立的农业社公司，由农民以自己承包的土地自愿入股，以协议的方式共同开发，共同分享科研成果和市场信息，结果越做越大。"农地承包大户余常欢插话说："要是没有公司的投资和从中的经营策划，我承包的田地以及开发的优质农副产品，不可能会有这么快的发展和取得这么好的效益。"高级农艺师朱丹霞也插话说："优质农副产品的开发是长期的，我正在与有关农业科技研究所联系新的开发项目，争取开发出更多更好的优质产品。"

胡平接着说："过不了多久，我公司的商务洽谈地点可以到五星级宾馆——枫兰港湾城去，我们在那里的房地产投资也是很成功的。枫兰房地产集团公司在开发枫兰港湾城时，由金云先生与陈其律师共同策划，采取分户投资，整体管理的方式。就是我们投资的商务用房，可以出租给枫兰房地产集团公司作为宾馆和其他商务用房使用。这样，我们仅仅投资一半的购房款，另一半按揭贷款，由枫兰房地产集团公司把我们的租金抵过支付给银行。枫兰港湾城所处位置优越，是集购物、美食、文化娱乐、商务、度假酒店为一体的商业综合区，现在这里的酒店和餐饮、文化等服务业很兴旺，已经获得较大的盈利。枫兰房地产集团公司最近还为我公司免费提供商务洽谈场所。数年后，付清了按揭贷款，我们可以得到那里整体房产的自主使用权和处分权，而且还可以享受枫兰房产集团属下的物业管理公司的股权，对那里的物业享受管理决策和监督权。"

胡平讲到这里停了一下，望着被股东称为名誉董事长的章玉文。章玉文笑着说："我们公司近年来能得到快速发展，其中一个重要因素是设置的制度符合发展的要求，股东以及员工的权利义务明确，民主化管理决策，充分调动了每个人的积极性，凝结公司集体的智慧。就像我这样的退休老人，虽然起不到大的作用，但也能体现自己的价值所在。刚才我看了陈其律师起草的公司新章程和监事会职责，写得比较具体，可以发给每个股东讨论。"说着他用手指了一下黄成与徐晓玲继续说："这两位'90后'为我们及时提供的市场经济信息很好，我每次来公司，感到很新鲜，我们公司的股权，'80后'和'90后'占很大比例，很有活力，希望以后在网络软件等高科技产品领域能有较好的发展。"

中午十一点，胡平最后走出公司大门，在大门口与其他股东挥手道别后，钻进了自己的轿车，迅速拿出手机拨打田莹莹的电话，对方没有接听，而是当即发来一个信息："对不起，现在不方便接电话。稍后给您电话。"胡平知道，这是手机中预先设置的短信回复用语，田莹莹中午确实没时间了，否则不可能用这种方式给他回复短信的。

二十三

田莹莹于上午九点多接到王彩凤的电话。王彩凤在电话中对田莹莹说，昨天晚上到乡下一个寺庙里陪她的老母亲拜佛去了，那里的手机信号不好，没有接到电话和短信，现已经在回县城的路上，并请田莹莹中午到天灿茶馆渔山厅一起吃饭。

中午十一点，田莹莹到了天灿茶馆渔山厅，王彩凤与钱益取已经在里面等候她了。田莹莹首先简单地向王彩凤讲述昨天晚上在枫兰港湾城茶馆与胡平交谈的内容，然后把那支录音笔还给王彩凤。这时，服务员送来了饭菜摆放在茶桌上。

他们三人一边在吃饭，一边听着录音。王彩凤点了七八个上好的菜肴，但她看到田莹莹却吃得很少，于是关切地对田莹莹说："莹莹，多吃点，这个事情你已经尽力了，不要把它放在心上。"田莹莹点了点头没有说话。

吃完中午饭，田莹莹向王彩凤和钱益取告别，走出了天灿茶馆后，想给胡平打个电话，但她又想，现在应该对胡平说些什么比较好呢？她一时想不出适当的话语，因而没有给胡平打电话。

钱益取听了田莹莹与胡平的谈话录音后，对王彩凤说："看来小田还是个很痴情的姑娘，她对胡平还有感情，要她到法庭上作证，是否有难度？"王彩凤说："你放心吧！这事与她有牵连，相信她会去法庭作证的。"钱益取听后很高兴，再次从茶桌上拿起王彩凤的手机，翻开昨天晚上由胡平的手机发来的一条信息念道："'和解很难，其理由：30万元借款另外有账，100万元借款利率高！'这表明，胡平承认30万元是另外的账，不在100万元借款之内，同时也承认 100 万元借款有利息。如果田莹莹能到法庭上作证，我们一定能打赢这场官司。"听了钱益取的话，王彩凤内心一阵兴奋，对钱益取说："法院司法行政科科长林永平的妻子马亚琴，还有海港法庭庭长葛峰的妻子史娟，曾经托我出借资金赚利息，她们都很满意，赚到一些利息，我可以叫她们帮忙，一定要打赢这场官司。"

第七章

云架岭

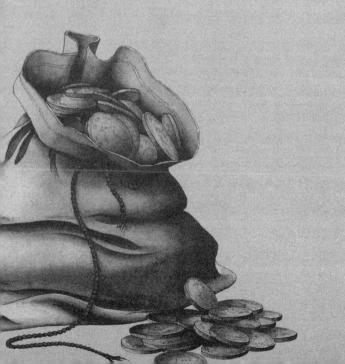

二十四

有人称法官是孤独的贵族，但对我国很多基层法院的法官而言，虽享受不了贵族待遇，却不乏孤独之士。

杨忠与妻子俞彩芳早上坐了半个多小时的公交车，到了蓬山县灵风乡杨家村。杨忠的父母就住在村头一幢坐南朝北两间面的楼房里，屋前的小院种有小葱、辣椒等，还有鲜花，前面有一条小溪，溪水清澈透明，潺潺流过。这是 20 世纪 80 年代造的楼房，那时，杨忠还在上大学，他有个弟弟还在上高中。杨忠的父亲原来是村农技员，母亲曾做过民办教师，凭着他们的辛勤劳动和善于理家的秉性，建造了这幢房子。按当地风俗习惯，杨忠作为长子，东首的那幢楼房归杨忠，西首归他弟弟。到了 20 世纪 90 年代末，杨忠的弟弟到上海承包建筑工程，现在已经成为当地稍有名气的老板，不但在上海有别墅，而且经常为村里的基本建设捐赠钱物。杨忠也在县城买了一套 100 平方米的套房。现在村里这幢老楼房的主人，自然还是老两口了。他们每天还下地种菜种粮，自己根本吃不完，经常带到城里给儿子、儿媳和孙子分享他们的劳动成果。

杨忠夫妇回到老家，他父母自然极为高兴。杨忠的父亲见过儿子和儿媳后，立即上山挖冬笋去了。俞彩芳拿出刚买的新衣服要婆婆试穿一下，杨忠的母亲笑着说："你每次为我挑选的衣服都很合身，不用试了。"说着她便拿起杨忠夫妇带来的一些糖果，走出家门，向邻居分发糖果去了。老人是向邻居表示儿子和儿媳回来了，要与大家分享这种喜悦的心情。

杨忠与俞彩芳一起上楼进了那个东首的房间，墙上挂着很多老照片，其中最大的一张是杨忠与俞彩芳的结婚照。俞彩芳对杨忠说："我们结婚时的新房，现在仍然依旧。20 多年过去，还保存着你我青春时期的模样。"杨忠说："等我们退休后，我还想回到这里来居住，这里真可称得上好山、好水、好风光。"

俞彩芳对杨忠说："真的吗？我也是这么想的。我们可以一起种菜、看书，喝清澈的山水，听高雅美妙的乐曲。这不是成为真正的高山流水了吗。"说着，拉着杨忠的手，一起坐到沙发上，俞彩芳依偎在杨忠的怀里。

过了片刻，杨忠突然想起了一件事，对俞彩芳说："哎，我又想起要到云架岭去看看。"

俞彩芳挽着杨忠的手说："噢，对了，过去你已经对我讲了很多次，你说已经将近二十年没有去云架岭了，今天我们一定去看看，下午去怎样？"杨忠高兴地对俞彩芳说："好！下午我们翻山畅游古迹。"

二十五

杨忠与俞彩芳是蓬山中学高中的同班同学。俞彩芳当时是蓬山中学的校花，她洁白的面容，淡色的眉毛，鲜红的双唇，眼神里蕴含着温暖、清静。她爱好乒乓球，曾得过学校乒乓球赛的亚军，经常穿一套粉红色的运动装，吸引着很多男生，当然也吸引着杨忠。由于杨忠是从山村到县城上学的男生，而俞彩芳的家在县城，是城镇户口，再加上她出众的才貌，杨忠虽然很想给俞彩芳说些话，但始终不敢靠近她。有时候在俞彩芳平静的眼神中，也泛着激情的眼光看一眼杨忠，但两个人几乎没有直接说过话。到了高三，已经接近高考，杨忠的学习成绩在全班一直是名列前茅，俞彩芳在一次与同学讨论复习题目时，向杨忠求教解题的方法，此后他们之间的直接对话越来越多。经过高考，他们同时考入大学，而且在同一个城市上大学，但不在同一所学校。杨忠所学的专业是法学，而俞彩芳学的是食品检测专业。他们在大学期间已经开始恋爱了。毕业以后，杨忠在县法院工作，俞彩芳在县酒厂工作。过了一年，他们就结婚了。结婚后，由于杨忠是刚参加工作的，当时法院是没钱的单位，也没有多余的房子，还是俞彩芳单位算是有钱的国有企业，为他们安排了一间 20 多平方米的房子居住。

一晃二十多年过去了，现在他们的儿子已经上大学了，俞彩芳仍然在海宝食品股份集团有限公司担任产品检测部经理。在纷繁的生活中使他们更趋于心态平和，坦然自在。此时，杨忠更体念到俞彩芳给他带来的温暖和幸福。

虽说她不是大家闺秀，但从平淡中更显现出她的优美。杨忠知道俞彩芳作为女人，也有爱慕虚荣的一面，尤其是对男人在权力、地位、财富上的掌控能力是有所要求的，但是杨忠却没有掌控这些，对此，杨忠有时心里感到惭愧。可俞彩芳却从来没有为此埋怨过杨忠，她并不是不明事理的小女人，而是很大气，只要为丈夫、为孩子，不管是花钱或作出其他的付出，她都会心甘情愿。前段时间，俞彩芳提出家里要买一辆轿车，她知道现在一般家庭都有轿车，自己不能太落后。在处理亲戚朋友、同事以及领导的人情往来中，以她安分守己的品性，都会处理得恰到好处。对杨忠长期以来能秉公执法，严于律己，为追求公平正义的所作所为，给予最大的支持。对不该收的礼，坚决不收；不该赚的钱，坚决不赚。夫妻俩一致认为，应当明明白白做人，堂堂正正办事，生活可以过得清淡一些，但不能放弃为人正义的人格。他们正是这样相濡以沫地度过了一年又一年。杨忠虽然只是个普通的审判员，但在当地却有很好的口碑。如果是杨忠审理的案件，当事人在诉讼中就感到放心，即使败诉，也输的服气，在社会上享有法官应有的公信力。

窗外传来了优美的鸟叫声，俞彩芳从沙发上站起来，往窗外望去，指了指停在树枝上的两只鸟说："那是画眉，叫得如此动情。"杨忠说："在这平静的山村中，才能欣赏到这美妙的声音呀。"

二十六

杨忠的手机响了，来电话的是本院司法行政科科长林永平。

"喂，杨忠您好！我想下午到你家里来走走，嗨嗨……想与兄弟你一起聊聊天。"

杨忠回答说："林科长您好！我今天不在家，对不起，没空了。你若有事情，在电话里可以讲吗？我们上班的时候也可以聊。"

"呵呵，这么不凑巧。那你在哪里，我有点事情想与你当面商量。"

最近，杨忠听到法院内部对林永平有一些传说，好像是纪委正在查他的一些问题。他也了解林永平的某些性格特点，林永平如果知道他们夫妇现在在杨家村，可能真的会赶过来。他就对林永平说："我与爱人一起到外面走走，我们到单位后再聊吧，再见！"说完就挂了电话。这时，俞彩芳已经要出门向楼下走去，她对杨忠说："我得下去帮老妈一起洗菜做饭了。"

俞彩芳下楼后，杨忠还在想，刚才林永平打电话过来到底要与他谈些什么问题，他估计林永平可能也是得到了董世明要调到法院的消息，要通过他为董世明传递一些想法或其他内容。

林永平是法院老中层干部，已经五十多岁了，而且在 20 世纪 90 年代初就当办公室主任了，算是董世明的直接领导，但他们之间原来在共事中关系并不密切。林永平在 80 年代是法院驾驶员，跟着当时的院长，他善于察言观色，在安排领导的活动、招待上级领导等方面确有一套。他当办公室主任后，因为不会写材料，也缺少法律理论知识，院领导安排董世明当秘书，后提为办公室副主任。当时林永平既谨慎地提防董世明挤了他的位子，但在工作中又少不了董世明这样的才子，董世明为此对林永平的感觉并不好。过去董世明经常与杨忠讲起林永平在工作中存在的一些问题，尤其是他的老婆马亚琴，在家里管林永平不算，还经常到法院办公室指手画脚，很多法院干警称她为办公室第一副主任，对此董世明极为反感。这些情况杨忠过去曾听董世明讲起过多次。

林永平与杨忠虽然在同一单位工作，但平时相互之间的联系并不多，林永平从来没有到杨忠家里来过，今天怎么突然打电话要到杨忠家里来？难道他不可以直接与董世明联系，而要通过杨忠去传递信息？杨忠似乎明白，有些事情通过他人传递，其作用往往会比自己直接讲的效果要好。想到原来他的电话并不多，这几天来电多了起来，可能是别人已经得知老同学董世明要调到法院来。他与董世明只是亲密的同学关系，而且董世明只是个镇长，由此可以想象，如果自己的亲兄弟是县长、市长或书记，那么诸如此类的应酬就更不用说了。

二十七

杨忠下楼后，俞彩芳正在屋前小溪旁洗菜，他走到俞彩芳身边笑着说：

"让我也来出点力。"

初冬的溪水，清澈中带有点寒冷，在阳光的照耀下，闪着片片银光，匆匆流过，仿佛祭奠着逝去的岁月。杨忠看着小溪两旁的树木丛林，心中泛起一股暖流，不禁感慨，那冬天的树木丛林，虽然没有像吐蕊的鲜花那样光彩照人，却孕育着生命的活力，抵御着严寒冰雪，迎接春天的到来。人的理想信念，就是内在的生命活力和动力，在高尚和纯洁中凝结的正义力量，驱散歪风邪气的侵袭。

吃完中午饭，俞彩芳在洗刷收拾餐桌和厨房，杨忠与他的父母正聊着家里的话题，杨忠的手机响了。杨忠看了一下来电显示，是董世明打来的。

"喂，杨忠您好，你现在在杨家村吗？我等会儿也过来看看你的父母。"

"世明您好，晚上不是葛峰已经安排在洋山农家乐酒家相聚吗？"

董世明对杨忠说："是这样的，最近我太太到上海进修学习，我一个人在家，葛峰已经约我好几次了，今天我正好有空，下午想到山里去转转，顺便来看看你的父母。我有好几年没有到杨家村来了。"

杨忠说："那好啊，我与彩芳正准备下午去攀登云架岭，你也与我们一起去吧。"

"好的，我一会儿就过来。"

董世明不是本地人，老家在浙江舟山。他刚参加工作时，经常与杨忠一起到杨家村过周末，住在杨忠家里，就像在自己家里一样自在，杨忠的父母对他非常关心。

过了大约 40 分钟，葛峰驾着一辆别克商务车在杨家村村口停下了，杨忠全家已在村口迎候。董世明第一个下车，杨忠的父母热情地迎上去，看到董世明就像看到久别重逢的亲人一样，董世明也热情地称呼："伯父、伯母你们好！"说着分别与杨忠的父母握手。随后葛峰和他的妻子史娟，还有法院的办公室副主任方小玲也分别下车，他们一起进了杨忠家里。

下午一点半，他们与杨忠父母道别后，由葛峰驾车，在宽敞的高速公路连接线行驶不到两公里的路程，一转眼的工夫就到了云架岭脚下。

云架岭是蓬山县东西两地的分界岭。在 20 世纪 80 年代以前，汽车要绕过很多山路才能通过。20 世纪 80 年代末开通了云架岭隧道。隧道总长 2 公

里，向东 20 多公里就是县城，西北方向连接高速公路。葛峰把车停在离隧道口约 100 米的路边空地上。

下车后，杨忠对董世明他们说："原来蓬山人都说：'廿里云架'，意思是要翻过云架岭等于走 20 里的路程，而现在只有 2 公里的隧道，汽车行驶不到 2 分钟就穿越了。"董世明问杨忠："云架岭原是蓬山县的主要通道之一，这里有什么传奇故事？"杨忠说："在这岭脚附近有个药王庙，相传在公元 530 年，也就是在五代时期，有个知名医学家陶弘景曾经隐居于此，为当地的百姓治病，留下仙丹妙药，至今还留着一口水井，传说是陶弘景留给后人的仙水，很多病人到庙里喝了那口水井的仙水，病情就会好转。到 20 世纪 80 年代，由于这个药王庙已经破旧不堪，我外婆向多个村庄的村民募集资金重新修建。"杨忠说到这里，葛峰的妻子史娟立即插话说："那我们现在到那个药王庙去拜一拜，参观一下，再喝点那口井里的仙水。"俞彩芳对史娟说："我们今天还要去攀登云架岭顶峰，以后我带你们再去吧。"董世明说："对！我们以后再去吧，现在我们开始攀登云架岭高峰。杨忠，你为我们再介绍一下与这里有关的故事。"

杨忠说："我小时候往返翻越云架岭不知多少次了，我外婆家就在云架岭东面山脚下的徐家村，我自己家在云架岭的西面，那个时候尽管山高路陡，但岭上的路面很光滑，用石块铺成台阶，爬到岭顶往下看风景，确实很美。在岭顶有个凉亭，是为过路的人休息而造的，这个凉亭大概也有几百年的历史了。云架岭隧道开通后，在这条岭上通行的人很少，路面有所损毁，岭顶的那个凉亭也很破旧了。1995 年，还是我的外婆联络了好几个村的有关人士，提出要修一下云架岭的路和凉亭，那时她已经 80 岁了，还能翻越云架岭，操办修路、修凉亭的一些事务。我外婆于 2003 年去世，现在岭顶上的那座凉亭可能已经残缺不全了。"

葛峰问杨忠："那凉亭有什么故事吗？"

杨忠说："有啊，我们去了就会知道。"

由杨忠带着大家攀登了将近一个小时，终于到达云架岭顶峰。此刻，他们都高兴地欢呼起来。

站在峰顶，向下观看，田间阡陌纵横，附近村镇的风貌近在咫尺。再往远处观望，那一望无际的蔚蓝色大海，碧波万顷，尽收眼底，几只渔船正在作业，还有两艘军舰飞速行驶，在蓝色的大海中泛起一道银色的光线。站在岭顶上，仿佛就在天空白云中享受天海相接的感受。看着不用浓墨重彩勾勒的山水画，他们都拿出手机拍下这美妙的景色，方小玲带着长镜头照相机，分别为大家拍照留影。

杨忠说："我们现在进凉亭古迹去看看。"

凉亭四周用粗大的石柱作为顶梁柱，屋顶的一些瓦片有所破碎，亭内大约 50 平方米的空间，墙面的下半部分是石板，上半部分用砖块搭建而成，里面铺有几条石板凳。正面墙上用红油漆写着一段大字：

毛主席语录

下定决心，不怕牺牲，排除万难，去争取胜利。

杨忠挥了一下手介绍说："这是'文革'期间留下的，这么多年了，还没有完全褪色。"方小玲拿着相机，对准镜头拍了一张照片说："这些字现在可成为文物了，是印证历史的痕迹呀，现在城市里已经找不到这些痕迹了。"

杨忠指着墙面左下方的一块石板说："我们来欣赏一下这首诗。"大家把目光转向那块石板上，看到用黑字写成的一首诗：

越云架岭

人传峻岭架天行，

奇壑险峰仙境生。

我今轻步上云顶，

日月星空映海明。

张霞等一行于 1964 年 11 月到此留念

董世明对杨忠说："这是一首好诗啊，而且是 1964 年留下的真迹，到现在已 50 年了。能知道这首诗的背景吗？"

杨忠说："写这首诗的是个知名越剧演员，1964 年他们翻山越岭，送戏下乡演出，路过云架岭，写下这首诗。当时，很多人劝这些知名的演员不要走云架岭，因为太高了，恐怕攀登不了，但那些演员很想去观看那里的'仙境'，结果是'轻步上云顶'，意思是很轻松地上了顶峰，观看到日月星空山海相连接的壮观景象。我听说当时他们是用捡来的木炭写的。当地的农民怀着对演员不辞艰辛、不计钱财到这山村演出的尊敬之情，用透明的清漆把这首诗反复地涂上，所以一直能保存到现在，'文革'期间，有人要把这首诗铲除，遭到当地群众极力反对，有很多村民自发地来到这里加以保护，因而未被铲除。听说张霞这位越剧演员现在还健在。"

听了杨忠的介绍，大家颇为感慨。董世明说："当时的演员，能翻山越岭到乡村为农民演出，真不简单，他们的真诚，换来民众自发的拥戴。要是在大城市，这些演员可能有很高的出场费呀。我们现在也要经常想到生活在底层民众的利益，解决他们的实际困难。"

葛峰说："今天值得到此一游啊。老杨能再讲些这里的故事吗？"

杨忠笑着说："我讲个笑话。传说在明朝的时候，蓬山县出了一起很大的命案，一个回家探亲的四品官被谋杀了，这可急坏了知县老爷，上司限令他按时破案。消息立即在全县传开。就在这附近的村庄有个叫冯四的农民无意间吹牛说了一句：'这事情我知道的。'说者无心，听者有意，这冯四的话一出，就传到了县令那里。县令立即派出多名衙役来到了冯四家，并且还抬着一顶轿子，由两个专业抬轿的人，要抬着冯四到县衙里告诉众人这起命案的真相。当冯四坐上轿子后，心想这下可完了，在这个节骨眼欺骗官府，受鞭杖之苦，坐牢不用说，可能还会杀头。当轿子抬到云架岭顶，衙役们跟在其中，已经走得上气不接下气了，他们满头大汗，在凉亭外面休息。只有冯四和两个抬轿的人在这凉亭里，冯四坐在轿子里轻轻地自言自语重复着一句话：'我七也要死、八也要死，七七八八反正要死。'说得那两个抬轿的人脸色发白，吓的直发抖。原来这两个抬轿的人一个名叫阿七，一个叫阿八，听到冯四说七要死，八也要死，误以为冯四真的知道他们杀了朝廷命官的真相。事实是，那位回乡探亲的四品官，带着很多财宝，在坐轿时，就是被当时抬轿的阿七和阿八谋杀的。阿七和阿八两人趁着凉亭无其他人的空当，掏出一根金条给冯四求饶说：'冯爷爷，你可千万不要把这个事情报告县衙，我们把金条给你，放过我们一命吧。'冯四点点头，收了那根金条。等衙役回到凉亭时，冯四突然大喊，把抬轿的两个杀人犯阿七、阿八抓起来。"杨忠的故事，说得大家哈哈大笑起来。董世明笑着说："这叫做贼心虚。"

二十八

下午四点他们回到云架岭脚，坐上汽车。葛峰驾车向西驶向洋山农家乐酒家。从云架岭脚到洋山农家乐酒家有 5 公里的路程，汽车绕着一弯又一弯的山路行驶，途中处处山清水秀，空气沁人心脾。

到了一处平坦的地方，看到几排平房，还有小木楼，前面挂着一块很大的牌子写着：洋山农家乐酒家。葛峰把车开到酒家门口，招呼杨忠他们先下车，然后在停车场泊好车，点好菜，走进了预先订好的包厢。杨忠他们已经在包厢分别坐下了。

今天在场的人，都是葛峰向董世明事先通报过的，董世明与方小玲坐在一起，两旁分别是杨忠夫妇，葛峰夫妇。方小玲于 1997 年大学毕业进入法院，安排在办公室当秘书，算是董世明的徒弟。方小玲刚参加工作，既勤快，又善解人意。很多事董世明不用与她多讲就能领会，并能很快地做好，尤其是她不计较名利，甘愿付出的品性，在董世明心中留下深刻的印象。可相处的时间不长，董世明被提拔到乡镇当领导去了。2001 年方小玲被任命为法院办公室副主任，也在那年结婚，董世明应邀参加了方小玲的婚礼。后来方小玲偶尔也会打电话与董世明联系。前几年，法院领导要提拔方小玲担任办公室主任，但方小玲没有接受，因为她的丈夫在乡镇派出所当所长，顾不了家，方小玲的家务压力已经很大。因此，到现在还是办公室副主任。

过了片刻，服务员把酒菜搬了进来。这个酒家以野味而得名，在崇山密林里有很多野猪经常下山糟蹋庄稼，当地农民用毛竹和钢丝下套，当野猪路过庄稼地进入预先设置的钢丝套时，利用毛竹的弹力，把野猪吊了起来，野猪就被活捉了。所以这酒店每天能有一定数量的野猪肉。

上来的第一道菜是野芹菜炒冬笋片，后来又陆续上了野猪肉烧野山姜，还有生炒野兔肉。野味上齐后，又上了酒家在这里自己种的环保蔬菜。服务员为每个人倒好酒，就是葛峰的妻子史娟说她晚上要开车而换成了饮料。

葛峰先举起酒杯对大家说："我先敬董镇长这几年对我们海港法庭的支持，在他的关心下，镇政府每年为法庭的基本建设增添不少费用，在审判和执行中给予大力的支持！"大家一起站起来举杯向董世明敬酒。董世明也站起来与大家一一碰杯说："我在政府工作的这些年，始终没有忘记法院，羡慕法官的崇高职业，深切体会到依靠法律手段解决社会问题的重要性，我得感谢各位的支持。"他的话音未完，手机响了起来，大家一起坐下。董世明拿起手机接听电话，正好按了免提。在扬声器中传来了对方的声音："喂，董镇长您好！我是林永平。我现在已经快到你家门口了，有些事情想跟你商量商量。"

董世明听到是林永平的电话，故意不把扬声器关掉，他在电话中说："林主任您好！很长时间没有联系了，晚上我与客人一起在外面，不在家。这样吧，过几天我约你，你就不要再来了。"

扬声器里发出林永平声音："嗯，这么不凑巧，我听说……"董世明立即打断他说："林主任，就这样定吧，再见。"就挂了电话。

杨忠在旁边听了董世明与林永平的对话，从内心佩服董世明的应对能力，在电话中不但挡住了林永平还要再来找他的念头，还把林永平没有说出口的话也挡了回去。他想到，作为法官，在如何拒绝吃请、送礼以及不正当交往方面，也需要智慧应对，否则就会产生不好的效果。

杨忠思考了一下说："这林永平到底什么事情，中午他打过我的电话，也是说要到我家来，他可能真正的目的就是找世明来的。"

董世明笑了笑，对方小玲说："这事小玲可能有所了解吧。"

方小玲点了点头说："前几天县纪委接到一份举报材料，主要是针对林永平的，说林永平违反有关规定，向相关企业要资金，存入法院'小金库'，用来搞福利。纪委对此事正在调查。"

葛峰插话说："这事如果林永平没有把资金放进自己口袋，也没有大的问题，现在哪个单位没有'小金库'呀，否则什么事情也办不成。"

董世明说："林永平这个老同志，原来与我共事几年，他过去很讲原则，特别是在经济问题上，公私分明，相信他不会有什么问题。但他对一些小事情很敏感，表现得不够大气，特别是他的老婆马亚琴，对单位的事情管得太多。"

董世明说到这里，俞彩芳拿起酒杯，站起来向大家敬酒，与大家一一碰杯后说："刚才董镇长在电话里讲的两句话多好，很自然地把这林永平的话挡了回去。记得杨忠刚开始办案时，有个当事人找到我家来，送来两个西瓜和一些土特产，被杨忠推出门外，两个西瓜从二楼滚到一楼，像炸弹一样炸开了，楼下的邻居见此情景都笑了起来，弄得那个当事人很狼狈。"说得大家一阵大笑。

随后，方小玲也举杯与大家碰杯后笑着说："提起林永平的老婆马亚琴，有个事情我至今没有忘记。三年前，省高院副院长一行到我院考察，由林永平与我安排接待。那天领导们在本院小食堂吃晚饭时，马亚琴到了林永平的办公室没找到他，就打电话，可林永平正忙乎着应酬，没有接她电话，她就问门卫的保安，那保安给她开玩笑说：'林科长在小食堂与几个小姑娘正在吃饭呢。'马亚琴听到这话就火了，马上赶到小食堂，本院领导见她有点怒气，就悄悄地对林永平说：'老林，今天你辛苦了，快陪你太太回家做点事吧。'马亚琴大概听清了这些话，她立即笑容满面地说：'家里的事情不要他管的，有我撑着。领导对他信任，我感到很荣幸。'说着，她拿起林永平的酒杯，与各位领导一一干杯。当时，我们在座的都被她的举动搞晕了。"说得大家又是一阵大笑。

酒过三巡，菜过五味，葛峰说："现在我也讲个笑话。前几天有个和尚来到法庭，向我咨询一个法律问题，他说有个村干部侮辱他的人格。我问他什么缘故，他说那个村干部问他有否去过舞厅，那和尚说'没有'，那个村干部又问：'你知道舞厅是什么意思？'和尚答道：'大概是娱乐场所吧。'那村干部却说：'错，所谓舞厅，就是男的和女的舞在一起，起舞芭蕾舞，腰舞扭舞就挺起来了，就像你与尼姑一起敲木鱼一样。'"说得大家都笑歪了腰。

二十九

晚上七点多散席后，由葛峰的妻子史娟开车驶回县城。在车上葛峰对杨忠夫妇说："你们应该去买一辆轿车，我们当法官的，总不能像贫民一样呀。"俞彩芳回答说："我们已经订购一辆，钱也付了。"杨忠说："现在已经车改了，有一辆汽车能赶上生活节奏，我明白了。"

汽车途经云架岭隧道，来往的车辆川流不息，喧嚣而过。董世明说："下午到了云架岭顶峰，真的使我颇有感慨，如果独自在那里观望，就会形成一种独立而清晰的感受，人们用孤独的贵族来形容你们这些法官。现在我们的法官谈不上贵族，我认为适度的孤独，站在高处看问题，免受外界的影响，能独立思考深层问题，对居中裁判是必要的。"

车内响起了一个手机的铃声，史娟正在开车，她对坐在副驾驶座位的葛峰说，是我的电话，你接一下。葛峰拿起史娟的手机接听："喂，哪一位？"对方好像做了自我介绍，葛峰问史娟说："有个名叫王彩凤的说找你有事。"史娟想了一下说："王彩凤，我想不起来。"葛峰在电话里向对方说："她现在正在开车，以后再联系吧。"挂了电话后对史娟说："这个人是不是打官司找关系呀？"史娟对葛峰说："这么敏感呀，我现在想起来了，这个人原来曾经与我认识，叫王彩凤，不知道她有什么事情。"

杨忠听到王彩凤这个名字，马上想到自己审理的那个民间借贷纠纷案。就问史娟："那个王彩凤是不是一个 50 多岁的女人？"史娟回答说："是的，你也认识？"杨忠说："她与一个叫胡平的人正在打官司，我前天开庭审理过，所以有这个印象。"史娟拉长了声音说："难怪！可能就是为了她打官司的事而来的。"葛峰听后"哼哼"笑了两声对史娟说道："我猜对了吧。无事不登三宝殿，以后她如果再来电话，你就说有事到法庭上可以说明白。"史娟笑了一声点点头，驾驶着汽车行驶在夜幕中。

第八章

举 证

三十

举证就是在诉讼中的一方当事人，拿出证据来证明某个案件事实，是诉讼过程中的重要环节。《中华人民共和国民事诉讼法》第65条规定："当事人对自己提出的主张应当及时提供证据。人民法院根据当事人的主张和案件审理情况，确保当事人应当提供的证据及其期限。当事人在该期限内提供证据确有困难的，可以向人民法院申请延长期限，人民法院根据当事人的申请适当延长。当事人逾期提供证据的，人民法院应当责令其说明理由；拒不说明理由或者理由不成立的，人民法院根据不同情形可以不予采纳该证据，或者采纳该证据但予以训诫、罚款。"

2013年12月9日周一早上，胡平在自己的办公室里思考着怎样收集与王彩凤借贷纠纷案的证据。根据陈其律师昨天的启发，使他懂得，如果自己所说的事实，不能向法院提供证据，根据法律规定，就会败诉。可是，他现成的证据，只有一份2008年1月交付王彩凤30万元资金的银行汇款单，其他证据一时还拿不出来，而且取得这些证据有一定难度。就说2008年12月，他向王彩凤借款100万元，在借款当天已经被王彩凤提前收取利息9万元，他自己交给田莹莹的佣金1万元，100万元借款实际到手的只有90万元，而且交给王彩凤的利息和田莹莹的佣金都是现金支付的，王彩凤并没有出具收据，因为他出具给王彩凤的100万元借据也没有写明利息，所以王彩凤收他的9万元利息也没有收据。这个事情只有他、王彩凤和田莹莹三个人知道。还有，王彩凤已经向蓬山佳园房地产开发有限公司的法定代表人何启德要回了36万元借款，只有听陆虎讲起过，是否属实，还需了解。想到这里，他打开手机查找了一下陆虎的电话号码。

陆虎与王阿三原是社会无业人员，有参与赌博和群殴的违法劣迹，胡平过去曾请他们一起喝酒、娱乐，为自己讨债。胡平知道与这些人交往过多，可能会带来些是非和麻烦，因此，已经很长时间没有与他们联系了。

胡平在手机电话簿里找到了陆虎的电话号码，就拨了过去，对方传来一个嗲声嗲气的女人声音："喂，你是谁呀？"胡平立即意识到，陆虎可能就在这个女人的身边，要报自己的名字，陆虎可能会接听电话，就对这个女的说："我找陆虎，你告诉他，胡平有事找他。"果然，电话里立即传来了陆虎的声音："啊呀！胡老板您好，很长时间没联系了，你现在是蓬山的知名人士了，很多弟兄在夸你的功德。您找我有什么事情？"胡平说："今天你有空吗？"陆虎回答说："只要胡老板有事，兄弟我随时听从。"胡平说："那中午请你到江海港湾律师事务所，有个事情想与你商量。"陆虎说："到律师事务所？要打官司吗？胡老板，我现在乡下，腿有点疼，行走不方便，你能否来接我一下。"胡平回答说："好的！我大约上午十点钟到你那里。"

胡平与陆虎通了电话后，又与陈其打了个电话，陈其正好在自己的办公室里。

三十一

到了十点多，胡平把陆虎接到了江海港湾律师事务所，走进陈其的办公室。经胡平介绍后，陈其与陆虎相互问候了一下，陆虎从口袋里掏出一包软盒中华香烟，拔出一支烟递给陈其，陈其摇了一下手说："对不起，我不抽烟。谢谢！"陆虎就在旁边的沙发上坐下，自己点着一支烟抽了起来。

其实陆虎根本没有脚痛，是因为昨天他开着汽车擦到了路旁的一辆自行车而跑了，人家看清了他的车牌号，就根据车牌号向公安局交警队报了案，交警队接到报案后，立即电话通知他今天到交警队处理。因为他过去有劣迹，又遇到车辆刮擦后逃逸的事，怕受到处罚，所以今天躲在乡下他的情妇家里。他过去对胡平有点敬畏，刚才胡平打电话给他，就立即接听，以为胡平会有什么差事给他做。可胡平叫他到律师事务所到底干啥，一时摸不清头脑。

陆虎坐在沙发上看了看胡平，又看了看陈其，有点不安地问胡平："胡老板找我到底有啥事？"胡平与他一起坐在沙发上没有回答。陈其对陆虎说："胡平最近与一个叫王彩凤的人为借款的事在打官司，听说你知道其中的一些事实情况，王彩凤让一个叫八爷的东北人向蓬山佳园房地产开发有限公司的法定代表人何启德要回了一笔钱？你知道吗？"

陆虎立即回答说："这事我知道，我在去年跟胡老板也讲起过。"

陈其说："我作为胡平的诉讼代理人，今天向你了解相关的情况，请你如实地把你所知道的情况告诉我们。不必偏向于任何一方。"

胡平也插话说："你把所知道的情况实事求是地讲给陈律师听听。"说着胡平离开了陈其的办公室。紧接着，进来一位二十出头的年轻人，陈其对他说："周吉，你做个笔录。"

周吉是个大学刚毕业，到陈其那里做律师助理时间不长的小伙子。陆虎看到了周吉，显得很慌张，把刚点燃的一支香烟丢在地上，转身出门就走，正好与进来的胡平碰个正着。陈其觉得陆虎起身就走有点不对劲，马上对陆虎说："陆虎，你要干啥？"陆虎指着胡平说："胡老板，你啥意思，为啥要骗我到这里来？我并没有得罪你呀。"胡平被陆虎的话搞懵了，他一把抓住陆虎的一只胳膊说："我骗你什么啦？"

这时，在陈其办公桌旁刚坐下准备做笔录的律师助理周吉已经明白，他立即站起来指着陆虎说："他昨天开车，碰了我的自行车，还要逃逸。"

胡平与陈其立刻明白了。胡平笑着对陆虎说："原来是这样。人是否受伤？"陆虎指着周吉说："你问他吧。"周吉说："人没有伤到，但自行车坏了，我已经向交警队报案了。"陈其走过来说："这是小事，可以打个电话到交警队，现在你们双方可以自行协商解决。"胡平拉着陆虎的手说："这事可能交警队已经通知你了吧，以后可不要逃跑，本来这是小事，可你逃跑，却把问题复杂化了。"陆虎已经明白过来，胡平不是针对他交通逃逸的事情把他叫到这里的，他向胡平点了点头，就回到沙发上坐下，再拿出一支烟点上抽了起来。

他们分别又在各自的座位上坐下后，陈其对陆虎和周吉说："对你们车辆小碰碰的问题，相信我会为你们处理好的。"陆虎说："那当然，那当然。"周吉说："我来做笔录可以吗？"陆虎说："可以，昨天是我不好，小兄弟，对不起，对不起了。"

过了半个多小时，陈其与陆虎的谈话结束，周吉把笔录交给陆虎核对，陆虎核对无误后，在笔录上签字并按了指印。陈其对周吉说："你开我的汽车把陆虎送回去吧，你们可以商量一下自行车损失的赔偿问题。"陆虎马上把手放进自己的衣服口袋做出摸钱包的样子对周吉说："小兄弟，对不起，我赔你的修车费用。"周吉按住陆虎的手说："我并不在乎这点钱，主要是你擦到我的自行车还跑了。"

陆虎和周吉离开陈其的办公室后，陈其问胡平："这个陆虎，自己开车碰到了别人的自行车，发生这点小事还要逃逸，能保证他所作的证词真实吗？"胡平回答说："他逃逸的事并非你所说的那么简单，他可能还有其他劣迹，如赌博、酒后驾驶等，怕公安机关查他的其他劣迹。"陈其点了点头说："我们以后要提醒帮助他，社会上总有像他这样的人存在，我们也有义务促使他遵守法律和社会公德。"说完就拿起刚才与陆虎的谈话笔录仔细地查看着。

笔录记载着陆虎的原话：

我与胡平和王彩凤老板都是"朋友"，在 2008 年 5 月期间，他们俩与我讲起有一笔 60 万元的钱借给何启德那个房产公司，何启德已经跑了，叫我和王阿三等人打听他的下落。我们打听到他可能跑到东北沈阳去了，一时找不到他。

2008 年 7 月的一天晚上，天气很热，我与王阿三在天灿茶馆碰到王彩凤，她平时对我们一直很客气，请我们到包厢里喝茶。她又问我是否有何启德的消息。王阿三告诉他，有个东北人，外号叫八爷，在百灵鸟歌舞厅当保安，知道何启德的下落。那个八爷是沈阳人，何启德经常去这个歌舞厅玩，他包养了那里的一位沈阳小姐，名叫璐璐。

后来听说何启德欠债太多而携款逃跑，那个百灵鸟歌舞厅的小姐璐璐也跟着何启德一起走了，由八爷送他们到机场走的。王彩凤当时问我们，那个东北人八爷现在在哪里？我告诉她，八爷仍然在百灵鸟歌舞厅当保安，她当时要我们把八爷请来。

第二天中午我与王阿三叫那个八爷一起到天灿茶馆，王彩凤请我们一起喝酒，她把 60 万元借给何启德而没有归还的事告诉八爷，要八爷帮她追回这笔借款。那个八爷冷冷地笑了一下对王彩凤说："要我去追回这笔 60 万元的款子，你得付我 20% 的费用。"王彩凤犹豫了一下对八爷说："我只能答应

10%，因为这 60 万元我只有 30 万元，还有 30 万元是别人的。"八爷说："如果我追回 30 万元，你要给我 6 万元，60 万元全部追回，要给我 12 万元。"王彩凤答应了八爷的要求。

八爷于第二天就去沈阳找到了何启德，并在那天晚上打电话给王阿三说，何启德已经答应先偿还 30 万元债款，但要有王彩凤的授权委托书才能支付，因为把 30 万元交给八爷没有依据，不放心。王阿三接到八爷的电话后，马上打电话告诉我，要我一起把个这情况向王彩凤说明。我与王阿三一起立即找到王彩凤，告诉她八爷来电话的内容。王彩凤要我与王阿三一起去沈阳，她当场写了委托书给我们，这委托书是这样写的："委托人王彩凤今全权委托陆虎、王阿三两人催讨蓬山佳园房地产开发有限公司的法定代表人何启德借款 60 万元及利息事宜。还款只能汇入王彩凤的银行账户，现金偿还无效。委托人王彩凤。"王彩凤当时拿出一万元给我，作为讨债的路费。

我与王阿三马上买好机票，于第二天在沈阳找到了八爷。八爷对我们说，他已经向何启德要了 6 万元现金，何启德提出，如果他还了钱，要把那份借条原件还给他。我与王阿三提出，这事情要与何启德当面交谈后再定。

八爷带我们找到了何启德，我与王阿三把王彩凤的委托书拿出来给他看。何启德对我们说，要把那份 60 万元借条原件交给他他才能还款。王阿三有点火了，对何启德说："你到底想怎么样，一会一个计，想赖钱吗？你把钱给我，我出个收条不是解决了吗。"何启德说："我欠王彩凤只有 30 万元，我把 30 万元汇入她的银行账户，你把委托书给我，并要在委托书中加上借款已经还清的收据。"我与王阿三以及八爷都表示同意。我们一起到银行，何启德把 30 万元汇入王彩凤的银行账户后，我与王阿三在王彩凤写给我们的委托书中写明："何启德欠王彩凤的借款已经全部还清。"何启德就把这份委托书收去了。

我与王阿三一起回家后，把经过向王彩凤讲了，并要求王彩凤再付点费用给我们。王彩凤对我们说："我这笔钱的利息也没有收，被那个八爷拿去了 6 万元，你们两位兄弟就算了吧。"她不肯再付给我们讨债费用，我与王阿三都感到很不舒服。

过了不到一个月，听说何启德在沈阳因车祸死了，那个八爷也没有再回蓬山当保安。

陈其看完笔录后，胡平也看了一遍。胡平对陈其说："还需要向王阿三核对一下。"陈其说："关键还是要他们两个到法庭上当庭作证。刚才陆虎所说的情况，有的不一定真实。"胡平有点不解地说："我觉得他讲得很真实，像讲故事一样很动听。"陈其说："既然何启德提出要有王彩凤的委托书才能还款，他也知道王彩凤只有 30 万元的份额，另有 30 万元是你的，为什么能够先交给那个没有委托书的八爷 6 万元？难道他当时就不怕你会再向他追这 30 万元借款？还有，这事情陆虎过去没有向你讲，为什么一直到去年才给你讲。何启德已经死了，死无对证，那个八爷也不知道真实姓名，现在也难以找到。这个证言的证明力就不那么高，但是今天陆虎提供了一个重要证据线索，就是何启德通过银行汇给王彩凤 30 万元，可以申请法院到银行调查。如果王彩凤确实收到了这 30 万元，再有陆虎与王阿三的证言，这个事实基本也能明确了。"胡平听了陈其的分析受到启发。他对陈其说："我认为陆虎讲的 30 万元王彩凤已经拿到了，否则她不会把蓬山佳园房地产开发有限公司出具的 60 元借条交给我保管。还有就是那个八爷拿去的 6 万元，是否真实，王阿三与陆虎是否也分到过该笔钱，现在很难确定。"陈其点了点头问胡平："还有王彩凤的律师钱益取提出你们口头约定利息的事情，双方现在都没有直接证据，在借条上没有写明，但实际履行中，你主张还给王彩凤的是借款本金，这有什么证据？"胡平摇了摇头说："这个事实，只有我和王彩凤，还有田莹莹三个人知道。"

三十二

2013 年 12 月 11 日周三上午，杨忠在办公室里正打开电脑拟写法律文书，书记员张小燕递给他一宗材料，杨忠接过来看了一下，是王彩凤与胡平民间借贷纠纷一案的证据材料，由原告王彩凤的委托代理人钱益取律师提交的。杨忠首先看着这宗诉讼材料的证据目录：

证据一：借条一份，证明被告胡平于 2008 年 12 月 21 日向原告王彩凤借款 100 万元的事实；

证据二：银行汇款单一份，证明原告于 2008 年 12 月 21 日将 100 万元交付被告的事实；

证据三：2008 年 12 月 3 日，王彩凤通过田莹莹的银行账户汇款给胡平 294000 元汇款单一份，印证胡平为购买一辆宝马轿车，向王彩凤借款 30 万元，通过田莹莹的银行账户汇到胡平的银行账户，另有 6000 元系现金交付，证明了胡平于 2009 年 1 月 2 日汇给王彩凤的 30 万元系偿还王彩凤此 30 万元借款，与本案 100 万元借款没有关联性的事实；

证据四：被告提供的 2009 年 4 月到 8 月的银行汇款单复印件 5 份，证明原、被告约定的月利率为 3%，被告履行支付部分约定利息的事实；

证据五：2013 年 12 月 7 日被告胡平通过手机发给原告王彩凤的信息，其内容载明："和解很难，其理由：30 万元借款另外有账，100 万元借款利率高！"证明被告自己承认 30 万元与本案无关，另有账目，明确了本案借款约定有利息的事实；

证据六：2013 年 12 月 7 日晚，被告胡平与田莹莹在枫兰港湾城的谈话录音，印证了原、被告之间借款约定有利息以及借款的事实过程。

杨忠再看下去，还有两份申请书。

第一份是：要求证人田莹莹出庭作证的申请书，证明内容是原、被告之间 100 万元借款的过程，约定借款的期限、利率以及向被告催讨经过的事实。

第二份是：财产保全申请书，主要内容是：为防止被告胡平转移资产，确保本案判决后能得到全部执行，要求冻结被告胡平在 N 银行的存款 120 万元，如果银行存款不足，则冻结被告胡平在蓬山中发投资咨询有限公司股权价值 120 万元。该保全申请由东海担保有限公司提供担保，如果原告王彩凤的保全申请有错误，造成被告胡平损失，则由原告以及担保公司承担相应的民事赔偿责任。

杨忠看完了原告王彩凤提供的证据以及申请书，先从案卷中抽出他已经拟好的简易程序转普通程序裁定书看了看，然后拿着整个案卷材料走向庭长办公室。

商事审判庭女庭长杜蕾，不到 40 岁的年龄，她带着微笑的面容，波浪发型，浓密的睫毛，身穿一套合身的法官冬季制服，衬托出她线条分明的身材，蓬山法院的干警称她为美女庭长。

杜蕾看到杨忠拿着案卷进来，笑了一下，示意杨忠在她办公桌对面的椅子上坐下。杨忠坐下后，向杜蕾简单地汇报了一下王彩凤诉胡平一案的基本情况，然后提出要把该案转为普通程序，组成合议庭审理，并把原告王彩凤的财产保全申请书与其他材料一起递给杜蕾。

杜蕾听了杨忠的汇报，接过杨忠递来的材料简单浏览了一下说："这个案件诉讼标的并不大，现在民间借贷纠纷案件都比较复杂，就转普通程序吧。你担任审判长，由审判员丁连斌和助理审判员沈菊组成合议庭。"说完拿起笔，在杨忠拟好的简易程序转普通程序的裁定书拟稿上签发"同意"两个字。杨忠对杜蕾说："今天上午收到了原告王彩凤的财产保全申请书，提出要求冻结被告胡平的银行存款或公司股权，这个申请符合民事诉讼法的规定，要作出财产保全裁定。"杜蕾拿起财产保全申请书看了一下，还附有被告胡平的开户银行及账号，蓬山中发投资咨询有限公司的工商企业登记材料以及胡平在该公司享有股权的情况。她对杨忠说："这个财产保全申请符合法律规定的程序，你们合议庭合议一下决定吧。"

杜蕾很敬重杨忠这位老审判员长期以来坚持秉公办案，精通法律专业，不计名利的品格。交付杨忠办的案件，她就感到很放心。杨忠虽然不是中层干部，但是，遇到疑难的案件，杜蕾经常请杨忠一起商量解决的办法。

杨忠整理了一下案卷站起来准备要走，杜蕾对他说："你再坐一会儿。年终到了，我们的未结案还有很多，这些未结案的难度较大。最近几天我正在准备年终考核的材料，对如何搞好年终总结和考核，请你提点建议。"杨忠说："这个文章是要做好，因为关系到我们庭以致法院整体的影响力，否则，我们办案办得很好，而忽视考核的内容，也得不到上级的肯定。我们基层法院的庭长有很多精力都用在这上面，办案任务又这么繁重，确实很辛苦。我对考核和总结这方面确实有所忽视，也讲不出什么建议。我只讲些自己的看法。现在我们法院系统的考核，主要是针对程序流程管理和办案指标，而对审判员如何准确地适用法律，公平把握裁判的自由裁量权却没有好的衡量标准和要求，在现有的审判制度下，有的法律规范尚不成熟，法官的自由裁量权确实很大，庭长、院长的权力更大，对判决的主观任意性很大。仅仅考核办案流程和数量，解决不了对法院裁判中公平正义的本质要求的评价和司法公信力的提高。"

杜蕾笑着点点头说："司法改革已经很多年了，每年的考核制度基本上差不多，如果不考核，对工作评价没有个依据，相信司法改革会有更好的制度出台。"杨忠也笑着点了点头，与杜蕾打个招呼，离开了她的办公室。

杨忠回到自己办公室，立即叫书记员张小燕通知审判员丁连斌和助理审判员沈菊一起合议王彩凤与胡平民间借贷一案的财产保全问题。正在这时，办公室的电话响了，杨忠接听电话，是司法行政科科长林永平打来的。他在电话里急忙向杨忠讲了两件事，杨忠只能听着他讲下去。

"杨忠您好，我先告诉你一件事，今天人大已经任命你的老同学董世明为本院副院长，马上要上任了，我正在给他准备办公室和电脑等办公用具；还有，最近有人到县纪委告我有经济问题，这是故意想整我，希望你这样的老同志，能为我说些公正的话。本来我是要到你那里当面与你聊聊这方面的前因后果，可我知道你很忙，所以打个电话给你。"

杨忠在电话里对他说："林科长，我现在正忙着要合议案件，你刚才讲的事以后我们再聊吧。"

林永平在电话里急促地继续说："杨忠啊，不好意思，还有一件事要打扰你，有个王彩凤诉胡平的民间借贷纠纷案件，王彩凤已经提出了财产保全申请，请你按法律规定的要求尽快办一下，王彩凤是我太太的朋友，我太太多次向我提起这个案件。"

杨忠听了这些，有点不耐烦地回答说："林科长，这个不用你多说，我们会按照法律程序的要求办理的。"说完马上挂了电话。

第九章

_____

情与法

三十三

在合议室里，审判长杨忠与审判员丁连斌以及助理审判员沈菊讨论对王彩凤申请财产保全问题，合议庭一致认为原告王彩凤的财产保全申请，符合民事诉讼法的规定，应裁定冻结被告胡平的银行存款 120 万元或等值的公司股权。书记员张小燕把记好的合议笔录分别交给合议庭成员签字。

丁连斌签字后，立即拿起手中的一宗案卷对杨忠说：“杨老师，我有个正在经办的民间借贷纠纷案件，原告也申请财产保全，是以简易程序审理的，但原、被告对本案的法律关系以及担保的效力有争议，向你请教。”

杨忠笑着说了句礼节语：“不要太客气，我们可以共同探讨。”

丁连斌于 2007 年硕士毕业后，通过公务员考试到蓬山法院商务审判庭工作，担任审判员已经有三年多了。这几年他每年办案数量领先，经常加班加点，多次被评为办案能手，先进工作者。在工作中，几乎投入了他的全部精力。因为他审理的案件多，受人关注也多，特别是有些人在质疑法院执法是否公正，审判的公信力受到一定程度影响的环境下，来自诉讼当事人和社会上正反两方面的评价，社会舆论以及媒体的反映，特别是对某些涉及信访、群体事件等敏感案件，各级领导要求提出一些解决措施，所承受的工作压力确实很大。每天的工作，除了开庭、书写裁判文书外，还有整理卷宗、送达法律文书等很多烦琐细碎的事务。他的女友陈海娜现在是海港镇党委委员、团委书记，在级别上是副局级，而丁连斌作为审判员，行政级别却只有科员，每月到手的工资不足 5000 元。他的父母都是普通的公司职员，家庭条件并不富裕，这些收入要买房子是很困难的，所以已到了三十而立的他，还没有结婚。他与女友陈海娜曾经商量过，打算下海到企业或当律师。但法官荣誉感，使他在这个扛着天平的职业上保持着平衡而没有离开。

丁连斌的法律理论功底很好，很复杂的案情被他梳理后，就会觉得简单明了。他向杨忠和沈菊介绍了大致的案情：“本案的原告是明佳建筑租赁有限公司，公司的老板叫张兴东。被告是程永林和他的妻子、女儿共三人。程永林有个儿子名叫程汉，于 2012 年 11 月以承建工程为名向原告租赁钢管等建筑所需器材，价值约 70 万元。原告把租赁物交付程汉后，程汉就以 50 万元出卖给他人，把这 50 万元用于赌博给输了。到 2013 年 2 月，原告法定代表人张兴东得知租赁物被程汉出卖后，立即向程汉提出追还。程汉既还不了租赁的钢管等器材，也拿不出钱赔偿，更怕原告向公安机关报案，他知道自己这是犯了诈骗罪。于是就向他的姐姐借款 70 万元以解决此事。由于他姐姐拿不出这笔钱，就向她父母说明程汉欠债的情况。程汉的父母急忙找到张兴东商量，张兴东告诉他们，如果不立即赔偿 70 万元，则到公安机关报案。程永林夫妇向张兴东恳求，并答应立即先付 20 万元。张兴东提出，尚欠的 50 万元由程汉出具一份借条，并由程永林夫妇及女儿共同担保，在两个月内付清。程汉就按张兴东的要求出具了一份借条，并由程永林夫妻及女儿三人共同担保。过了两个月，被告程永林等人勉强偿付原告 10 万元，尚欠 40 万元不能清偿，原告就向公安机关报了案，公安机关以诈骗罪拘捕了程汉。后被法院判处有期徒刑 7 年，程永林夫妇就拒绝再偿付该笔 40 万元债款。现在原告以借条作为依据，要被告承担偿还 40 万元债款。被告答辩称，程汉并没有向原告借款的事实，40 万元债款是赔偿租赁物的债款。本案被告之所以为程汉提供担保，目的是不追究其刑事责任，可原告向公安机关报案后，程汉被判刑了，被告不再承担担保责任，要求法院驳回原告的诉讼请求。"

杨忠听了丁连斌的介绍后，从丁连斌手中拿过卷宗翻阅诉讼材料，这里面有原告与程汉签订的租赁合同，程汉被判刑的刑事判决书，还有程汉向原告出具的借条以及担保人程永林等三人同意担保的签名，案件事实很清楚。他把卷宗还给丁连斌说："这个案件有这么几个问题。第一，本来的基础法律关系是租赁合同，承租人程汉以非法占有为目的，将租赁物擅自以低价出卖给他人用于赌博，构成诈骗罪。该租赁合同属于无效合同，作为担保的从合同也应认定无效，按照担保法的规定，担保人应根据过错程度承担相应的赔偿责任。第二，应当向原告释明，本案的法律关系不是借款，原告与程汉并没有发生过借款的事实，而是应返还租赁物或赔偿租赁物的损失所形成的债务关系，程汉以出具借条的形式表示应偿付原告的债款。原告应当把偿还借款这一诉讼请求变更为赔偿租赁物的损失。第三，对本案担保人是否应承担责任的问题有待探讨，这里要考量你这个主审法官如何适用法律的问题。你可以选择《担保法》第5条的规定：'担保合同是主合同的从合同，主合同无效，担保合同无效。担保合同被确认无效后，债务人、担保人、债权人有过错的，应当根据其过错各自承担相应的民事责任。'也可以选择《担保法》第30条第2款：'主合同债权人采取欺诈、胁迫等手段，使保证人在违背真实意思的情况下提供保证的，保证人不承担责任的规定。'"

助理审判员沈菊问道："这个案件的原告明明知道程汉已经构成诈骗罪，当时没有向公安机关报案，而在程汉的父母与姐姐求情的情况下，以程汉不偿付所欠的债款就要去报案告知程汉的父母。本案的被告为了程汉不被追究刑事责任，出于无奈的情况下，向原告作出担保。原告的行为是否属于胁迫的行为？"

丁连斌也犹豫地说："这确实是个值得研究的问题。在原告追债过程中，程汉的父母怕原告到公安机关报案，为程汉担保偿付债务，主要是为了程汉不被追究刑事责任，现在程汉已经承担了刑事责任，还应否承担赔偿责任？"

杨忠说："原告向公安机关报案是依法行使自己的权利，程汉的诈骗行为应当受到刑事处罚，但程汉的父母为程汉担保，是出于亲情关系，无奈之中实施的行为。原告向程汉父母追债的行为是否属于欺诈，还需要在庭审中，对整个过程的全面仔细审查。这里面涉及法与情的法理评判与伦理价值评判。我们法官在审理案件中，要正确地适用法律，正是要明天理，顺人情，使大多数人能够感受到法律是符合正义的要求，体察普遍的人情事理的规范。绝不能徇私情。"

丁连斌点了点头说："杨老师刚才的话对我启发很大，这个案件还是要等开庭以后才能了解全部案情。由于原告的诉讼请求是要被告偿还借款，而本案的基础法律关系并不是借贷。因此，我决定暂时不能作出保全的裁定，应当向原告作法律关系的释明后，再作决定。"

三十四

杨忠的手机响了，电话是董世明打来的。杨忠立即称呼："董副院长您好！马上要来法院上任了？祝贺你！"董世明笑着说："今天我在海港镇刚开完人代会。在镇人代会中，我把我们写的那份关于民间借贷的调研文章征求了部分人大代表的意见，有的数据和材料经镇政法办和办公室的收集，我又做了些补充和修改，已经把初稿发到你的电子邮箱了，请你完稿。"杨忠高兴地说："请领导放心吧，我会尽快完稿的。"

在杨忠与董世明通话过程中，丁连斌的目光关注着杨忠，直到通话结束，他对杨忠说："我院的林志浩院长已经由市委组织部安排到省委党校学习。听说学习结束后要升任市中级法院副院长，明年一月开县人代会，董院长就要升任本院院长了。"丁连斌说这话的意思是向杨忠证实这个消息。

对董世明要调任法院担任副院长，任命已经下达，不再是秘密。但林志浩院长要调任中院副院长，杨忠真的还是刚刚听到的消息。杨忠暗自佩服现在的年轻法官对领导干部人事变动信息的灵敏。但他的表情显得很平淡，笑了笑对丁连斌说："这消息我还真的不知道。"丁连斌有点疑惑地问道："董镇长是你的老同学，你真的不知道？"杨忠说："这方面消息我本来就不灵敏，因为我这个老法官已经不重视这些，你与沈菊，今后在法院的工作路程还很长，应当关注这方面的信息。"这时，在合议室对门的丁连斌办公室里，电话响了很长时间，丁连斌回到自己办公室接听电话。杨忠他们也各回自己的办公室。

大约过了半个多小时，丁连斌到杨忠的办公室，看到杨忠坐在电脑旁已经拟好了王彩凤诉胡平借贷纠纷案的保全裁定书。杨忠把裁定书交给书记员张小燕说："请你校对一下，交给杜庭长签发后，立即打印交给执行庭执行这个财产保全裁定。"

丁连斌走近杨忠的办公桌对杨忠说："刚才打电话的是蓬山律师事务所律师钱益取，他是明佳建筑租赁有限公司与程永林等担保合同纠纷案的诉讼代理人，催着要对这个案件进行财产保全，我到接待室接待了他，并做了个笔录，向他释明本案的基础法律关系并不是借贷，而是租赁，应当变更诉讼请求，说服他撤回保全申请，他同意变更诉讼请求，撤回了保全申请。"

杨忠说："王彩凤与胡平民间借贷纠纷案件的原告方诉讼代理人也是钱益取。"

"是呀，刚才钱益取同时提起对王彩凤这个案件的财产保全问题，要我向你转告他的请求，能对这个案件给予作出保全裁定。"丁连斌应答道。

杨忠笑了笑说："这个钱律师，我现在打个电话告诉他，我们不可能会违反法律规定的程序办案的。"丁连斌说："我已经告诉他了。"

丁连斌的话音刚落，杨忠办公桌的电话响了。来电话的是海港法庭庭长葛峰的妻子史娟。

史娟在电话里说："杨法官您好，我是史娟，今晚我与朋友一起想到你家来走走，有空吗？"

杨忠立刻想到上周末在汽车上，王彩凤曾打电话给史娟，他猜测史娟可能是为王彩凤的案件来的，于是对史娟说："晚上我在单位有点事情，以后再说吧。"史娟说："好吧，我改日再来。"就挂了电话。

丁连斌继续说："刚才在讨论王彩凤诉胡平民间借贷纠纷案件时，我翻阅了一下该案的诉讼材料，觉得有疑点。胡平出具给王彩凤的借条，没有约定利息，为什么其诉讼请求中要胡平支付利息？而且主张原来口头约定的月利率是3%，这个事实认定难度较大。"

杨忠说："是的，该案原告当时就凭一份借条主张债权，被告主张已经还清了本案的全部借款。现在原告又提供了这么多证据，被告是否还有其他证据，现在还不清楚，举证期限尚未到期。可以推测，被告还有其他证据要提供的，因为双方在诉讼开始的时候，都有隐瞒对自己不利的事实和证据。等被告的证据提交后，再决定开庭。你是合议庭成员，要多加关注这个案件哦。"丁连斌说："好的，我可以从中学习你对该案件的认定证据方法和处理的依据。"

三十五

钱益取律师在法院接待室与丁连斌谈话结束后，立即打电话给王彩凤。因为明佳建筑租赁有限公司与程永林等担保合同纠纷案是经王彩凤介绍，委托钱益取代理诉讼的。明佳建筑租赁有限公司的法定代表人张兴东是王彩凤

的借款老客户，张兴东向王彩凤诉说有一笔债款需要打官司解决，王彩凤便叫来钱益取一起商量后，张兴东就委托钱益取作为诉讼代理人起诉程永林及其妻子和女儿三人。经过丁连斌对钱益取的释明，钱益取明白该案的基础法律关系确实是租赁合同，并非借贷关系，其诉讼保全的请求当然就不能满足，一时感到有点为难，就把这些情况打电话告诉王彩凤。

王彩凤正在S银行行长室，坐在该银行女行长梁芝英办公桌的对面商量点事。因为王彩凤平时的资金流较多，算是S银行的上等存款客户，与行长梁芝英的私人关系很好。当王彩凤接到钱益取的电话，得知张兴东的明佳建筑租赁有限公司打官司有难度后，想到她自己与胡平的案件，可能是由于自己在法院没有找到人而显得很不安。坐在对面的梁芝英行长看到她不安的神色以及在电话里的对话，也略知其中的一些内容。

王彩凤在与钱益取通话结束后对梁行长说："过去只听说打官司难，现在我总算体会到了。有个叫胡平的年轻人，借我100万元，已经好几年了，没有归还，利息也不付。我现在到法院告他，要他还本付息，他在法庭上还要赖账。因为我在法院没有找到人，难道真的会被他赖掉吗？"

梁行长说："既然已经起诉到法院，相信法官会公正处理好的。法院审理案件有严格的法律程序，是有点复杂，你不要担心。"

王彩凤说："我找过你们行里的营业部经理史娟，她丈夫是海港法庭庭长葛峰，听说葛峰与那个主审法官杨忠关系很好，但史娟感到很为难。不愿帮忙。"

梁行长说："史娟不是过去托你出借资金赚过利息吗？"

王彩凤说："那也是通过你介绍认识的。我与她平时接触较少，没有大的交情。"

梁行长说："要不我现在把她叫来，你与她再谈谈怎么样？"

王彩凤正想着要梁行长说这句话，她非常高兴地笑着说："哎呀，那太好了，还是要你行长帮忙了。"

梁行长拨通了史娟的电话。

其实，就在昨天上午，王彩凤已经去找过史娟。要求史娟与葛峰或杨忠打个招呼，还送给史娟两条中华牌的香烟。史娟已经了解到王彩凤正在打官司，由杨忠经办。对王彩凤向她提出的要求，当然不能答应，因为葛峰对此已经提醒过她，并对她说过："如果王彩凤再来找，可以告知到法庭上说明白。"她立即把王彩凤送来的两条香烟退了回去，并拒绝了王彩凤提出的要求。

史娟并没有忘记过去曾托王彩凤出借资金赚利息，但这是商务上的正当交往，在银行的职员以及其他行业中，出借少量多余的资金赚点利息，这是很正常的事。除此之外，她与王彩凤没有任何关系，王彩凤现在找她，纯粹是为了打官司找关系，理应拒绝。这事过去后，史娟并没有告诉过葛峰。

尽管葛峰的社会交往多，但史娟知道，葛峰对涉及案件的人和事，在交往中是很谨慎的。他们夫妻俩曾为自己立下一些规矩，就是如何处理好在社会交往中与亲朋好友因涉及案件问题而发生的冲突。葛峰曾对史娟说过，作为法官，在生活中也少不了人情往来，关键还是自己怎样把握分寸。既要严格依法办事，秉公执法，不徇私情，又要体现正常的人情味，由此要立点规矩：第一，对于纯粹是为了打官司找关系而利用送钱财等手段拉拢利用的人，应一概拒绝，毫不留情。第二，对原来有人情往来的朋友或同学、同事等，受人之托来说情的，应当向他们说明理由，求帮忙就是求公正，坚持法律原则，公正裁判的重要性就是最好的帮忙。对这些人的请客送礼应以适当方法拒绝，避免误会而失去通常的人情味。第三，对自己的亲属或关系极为密切的亲友，不是为了他人说情，而是为自己遇到法律上的难题或发生诉讼找上门的，应当以礼相待，依法说事，不徇私情，引导帮助他们运用法律正确地处理好纠纷。

史娟作为法院干部的妻子，深知法官在办案中的忙碌辛苦，除了正常的上班外，还要在晚上以及节假日加班加点。有时在休息的时间，还要接待一些亲戚朋友还有左右邻居来咨询法律问题。葛峰曾风趣地对史娟说过，来找我的人基本没有什么好事情，要是他们遇到升官发财的事情，很少会向我通报，更不会来找我。来找我的是那些鸡毛蒜皮的事情或已经成为社会矛盾焦点的难题，属于不好吃的果子。

三十六

　　史娟接到梁行长的电话后，马上来到了梁行长的办公室，看到王彩凤坐在行长室的沙发上，梁行长从座椅上起身说："史娟，你先坐，有个事情要麻烦你一下。"说完指着王彩凤旁边的沙发，示意史娟坐下。史娟在沙发上坐下后，梁行长立即泡了两杯茶，放在茶几上。史娟对王彩凤打了个招呼，对梁行长说道："行长有什么事，打个电话就行了。"梁行长说："这位王大姐，你也认识的，正在打官司，听说主审法官叫杨忠。请你打个招呼。"王彩凤紧接着说："这个案件我提供的证据非常充足，我的律师已经申请财产保全，能否给我办得快些。"史娟想了一下，感到有点为难，但还是对梁行长说："我去问一下，先打个电话吧。"坐在旁边的王彩凤想，史娟给杨忠打个电话可能会说不清楚，效果不一定好，于是对史娟说："史经理，是否麻烦你，在电话里约好，今晚到杨法官家里去一趟，我先把经过给你讲一下。"梁行长说："先由史娟电话与杨法官联系一下。"史娟说："好，我先打个电话。"她考虑了一下，应当打杨忠办公室的电话，因为法官在开庭时不能接听电话，杨忠有可能正在开庭，主要还考虑到，打了杨忠办公室的电话，一般是公事为多，杨忠就会以办公事的方式回话的。于是，史娟拿出手机，拨通了杨忠办公室的电话，杨忠非常清楚地回复她，今晚没有空。史娟庆幸自己这一出实在表演得太巧妙了。

第十章

公正源

三十七

2014 年 11 月 12 日周四的中午，风和日丽。蓬山县人民法院董世明副院长的办公室，整洁得体，窗外温暖的阳光，透过半开的窗帘洒进室内，盆景中的花木更为鲜艳，为这冬日增添了几分明媚的色彩。在办公桌背面的墙上，挂着一幅醒目的六尺竖幅书法作品，是中国古代清官包拯写的一首：

拒礼诗

铁面无私丹心忠，

做官最忌念叨功。

操劳本是分内事，

拒礼为开廉洁风。

董世明很喜欢这幅书法作品，更喜欢宋朝清官包拯写的这首诗。他在办公桌旁的座椅上坐下，欣赏着这幅书法作品。这首诗用宋体抄写，字体既秀气，又刚劲有力，棱角圆润浑厚，变化得当，十分耐看，形象地展现了我国古代清官包拯的风貌。

董世明回想起在 2011 年 10 月，他在海港镇担任镇长期间，为促进海港镇及周边海岸渔业和旅游业的发展，举行过一次渔业文化交流会，省书法协会等单位到海港镇同时举办书画展，一位著名书法家为他抄写了这首诗。他知道这幅书法作品有一定的经济价值，但没有进行过价值评估。昨天他要离开海港镇，认为这幅书法作品应当属于海港镇的，要把它留在海港镇政府。镇党委和政府领导认为，董世明是到法院担任领导，这幅书法作品写着包拯的诗，正体现了法官公正司法的要求，就向董世明提出，要把那幅书法作品带到法院，以显示公正司法的氛围。这一消息传到了正在召开镇人代会的人大代表耳中，他们对董世明在海港镇担任镇长的三年多时间内的工作给予高度评价，提出那幅书法作品，挂到将要担任法院副院长董世明那里，正代表了基层群众的心意。

昨天下午海港镇人代会结束后，在镇委书记邵兴荣与董世明个别交谈中，邵兴荣书记谈到了镇党委和人大对董世明在海港镇担任镇长期间的工作业绩，高度评价董世明出于公心，对海港镇的经济发展和城镇建设勇于开拓、善于协调、求真务实、依法行政所取得的成效，为蓬山县这个港口重镇的整体发展起到了极其重要的作用。

邵兴荣与董世明所谈内容是非常真诚的，既有对过去工作的总结，又有两个人思想认识的交流。他在海港镇担任镇长期间，有些问题与邵兴荣书记存有分歧，但那是工作上观点和方法不同的分歧。

在两年前，对海港镇的建设发展问题，董世明坚持海港镇的发展重点要立足于利用沿海港口的优势地位，发展科技含量高的工业和海上运输造船业、海岸海岛的旅游业，对影响自然环境、能源消耗较大的老企业，如砖瓦厂、漂染厂等，做适当的整顿，对资不抵债的企业，应当依法予以破产清算。而邵兴荣认为很多企业面临着经营困难，特别是少数企业负债多，濒临破产的边缘，不能以破产清算的方法解决问题，这会影响海港镇的声誉，对现有企业，不管产品的科技含量多少，只要有效益，就是好企业。当时，房地产业正红火，且见效快，只要土地转让后，政府就可以得到经济上的收益，像砖瓦厂和钢材加工等企业，在房地产业的带动下，经济效益也很好。反之，像张鑫明家族所经营的顺帆船业有限公司，一度投入很多的资金引进高科技，向民间借贷，负债巨大，还引起很多社会矛盾。他当时提出要把顺帆船业有限公司的厂房和其他工业用地的性质改变为房地产住宅开发用地，转让给房地产开发商，可以解决企业还债的问题，政府还能得到一笔土地转让款用于城镇建设。但邵兴荣的这个意见遭到了董世明的反对，认为顺帆船业有限公司那得天独厚的造船基地，不能为了眼前的利益而改变用地性质。

由于镇党委书记与镇长的意见不同，邵兴荣就提交党委会讨论。在党委会上，多数委员支持党委书记邵兴荣的意见，特别是党委副书记郭金孝，列举大量的理由，态度非常坚决，坚持把顺帆船业有限公司的厂房和其他工业用地的性质改变为房地产住宅开发用地的主张。后来把这一计划报告县委和县政府及土地管理部门，可一直到现在没有得到县里的批准。后来邵兴荣和董世明都明白，他们之间的观点不同，都是出于公心，但有少数人确实存有私心。镇党委副书记郭金孝就很明显，因为他有为数较大的资金出借给顺帆船业有限公司赚取利息而没有收回，如果把顺帆船业有限公司土地使用权性质变为房地产住宅开发用地，他的私人借款就可以得到偿还。后来由于郭金孝没有收回出借的资金，他向其他人借入的或以他个人名义为顺帆船业有限公司担保的资金也得不到偿还，很多债权人起诉他，要他偿还借款，还有的债权人整天坐在他的办公室要债，并跟踪他，使他无法正常工作，不得已而辞职离去。

董世明与郭兴荣的工作临别谈话非常开诚布公，因为他们之间已经没有在职场上相互竞争的心理障碍。前段时间市委和县委组织部专门到海港镇考察，郭兴荣作为海港镇党委书记，升格到副县级，对董世明作为下届换届时的蓬山法院院长人选，也同时进行了考察。郭兴荣表示，对董世明过去在海港镇所做的正确方法和思路应予以充分发挥，特别是运用法律手段，处理和规范企业之间以及企业与个人之间的债权债务关系、劳务合同关系和依法行政所取得的成果。

董世明很敬佩郭兴荣廉政自律、平易近人的工作作风，在重大问题上，如有不同的意见，他们会相互交换，或由党委会讨论决定。郭兴荣作为党委书记，从没有以权压人、独断专行的做法。他经常说："我们党员干部，都应当在党章和法律规定之内行使权力，不能以权谋私，要出于公心，才能赢得人民群众的拥护。"

三十八

董世明思考着，要建立公正善良的社会秩序，领导干部自身要成为遵守党纪国法的模范，这是协调社会各阶层相互关系首先要做到的。作为掌握国家审判权的法官，是社会公正的最后一道防线，尤为重要。法官自身要遵守法律，理解法律精神，才能公正司法，树立司法的社会公信力。公信力是大公无私的人格魅力以及凝结着智慧和经验的司法能力，赢得人民群众广泛信

赖的公正裁判结果，这是依法治国的保证，也是社会凝聚力和感召力的重要源泉。

听到两下轻轻的敲门声，董世明说了声："请进！"办公室副主任方小玲拿着文件夹进来对董世民说："领导好！我现在把文件给你，其中一份是今天上午开过法院党组会议的文件和情况简报。"

董世明接过文件对方小玲说："谢谢你们，把我的办公室安排得这么整洁。"

方小玲说："上午你在开会，海港镇办公室主任亲自送来那幅书法作品，我们就在这里挂了起来，挂得是否妥当呀？"

董世明满意地点点头说："很好！是你的主意吧。"

方小玲笑着说："领导你满意，我就开心。以后有什么事，向我们办公室招呼一声，还有别的事吗？"

董世明说："等会儿我先到你们办公室，然后再到商务审判庭、司法行政科去看看。"方小玲说了一声："好，我先走了，一会儿见！"就把门轻轻带上，退了出去。

董世明打开方小玲拿来的文件夹，第一份是法院党组成员调整分工的决定，董世明作为常务副院长，分工负责办公室、司法行政科、商务审判庭。文件中还特别说明，在党组书记、院长林志浩到省委党校学习期间，由董世明主持法院全面工作。

上午的法院党组会议结束后，林志浩院长与董世明作了个别交谈。他们首先谈到党的十八届三中全会关于司法改革的内容，结合现状，林志浩院长谈到本院的法官队伍建设以及审判监督和管理等内容。董世明知道林志浩院长此次到省委党校学习后，会调任市中级法院副院长，因为市委组织部以及省高院已经进行了考察。他对林志浩院长说："以后的司法改革，对法官队伍实行专业化垂直管理，我这次归队，正是个好机会，以后可能不会有这样的机会了。我到法院后，请林院长多引导指点，我还要亲自担任审判长，多办些案件。对疑难、复杂、新类型案件和在法律适用方面具有普遍意义的案件，要与有审判经验的法官一起，对庭前准备、庭审规范到合议庭评议、法律文书制作等方面起到示范作用，同时注意总结司法经验，规范指导审判工作，了解工作动态。"

林志浩院长原来是市中级法院业务庭庭长，精通审判业务，到蓬山法院担任院长将近五年，深感基层法院院长工作的艰辛。他非常敬重董世明长期在乡镇担任领导的资历，对董世明说道："作为基层法院院长，对法院的公正裁判起着极为重要的作用，除了掌握法律，更重要的是要体察底层的社情民意，善于协调处理基层错综复杂的各种关系，直面解决基层群众的问题，为法官独立行使审判权提供有力的保障。说实话，你这样既在法院工作过，又在乡镇当过领导，做基层法院院长是很合适的。前段时间，市委组织部领导了解担任基层法院院长的人选时，我也提出最好能有在乡镇担任过领导工作经历的人选。以后的司法改革，法院院长怎么产生尚在研究之中。"

董世明明白林志浩院长所说的意思，他平静地说道："我知道作为基层法院院长这个角色在审判工作中的作用，现在党委以及司法界和民众，对法院院长人选的要求很高，我会努力按照所要求的条件去争取。"

林志浩说："现在考察基层法院院长还是具有很高的领导和专业标准。上级法院和本级党委有提名、建议权；人选由上级党委与上级法院、本级党委协商，并征求政府、人大和政协、各民主党派等意见；上级党委对人选确定行使最后决定权；由本级人大选举产生。一个法院院长候选人要求：上级党委满意，本级党委放心，上级法院赞成，本级人大支持，本院干警拥护。现在地方各级法院院长职务的产生任命还是依循"条块结合，以块为主"的地方治理机制。以后的司法改革和法官的管理体制，还有待我们共同探讨实行。"

董世明在回忆中往下看着文件，办公室的电话铃响了，是方小玲打来的，她在电话里告诉董世明，商务审判庭庭长杜蕾要到董副院长办公室来。董世明对方小玲说："还是我到商务审判庭去看看。"说着他走出了办公室。

蓬山法院院长、副院长以及办公室都在七楼，商务审判庭在三楼，董世明走出自己的办公室后，方小玲随即走了过来说："还是我为领导带路吧。"董世明高兴地笑了笑说："有你指引，太好了。"

杜蕾庭长已经在她自己的办公室门口等候，她带着满面笑容注视着董世

明，用两只手握住董世明的双手，一直到董世明在沙发上坐下后，才松手去泡茶。

董世明与杜蕾在两年前曾经遇到过一次，那时董世明在海港镇当镇长，杜蕾担任商务审判庭庭长的时间也不长。董世明到商务审判庭找杜蕾，主要是为海港镇的两家企业破产重整的事，拟通过司法程序来完成企业债权债务的清理，以解决企业在经营过程中面临的困境以及由此引起的一些社会问题，但当时碰到了杜蕾庭长的一口拒绝受理。她提出很多的理由，最主要的理由是现在商务审判庭人手不够，无法解决企业破产重整的复杂问题。当时董世明感到很无奈，想通过其他途径解决企业清算的问题可能性也有，但是未经司法程序，要从根本上解决企业债权债务的清算，在法律程序上得到银行以及其他债权人确认的合法性会打折扣。后来董世明只能自己组织政府有关部门，在税务、劳务、工商管理方面，对一些企业进行清算，处理了一批企业劳务欠款、税款、三角债问题。时任海港法庭庭长的葛峰，对海港镇某些企业清算的诉讼给予了法律上的支持。董世明当时听葛峰等人的反映，杜蕾这个美女庭长，原来是县司法局办公室的干部，2006 年通过司法考试后，担任司法局宣教科副科长，2010 年调入法院后担任商务审判庭庭长，对审判业务并不熟悉，尤其是对企业破产重整更无顾及，至于她怎么能当上法院业务庭庭长，就有些讲不清了。

杜蕾泡好了一杯龙井茶后，轻轻地放在董世明座位前的茶几上，带着温暖和谦卑的笑容对董世明说："谢谢领导，上班第一天就到我们商务审判庭来。我刚才在本院内网上看到了您现在主持本院全面工作，还分管我们商务审判庭，我感到很荣幸！"她说着又招呼与董世明同来的方小玲入座。方小玲对她说："我把领导带到你的地方，已经完成了任务。"说着摆了一下手轻轻地说："你们谈吧，再见！"就走出了杜蕾的办公室。

董世明感到现在与两年前在此地遇到的杜蕾相比，杜蕾总是带着笑容，可面前的杜蕾却没了两年前那次相遇时带着笑容而不屑一顾的神态，也没了那种法官所处的居高临下位置上说一不二的优越感。他品了一口茶，以开玩笑的口气对杜蕾说道："我以后要到商务审判庭办一些案件，请杜庭长关照。"

杜蕾高兴地合了一下双手说："太好了，领导亲自来办案，解决审判难题，在工作中可为我们树立样板呀。"她虽然是庭长，但自己办案却很少，主要是审批审判员的判决、裁定，管理其他审判活动。她心里已经明白董世明说自己要办案，并不是开玩笑，是会真心付诸实施的，因为强调法院院长、庭长要亲自办案已经是法律界的共识，而且董世明以后是院长基本已成定局，一把手的想法实际上往往会成为这个单位的工作目标。

董世明说道："商务审判中出现的难题，需要我们探索解决。下周我准备旁听一到两个案件。然后自己审理几个商务纠纷案件，你安排一下。"

杜蕾抿了一下嘴笑着说："我这里有好几个上千万元的大标的合同纠纷案。"说着她拿起案件登记簿，拿到董世明面前，用手指指着让董世明看。

董世明看了一下说："不需要都是大标的案件，可以从小案件开始，对一些新类型案件和在法律适用方面具有普遍指导意义的案件进行探讨。"

办公桌上的电话铃响了，杜蕾走过去拿起话筒接听，是本院纪检组组长兼监察室主任肖明光打来的。

三十九

通话结束后，杜蕾的笑容消失了。她对坐在旁边的董世明说道："肖主任来电说，刚才接到了一个民间借贷纠纷案件当事人胡平提交的申请回避书面报告，要求担任该案的审判长杨忠回避。胡平的理由是杨忠受本院司法行政科科长林永平之托，采取保全措施，冻结他的银行账户和查封其他财产。"

董世明平静地点了点头说："你在与肖主任通话过程中，我已经听出了大概的意思，应当查一下这个事实真相。"

杜蕾说："这个案件的财产保全裁定书，是我在昨天签发的，符合法律规定的要求。杨忠这个老法官，在办案中还是很有威望的。今天执行了这个财产保全裁定后，作为被告的胡平提出了要杨忠回避的理由，没有事实依据，应当予以驳回。"

董世明说道："这个胡平怎么会知道我们法院内部的情况，还指出了杨忠受林永平之托？你再与监察室联系一下，就说是我的意见，要找胡平谈个话，了解这个事实真相。"

杜蕾说："好的，我马上联系。"就立即拨通了监察室的电话。

杜蕾与监察室的通话结束后，董世明的手机响了起来，来电显示是林志浩院长打来的。董世明拿起手机说："林院长您好！您到省委党校了？"

林志浩说："我正在去省委党校的路上，接到县纪委的电话，有个民间借贷纠纷案件的当事人叫胡平，实名举报我院司法行政科科长林永平，将巨额公款出借给个人。县纪委和审计部门可能要到我院来调查此事，我已经在电话里与县纪委领导说了，先由你和本院纪检组肖明光同志找林永平谈话。要林永平把事实情况向组织讲清楚。"

通话结束后，董世明看了一下表，已经是下午三点多了，他对杜蕾说："请你给纪检组肖明光组长再打个电话，叫他到我的办公室来商量事情。"

四十

董世明回到自己的办公室后刚坐下，纪检组组长肖明光就走了进来说："董院长您好，我先简要向你汇报一下情况。"董世明指了一下旁边的沙发说："你先坐。"说着为肖明光泡了一杯茶。

肖明光接过董世明泡好的茶说了声："谢谢！"坐在沙发上向董世明汇报情况："下午，我们监察室收到一个当事人胡平的书面报告，要求民二庭审判员杨忠回避，不能继续审理王彩凤诉他的民间借贷纠纷案件。紧接着，县纪委给我来了电话，胡平实名举报我院司法行政科科长把公款出借给个人赚利息。"他从随手带着的文件夹中拿出那份申请回避的报告交给董世明。

董世明认真地看完了这份报告后，立即打电话给商务审判庭庭长杜蕾："喂，杜庭长，请把王彩凤与胡平那个民间借贷纠纷案的卷宗拿到我的办公室，我与肖明光同志要查看一下。"挂了电话后，他对肖明光说："你对胡平的回避申请怎么看？"肖明光说："杨忠这位法官，办案水平很高，很廉洁，司法形象很好，这个案件为何要他回避，可能有一定的原因。"他们两人的谈话不到十分钟，杜蕾敲门进来说："我刚接到胡平的诉讼代理人陈其律师的电话，他对我说，胡平要求杨忠法官回避没有依据，要求撤回。我告诉他要以书面形式撤回对审判员杨忠的申请回避。他答应马上就会过来的。"

肖明光说："我们要向他了解一下其中的一些情况，查明事情来龙去脉。"董世明点了点头说："由监察室对该情况再了解一下。"杜蕾把王彩凤诉胡平民间借贷纠纷案的卷宗交给董世明说："董院长，你看看吧，要是没其他事，我先走了。"董世明说："好！等会儿那个陈其律师来了，告诉肖主任，你把他带到监察室一起了解一下情况。要用事实向当事人作出解答。"

杜蕾走后，董世明对肖明光说："刚才林院长在去省委党校报到的路上打来电话，要我们找林永平谈话，还是通知他到这里来吧。"肖明光说："好，我打电话给他，就在这里谈。"说完他立即用董世明办公室的电话打开免提拨了过去。

这个电话是司法行政科负责安装的，林永平知道这个号码是董世明打来的，立即接听电话说："董院长您好，很想到你这里来，知道您上班第一天很忙，不敢打扰你。"肖明光听了以后就把话筒交给董世明使了个眼色示意董世明。董世明接过话筒说："林科长好，我现在与肖明光同志一起在我的办公室，本来要找你这个老同志了解一些院里的情况，是你到我这里来，还是我过去呀？"

林永平立即说："我过去，我立即过去。"他接听电话中已经很紧张，身上冒出了虚汗，脸色由红变白。想到前段时间有人写信反映他对法院"小金库"的资金问题，风波尚未结束，今天他又得到消息，有人实名举报他把巨额公款出借给私人。现在董世明与肖明光在一起找他了解情况，一定是针对此事吧。

他想挂了电话，话筒却在他的手中失控，从耳边划下摔在地上，"啪"的一声，使他胆战心慌，如同惊弓之鸟。

第十一章

爱与恨

四十一

2013 年 12 月 12 日上午，胡平在自己的办公室里，先后接到了南塘乡田岙村农业合作社公司余常欢和高级农艺师朱丹霞的电话，都告诉他一个好消息，农业合作社的高级水果红美人以及其他优质农产品，是供不应求，且收益很好，受到客户的广泛好评。他为公司投资成功和赢得信誉而欣喜，望着窗外充满阳光的冬日特有景色，他想驱车到农业合作社公司的田野上去观看丰收的喜悦景色。

当他刚出蓬山中发投资咨询有限公司的大门，走向自己的别克轿车时，手机响了。听到了对方响亮的声音："喂！是胡平吗？"胡平听这声音很近，似乎打电话的人就在附近，他回答说："是！你是哪一位？"对方大概已经看到了胡平，胡平也看到了一位穿着法官制服的法院执行员和另一位身着警服的法警。那位执行员走过来很有礼貌地对他说："你就是胡平吧？"

胡平答道："我就是，有事找我吗？"

执行员和法警都出示了执行公务证对他说："我们是蓬山法院的，有法律文书和诉讼材料要送达给你。"

胡平把两位法院同志带到公司会议室一起坐下，那位法院执行员对胡平说："我们已经对王彩凤诉你的民间借贷纠纷案的财产保全裁定进行了执行，由于你的银行账户存款不足，我们冻结了你个人在蓬山中发投资咨询有限公司的股权，如有异议，可以依法提出复议。"

在旁边的法警拿出公文包，把财产保全裁定书，还有原告王彩凤新提供的证据副本交给胡平，请胡平在送达回证上签字。

胡平接过这些诉讼材料浏览了一下，心想，这两位法院的干警只是执行和送达的，与他们谈也没有什么结果。他勉强地带着笑容，"哼"了一声，在送达回证上签字后，那两位法院的同志与胡平招了招手，告辞而去。

胡平再仔细地看了刚才收到的财产保全裁定书以及王彩凤提供的新证据目录等诉讼材料，皱着眉头，脸色沉了下来，眼神中充溢着怒气，刚才那快乐的心情已经消散得无影无踪。

四十二

　　他首先想到，冻结了他个人的银行账户存款以及在公司的股权，不但影响了他个人的商业信誉，也给蓬山中发投资咨询有限公司的商业信誉造成不利的影响。当初，他经陈其律师的启发，为蓬山中发投资咨询有限公司经营投资和咨询活动，吸收了为数较多的股东和资金，树立了公司以及股东在经营过程良好的商业信誉，取得了经营业绩，他作为公司的法定代表人和最早的投资人，理所当然地为此增添了光彩。

　　胡平深深懂得，商业信誉对一家以投资和咨询为主要经营项目的公司是何等的重要。最近，他与陈其等主要股东都满怀信心，正在努力扩大公司资本金和股东，把蓬山中发投资咨询有限公司变更为股份有限公司，计划在三年内，变成上市公司。正当公司在顺利经营，创建业绩的时候，作为公司法定代表人在公司的股权被保全，个人银行账户也被冻结，这对他来说，好比自己的心被黄蜂蜇了一下。

　　他从会议桌上拿起茶杯喝了一口茶，努力克制着自己的情绪，看着王彩凤提供的证据目录及副本，其中有："2007 年 12 月 7 日被告胡平通过手机发给原告王彩凤的信息，其内容载明：'和解很难，其理由：30 万元借款另外有账，100 万元借款利率高！'证明被告自己承认 30 万元与本案无关，另有账目，明确了本案借款约定有利息的事实；2007 年 12 月 7 日晚，被告胡平与田莹莹在枫兰海湾城的谈话录音，印证了原、被告之间借款约定有利息借款过程的事实。"再往下看，还有原告王彩凤向法庭提出证人田莹莹出庭作证的申请。

　　胡平看完这些诉讼资料，愤恨地举起他的右手想去敲桌子，但终于没有用力地敲下去，只是拍了一下桌子骂了一句："这个害人精！"

　　他骂的是田莹莹。因为在诉讼材料中看到 12 月 7 日晚上，不但有他与田莹莹一起在枫兰港湾城的谈话录音，还有田莹莹借用他的手机发给王彩凤的短信，这些都成为王彩凤的证据。这个田莹莹不但为王彩凤提供了这些证据，还要出庭为王彩凤作证。这些证据，是田莹莹背着他做的，是事先已经设了圈套套住了他，可够狠的啦。

本来胡平与田莹莹之间的感情正在恢复和好，还会有比原来进一步加深的可能。可现在的胡平，看着这些诉讼资料，在感情上，就好比把已经要愈合的伤口重新扒开撒了一把盐。他真想狠狠地把田莹莹揍一顿，方能解一下心中的怨恨。他原来曾与田莹莹相爱，那时，田莹莹的一个眼神，一点变化他就能看穿，可现在田莹莹为了得到这些证据，不择手段，居然看不到她丝毫隐瞒的假象而使他就范？他觉得这不仅仅是 100 万元借款纠纷的债权债务权益之争，还有感情之债的变幻莫测，受到玩弄的复杂情结。这里面包含感情与金钱的纠结。

金钱并不能买到感情，胡平不明白，在对王彩凤与他的借贷纠纷中，田莹莹为何一味地帮着王彩凤。

四十三

胡平看完了那些诉讼资料，就拨打陈其律师的电话。话筒里传来："对不起，您拨打的电话暂时无法接通。"连拨两次都是"无法接通"。他立即驾着自己的别克轿车，到江海港湾律师事务所去找陈其。

当胡平停好车子拎着手提包跨下车门时，正好遇到田莹莹在 N 银行的同事姚红。姚红于 12 月 7 日晚上与田莹莹一起在枫兰港湾城遇到过胡平，当她见到胡平时，很热情地招呼着："胡总，您好！"胡平紧绷着脸，勉强地应着："你好！"又情不自禁地对姚红说了一句："这个田莹莹，可真够狠的，简直是人精了。"

姚红听了胡平这骂人的话，觉得很不对劲。就问了胡平一声："胡总，这是怎么啦，可能是误会吧？"

胡平从手提包里掏出了刚才那些诉讼材料给姚红看，并告诉姚红说："正巧在这里遇到你，不妨与你说一下，那天田莹莹与你一起在枫兰港湾城时，把我与她在一起说的话偷偷地录了音，还借用我的手机发信息作为证据，你的那位同事算够狠的女人了。但田莹莹搞这些手段，并不是真实的事实，只是编造加工的事实，她是在明显地害我呀。"

姚红听了胡平的一席话，略知其中的一些内容，她顾不上看这些诉讼材料，想压一压胡平心中的火，带着笑容对胡平说："胡总，你别急，这事可能有些误会，昨天莹莹姐与我说起过这个事情，你与王彩凤阿姨在打官司使她很为难。她还说，为了这个事情，王彩凤阿姨通过法院林永平科长的夫人马亚琴与审判长杨忠打了招呼，听说把你的银行账户也冻结了。莹莹姐很不放心，要我来这个律师事务所问问陈其律师，了解一下情况，但陈其律师现在不在，我正准备回单位去，正巧遇到你。"

姚红的上述一番话真有效果，胡平听了以后略作思考，态度冷静了些。他问姚红："陈其律师去哪里了？"

姚红回答说："听说去了一个小岛，电话也联系不上。"

胡平对姚红说："麻烦你转告田莹莹，以后可不要为了王彩凤的利益，把我往死里整哦。"

姚红笑着说："怎么会呢？请胡总放心吧，莹莹姐不是这种人。"

四十四

胡平与姚红告辞后，来到了陈其的律师事务所，问了陈其的助理周吉："小周您好，陈其主任去哪里了？"

周吉立即站起来回答说："胡总好！陈主任昨天陪客人到东方岛去了，刚才我电话联系不通，你请坐。"说着就去泡茶。

胡平在周吉的办公室坐下后，想到刚才姚红提到法院司法行政科科长林永平的妻子马亚琴，又回想起自己过去与王彩凤合作做民间借贷时，听王彩凤讲起过马亚琴的一些事情，说马亚琴的老公林永平是法院管行政事务的，掌握法院的财政权，可以调动较大的资金等，后来又听田莹莹讲起，马亚琴有资金托王彩凤出借赚利息。他突然想到这里面一定有问题，林永平可能利用职务之便，把公款借给王彩凤放利息，从中获利。难怪王彩凤能通过法院的关系，冻结他的银行账户和公司股权。

当周吉把一杯泡好的铁观音放到他面前时，他仍在思考着。周吉故意提高声音对他说："胡总，请喝茶！"胡平回过神来，立即接过茶杯说："噢，谢谢，谢谢！"

周吉问道："胡总有事？"

胡平就把诉讼资料交给周吉说："陈其不在，这些资料你先看看，为我想一想办法。"周吉接过那些诉讼资料认真地看着。

胡平把这个案件的某些来龙去脉以及刚才的想法向周吉做了解释，并告诉周吉，认为法院对他的财产保全，是王彩凤利用法院司法行政科科长林永平的关系与案件承办人打招呼干的，他问周吉道："用什么法律手段解决和对付这个问题。"

周吉是刚跨出校门的单纯青年，听了胡平对上述事情的解释与推测，认为这是由于法院在司法过程中有人情关系，明显对胡平不公，心中也产生不平的共鸣。他想了一下对胡平说："胡总，这事是王彩凤通过关系与审判长打招呼，冻结你的银行账户和公司股权，他们现在已经这样做了，以后的判决结果，可能也会对你不公平，我们可以根据法律规定，要求审判长杨忠回避，还可以举报林永平利用职务之便把公款私自出借给王彩凤赚利息的行为。"

胡平说："你说得对，我可以到纪委举报那个林永平，你帮我写，我实名举报他。还有你说要审判长回避，这要什么手续和程序呢？"

周吉对胡平解释说："我国《民事诉讼法》第四章的第 44 条至第 47 条规定了回避制度，像刚才所说的情况，那个审判长可能会影响这个民间借贷纠纷案件的公正审理，因此，你可以书面或者口头的方式提出申请调换其他审判人员担任审判长，来审理这个案件。"

"你意思是说，因为那个审判长受王彩凤说情的影响，可能会影响公正审理我们的案件，不要他来担任这个审判长，换其他人来担任审判长？"胡平问周吉。

周吉立即回答说："对啊，这就是民事诉讼的回避制度。"

胡平稍作思考后对周吉说："你现在为我写个书面申请，要审判长杨忠回避，换其他法官来审理这个案件。还有，举报林永平的材料也帮我写一下，我马上就去办这个事。"

周吉对胡平说："胡总，是否要等陈其主任回来商量后再决定这个事？"

胡平把手伸进衣兜里停顿了一下，拿出手机拨打陈其的电话，话筒里仍然传来"对不起，您拨打的电话暂时无法接通"的声音。他对周吉说："陈其的电话还是联系不上，这事不用再等他了，你现在就帮我写，我下午立即提交到有关人员中去。"

下午，胡平把周吉写好的举报林永平为个人赚利息，私自出借公款给王彩凤的举报信交到县纪委，然后再到县法院，把要求审判长杨忠回避的申请报告交到法院监察室。当他回到自己的办公室，陈其的电话打了进来。

"胡平你现在在哪里？我已经到了自己的办公室了？"

胡平立即对陈其说："我已经打了你不知几个电话了，我马上到你这里来！"

陈其说："好吧！我等你！"

四十五

在江海港湾律师事务所陈其主任的办公室里，陈其听了胡平的介绍后，知道胡平对法院采取财产保全措施很有怨气，胡平认为这是故意在诋毁他个人以及公司的商业信誉，因此也少不了对主审法官杨忠的指责和埋怨。陈其语调平和地对胡平说："本案原告王彩凤申请财产保全，这是法律赋予诉讼当事人的权利，法院作出财产保全裁定是符合法律规定要求的，你要正确对待，如果要求解除保全措施，应当依法提供担保，对主审法官进行指责是解决不了问题的。"

陈其说到这里，问胡平道："我刚才看了周吉为你写的要求审判长杨忠回避的书面申请，还有对林永平的举报信，现在是否已经提交了？"

胡平答道："刚提交，是我亲自交到纪委和法院的。"

陈其摇了摇头说："你提出要审判长杨忠回避，没有依据呀？你怎么知道杨忠会凭林永平的一个电话对你作出财产保全裁定？杨忠没有擅自会见王彩凤的事实，本案作出财产保全是符合法律程序的，如果这样可以申请法官回避，那么能审理你这个案件的法官还有谁呢？都有回避的可能了。"

胡平摸了摸自己的头，为难地问陈其："这可怎么办呢，我已经把申请回避的报告提交了呀？"

陈其说："申请回避是你的诉讼权利，我们在诉讼中要依法正确地行使诉讼权利，不能滥用诉讼权利，否则要承担相应的法律责任。你可以撤回要求审判长杨忠回避的申请。对于林永平利用职务私自出借公款的举报信，你过去曾经听王彩凤、田莹莹说起过此事，可以向纪委举报反映，以便调查核实。"

胡平点了点头对陈其说："我听你的，还是你为我到县法院去一下，把申请回避报告撤回。"接着胡平把王彩凤的证据目录和副本交给陈其说："这些材料是法院上午送给我的，你看看该怎么办？那个田莹莹是在故意地陷害我呀。"

陈其接过胡平的诉讼材料说："我们需要做充分的应诉准备，我看了以后再作分析。"说完他拿出手机，一边拨打电话，一边对胡平说："我先向法院打个电话，要求撤回回避申请。"

四十六

林永平怀揣不安的心情，走进了董世明的办公室，见到董世明与肖明光，他伸了一下露出少量白发的头，那带着皱纹的白色脸膛，在阳光的照映下，与他年龄相比显得略为苍老。董世明见林永平进来，就站起来，相互问候着握了一下手，示意他在旁边的沙发上坐下。

董世明说："老林啊，我离开法院十多年了，能再与你们这些老同志一起工作，那是真正有缘呀。你身体好吗？"

林永平尚未落座，听到董世明的问候话语，便立即站起来点着头说：

"是的，董院长，我们真有缘，我的身体还行，还行!"说着就在沙发上坐下了。

董世明看了一下坐在旁边的肖明光，再看了一下表。肖明光立即领会，对林永平说道："老林同志，我们现在要向你了解一些情况，请你如实地向组织讲一下，相信组织上会把事情搞清楚的。"

林永平显得有点紧张和困惑，对肖明光说："要我说些什么呢？前几天有人告到纪委，说我到企业要钱，存入法院的'小金库'搞福利，这事县纪委和本院领导都查过，肖主任你也知道的。这个事情的原因是，我们的执行庭和民事、商事审判庭外出办案多，县财政因支出资金紧张，没有足够的经费拨给法院，经法院领导与县政府领导多次商量，最后决定，由有关企业把适当的资金交给法院作为外出办案的费用，以后再在诉讼费用中抵过，我作为法院的司法行政科科长，是这事的具体经办人和部门负责人。"

肖明光打断了林永平的话说道："这事县纪委已经调查清楚，并且有结论，不是你个人的责任，而且县政府领导都已经知道，对此，你不要再有顾虑。"董世明坐在办公桌正面点了点头。

肖明光望着林永平问道："有个叫王彩凤的人你认识吗？"

林永平思索了一下答道："我太太有个朋友叫王彩凤，来过我家碰到过几次。"

肖明光继续问："最近几天她有否托你办过什么事情？"

林永平答道："不是她直接对我讲的，是我太太对我讲，她有个民间借贷纠纷案件，对方好像要赖这笔借款，数额很大，提出要冻结对方的银行账户等财产保全措施，我太太多次向我提出，要与主审法官杨忠去说一下，否则她要带着王彩凤一起到杨忠那里去讲了。在我太太的多次催促下，我与主审法官杨忠打电话说过，杨忠答复我，应当按照法律规定的程序办理。上午我太太打电话来告诉我，对王彩凤民间借贷纠纷一案已经向对方作出了财产保全措施。对其他情况我不太清楚了。"

这时，董世明带有严肃的语气对林永平说："老林同志，我们都是受党教育多年的老党员了，现在，当着我们的面，如实地讲一下，你太太是否托过王彩凤出借资金赚过利息，是否存在把法院的公款出借给王彩凤的事情？"

林永平的脸色由白变成赤红色，他略作思考信誓旦旦地对董世明说："董院长，请组织上相信我，我绝对没有把法院的一分公款出借给个人赚利息，可以用党性保证。至于我太太，是有些自己的钱托王彩凤出借给他人赚一些利息。因为我太太没有工作，现在我的儿子也大学毕业了，找不到工作，家里生活并不宽裕，想赚钱也难，我太太把少量的资金借给他人，赚点利息，具体情况我要问一下我的太太才清楚。"

坐在旁边的肖明光对林永平问道："你太太要你向杨忠打招呼对王彩凤诉胡平民间贷款纠纷案件进行财产保全，还有你家托王彩凤出借资金赚利息的事情，是否向他人宣扬过？"

林永平低着头，显得有点沮丧。他喘了一口气对董世明说道："有可能这个马亚琴会到别人那里宣扬。"

董世明点了点头说："相信组织会把事情查清楚的。老林呀，你家庭有困难，我们也要作适当的帮助，你儿子的就业问题，我们可以为你提供一些就业的信息和渠道。"

四十七

董世明与肖明光对林永平的谈话结束后，由肖明光打电话到监察室询问，由杜蕾庭长与监察室一起，听取胡平及其委托代理人陈其律师的反映情况。监察室袁健同志马上回复说，谈话已经结束，并与杜蕾庭长一起，立即到董院长那里去汇报一下。

在董世明的办公室，杜蕾汇报着刚才与胡平和陈其律师的谈话内容："刚才胡平反映，王彩凤与胡平以前有过民间借贷合作，关系很好。胡平原来有个女友叫田莹莹，是为王彩凤打工的。胡平当时听到过王彩凤以及田莹莹都与他讲过，林永平的妻子马亚琴有资金托她们出借，用来赚利息，还听马亚琴说过，法院的公款数额很大，可以出借，因此胡平认为林永平真有把法院的公款借给王彩凤的事，就到县纪委实名举报林永平私自出借法院公款。今天上午，胡平又听说他与王彩凤的民间借贷纠纷案件，是王彩凤通过林永平与杨忠打招呼，对他实施了财产保全措施。因此，提出要求杨忠回避的申请。现在他对申请回避问题，感到不妥，认为法院采取财产保全措施是符合法律程序的，他的代理人陈其律师，从法律以及当事人的诉讼权利与义务等进行了解释，并代表胡平对为法院在工作中带来的麻烦表示歉意，胡平亲自把撤回对审判长杨忠的书面回避申请提交给我们。"

杜蕾汇报后，董世明对肖明光说："肖主任，你谈谈看法。"

肖明光说："胡平已经认识到我们采取财产保全措施是符合法律规定的，也认识到主审该案的审判长杨忠与案件无利害关系，不需要回避，现在撤回回避的申请，杨忠应当继续主审这个案件。对胡平向纪委举报林永平私自出借公款的问题，可以调查有关账目，我们要本着对事实负责，对当事人负责的原则，对违法乱纪行为坚决予以杜绝，积极配合县纪委查清此事。"

董世明说："根据刚才了解的情况，胡平也是听林永平的妻子以及他以前的女友田莹莹讲起过此事，是否真实，应当认真调查，如调查属实，当严肃处理。此事由肖明光同志与县纪委联系协调，可以随时与我联系。"

肖明光点着头说："好的！"

肖明光与袁健离开董世明办公室后，杜蕾也准备走。董世明对她说："杜庭长稍等一下。"

四十八

董世明牵挂着与杨忠一起讨论所写的关于民间借贷调研文章。当初他还在海港镇担任镇长，没有以公事的名义与杜蕾直接研讨此事，如今他已经到了法院任常务副院长，而且分管商事审判庭，尽管现在杨忠可能已经对该文完稿了，但应当把此事与杜蕾通个气，让她知道并参与调研。

杜蕾笑了一下说："董院长还有事吗？"

董世明说："我在海港镇工作期间，对民间借贷问题做了些调查，由镇政府办公室和政法办收集某些材料，我与老同学杨忠一起写了一篇关于民间借贷问题的调研文章，由杨忠完稿，现在请你一起顾问一下。"

杜蕾显得非常高兴地说："太好了！我们商务审判庭今年的调研文章任务没有完成，我正在着急，现在领导已经安排了。"她略作考虑后，对董世明说："是否把杨忠叫来一起议一下？"董世明点了一下头说："好，你请他来。"杜蕾接着说："现在的文章真难发，尤其是省级以上的报刊杂志难以跨进门槛。文章有质量没有关系不给发表，而上级法院与本院对调研文章的考核要求却很高，个人或单位如果年度没有发表过文章，评先进的资格也取消。"董世明深有感触地说："是呀，调研工作固然重要，但是不能把是否发表文章作为考核调研工作或者其他工作的标准。现在有些报刊杂志，为追求经济效益，收取广告费、赞助费而刊登了一些质量不怎么样的文章，还有些是关系户的文章，不得不刊登，所以要到省级以上的刊物上发文章就有难度了。"

杨忠接到杜蕾的电话后，快步走进了董世明的办公室。

董世明亲热地与他握着手说："老同学，你辛苦了！"

杨忠说："领导辛苦，刚到任就遇到了我的一个麻烦事。"杨忠指的是胡平要申请回避的事。

杜蕾插话说："这不是你的事，是我们共同的事。"

董世明笑着说："这事说不定我们以后都会遇到，这应当是法律程序上正常的事情。杨忠呀，你可不能为此与当事人较劲啊。"杨忠紧握了一下董世明的手说："如果真的回避了，我不办这个案件，就能减轻工作压力，感谢还来不及呢。"说完三个人都笑了起来。

杨忠与杜蕾一起在沙发上坐下后，对董世明说："现在应当交作业了，我已经把写完的调研文章发到你的邮箱了，请你修改后定稿。"

董世明立即打开电脑，一边浏览着那篇文章一边说："《民间借贷信息调查》题目很好。我现在把这文章发到杜庭长的邮箱去，我们一起研讨立即定稿。"

杨忠问道："我们把这个文章发到哪里呢？"董世明笑着说："我们有个老同学，叫方怡还记得吗？"杨忠马上会意地笑着说："怎么会忘呢，你的初恋情人嘛。噢，对啦，听说她现在在北京的一家金融研究机构工作，这个机构还有影响很大的杂志社。"

董世明说："对呀，我们毕业以后，都没有与她联系了，我前几天无意间在一本《金融法律论坛》杂志上看到了方怡的名字，还是总编，我在网上查了一下，是否有同名的，结果这个方怡就是我们的老同学。"

杜蕾兴奋地拍了下手说："太好了，我们就把《民间借贷信息调查》一文投到她的杂志社去吧。"

董世明说："我们还要把这个调研文章发到县委、县人大办公室。"

四十九

胡平与陈其离开了县法院后，一起到了蓬山中发投资咨询有限公司胡平的办公室，商量如何进一步取得有关证据以及应准备的诉讼资料。当陈其离开后，胡平一个人在办公室，想起田莹莹，越想心里越窝囊，越恨田莹莹。他拨通了田莹莹的电话，想问问她为何要用这种阴谋手段来害曾经相爱的朋友，以解他心中的纠结和怨恨。

已近傍晚，N银行蓬山支行的员工多数已经下班了，田莹莹坐在自己的办公室，凝望着窗外，那冬天的阴冷、寒潮、雾霾，替代了中午的暖阳，仿佛天近在咫尺。在上午听姚红对她说，胡平的银行账户以及在公司的股权已经被法院冻结，还听说王彩凤向法院提供了她与胡平在枫兰港湾城谈话的录音以及她借胡平手机发给王彩凤的短信等，都作为王彩凤向胡平主张偿还借款的重要证据。虽然这些事情不全是她心甘情愿做的，但事实却已经出自她的手中。尽管王彩凤有恩于她，但近几天胡平在她心中的吸引力却是如此的强力，纠结的思绪归于心底。她知道胡平可能会带着厌恨、讥讽、无可原谅的口吻谴责于她，而她却一时与胡平难以解释，无法表达自己复杂的心态，胡平与她将要重新凝结的感情又要破碎，而且可能成为不可泯灭的痕迹。田莹莹想到这里，双眼噙满泪水，自己默默地说了一句："是因为钱的缘故？"她想起了莎士比亚的名言："金子，黄黄的，发光的，宝贵的金子！只要一点点儿，就可以使黑的变成白的，丑的变成美的，错的变成对的，卑贱的变成尊贵的，老人变成少年，懦夫变成勇士……"

她那本来单纯善良的动机，与复杂多变的现实之间存在着差异，而且很难抹平，使她身不由己地陷入为他人金钱纠结而痛苦之中。

这时，她的手机响了，正是胡平打来的。

第十二章

老生常谈

五十

胡平打电话谴责田莹莹，以发泄他心中的忿恨情绪，但田莹莹却没有一点声音，只是听着胡平的大声评说和谴责，因为她知道，在这个时候，用电话向胡平辩解说明，不但讲不清楚复杂的缘由，如果稍有语气的不顺，反而会激怒胡平。由于田莹莹没有在电话中回应胡平，胡平结束了与她的通话。

一个电话紧接着插进来："喂！胡总您好！长时间没有见面，我是阿三啊，今天回到蓬山老家，想与你聚一聚，请你吃个晚饭，能否给我赏脸？"胡平一听是王阿三的电话，心里立刻冷静下来，因为他正想找王阿三了解与陆虎一起为王彩凤去沈阳讨债的事实，并要他们到法庭去作证。

胡平立即回答说："噢，是阿三呀，长时间没见面了，很想与你聊聊，你可是难得回家乡啊，晚饭有我安排，你不要再客气了，我们一起到枫兰港湾城餐厅，你现在在哪里？我来接你吧？"王阿三笑着说："哈哈！那好吧，恭敬不如从命，你不用来接了，我自己有车，一会儿见，你可要在酒店门口等我呀。"

胡平挂了电话后，立即打电话给陈其，约陈其一起到枫兰港湾城向王阿三了解为王彩凤讨债的事实。

五十一

傍晚，董世明下班后，在一家面馆吃了一碗可口的海鲜面回到家里，妻子蔡红是县人民医院的骨科医生，最近到上海一家大医院进修去了。家里整洁的空间、舒适的摆放，让他一进家门就感到赏心悦目。他脱掉鞋子，整齐地摆放在鞋柜中。这是他的妻子作为医生，在职业上要求干净而形成的家庭习惯。董世明开始对家里这样高要求的清洁标准并不习惯，但时间长了，慢慢地被他妻子的高要求所同化了。

董世明穿上棉拖鞋，由于家庭主妇不在家，使他感受到有点冷清寂寞。虽然夫妻每天在一起时谈话并不多，有时为一点小事还会拌嘴，但一旦离开，心里就挂念着。已经是周末了，在蔡红要去进修之前，董世明与她一起预先定好，本周末由蔡红从上海赶到省城去。因为从上海到省城可以乘高铁，只有30分钟的路程，可以看看在省城上大学的女儿董婧婧；还有到董世明一个在省委组织部当处长的好同学叶志兴家里走一走。

董世明正要打电话给妻子蔡红，问一下是否已经到达省城，恰巧蔡红的电话先打了过来。蔡红的语调带着温情并很有底气："喂！世明，我已经到省城叶处长家里了，婧婧也到了，叶处长在上午已经与我们电话联系好的，现在他正在做饭，请我们在他家里吃晚饭呢，晚餐准备得很丰盛。他的爱人说，我难得到她家里吃饭，显得很热情。我准备帮着他们一起去做饭。"董世明从蔡红的声音里已经听出了她充溢着得意和喜悦的心神，就回答说："呵！还是你的面子大呀。"

蔡红继续说道："叶处长还问起了你的工作情况，他已经知道你调到法院工作了。对了，你今天可能已经到法院上班了吧？这段期间在生活上你要自己照料自己了。"董世明答道："今天刚到法院上班，很好，你放心吧。"蔡红说："好的，我现在去帮叶处长做饭去，挂了……"

董世明与妻子通过电话后，独自在客厅的沙发上坐下，打开电视机看了一会儿新闻，就回想起一位老领导，是原蓬山法院副院长于志宝。

在20世纪90年代初，董世明刚到法院工作时，于志宝已经是副院长了，分管办公室、执行庭和行政审判庭的工作，算是董世明的顶头上司。他对董世明的影响很大，也就是在他的关注和培养下，董世明担任了法院办公室副主任，然后又是他向组织推荐，到乡镇担任领导。那时候，蓬山法院虽然没有常务副院长，但开会时的排位以及文件中的排名，还有电话本的排名，于志宝总是排在第二位，算是蓬山法院的二号人物了。他是军队转业干部，曾经在军事法院工作过，还担任过某县的人武部政委兼任县委常委。

董世明很敬佩于志宝的领导能力和工作作风。于志宝平易近人，平时对法院干警既亲切又和蔼，却始终把握着作为领导的分寸和原则，保持应有的距离，使干警很敬重他。遇到布置工作任务、主持会议时，这位于副院长敢于拍板担当，思路清晰，不拖泥带水，庭长和科室主任们很少会有不明白他的意图的。他主持会议，会场显得井然有序，在他的目光下，干警们会以认真的态度对待。他还带着军人特有的气质和威严，在审理个别案件中亲自担任审判长，在执行疑难案件时亲自指挥。干警们都愿意跟着他一起完成任务，尤其是新来法院的军转干部，在执行任务时，习惯地向这位"老首长"敬礼，对此，他总是露出微笑，以示满意。老领导的这些印象使董世明难以忘怀，虽然调离法院很多年了，于志宝已经退休一年多了，但他与于志宝却一直有联系，逢年过节还会到这位老领导家里串门拜访。现在，他又想到这位老领导家去走走，他拿起电话拨通了于志宝家的电话。

于志宝的老伴朱丹霞拿起话筒，听到了董世明打来的电话，非常高兴地用原来的称呼："小董，听说你调到法院了，现在要称呼你董院长了，老于听到这消息后很高兴，他刚才对我说，要到你那里去走走呐。"董世明立即说："朱阿姨，还是我过来吧。"于志宝在旁边接过老伴的话筒对董世明说："世明，你吃过饭吗？今晚是周末，你如果没有什么安排，我到你那里去走走。"董世明对他说："于副院长，还是我过来吧，我有车，方便。"于志宝高兴地笑着说："哈哈，好吧，我在家等你。"

五十二

董世明开着他的帕萨特，路过枫兰港湾城的拐弯处，这里的停车空间较大些，一个交通协警做着停车的手势，把董世明的车子拦了下来。董世明停下车后，有两位协警向他车门的两边靠拢，示意他到路边停车并对他说："请出示行驶证和驾驶证。"董世明下车后立即出示自己的驾驶证和行驶证，一位交通民警手里拿着一叠单子走了过来，查看了一下董世明提交的证件，拿出一份处罚决定书，向董世明敬了个礼说道："由于你未按规定使用安全带，依法处以罚款50元。"正当董世明接过处罚单时，还有一位交通协警快步走了过来大声喊道："董镇长，去哪里呀？"他一边喊着董世明，一边对站在董世明车旁的民警和协警说："这位是原海港镇的董镇长，现在是法院董

137

院长了，我认识的，请你们把罚款单收回吧。"董世明也认识这位协警，原来在海港镇政府当过保安，他这么一说，董世明心里感到很不安。他立即向站在自己车旁的民警和协警摆了摆手说："你们别理他，我违反交通规则，应当受处罚。"说完，立即上车拉开手刹，那位民警向他敬礼致意，认识董世明的那位协警还在打着手势招呼着快步走过来。

就在这时，王阿三驾驶着一辆奔驰轿车正驶向枫兰港湾城，旁边坐着一位衣着时尚的女郎，车到拐弯处减速缓行，在后座坐着一个戴礼帽的先生打开车窗望着董世明，突然招呼着王阿三："哎，阿三，停一停，停一停。"王阿三停车后，董世明望了一眼一手拿着礼帽，打开车窗向他张望那个人，似乎有点面熟，但一时认不出是谁，他踩着油门，没有理会这个人，驾驶着帕萨特已经驶向前方。王阿三问道："什么事呀？"那位先生戴上礼帽答道："我看到了一个熟悉的法官，在我以前最困难的时候，他曾经给我 500 元钱，但我到现在还不知道他的名字，你停车时，他立即走了。"王阿三"哦"了一声，他那辆奔驰已经开进了枫兰港湾城。

五十三

董世明到了法院老领导于志宝家里，于志宝夫妇非常高兴，朱丹霞让董世明在沙发上入座后，于志宝立即泡了一壶金骏眉。在他泡茶的侧影中，董世明发现这位老领导两鬓挂满了白发，腰板也不像退休以前硬朗了，脸上的皱纹明显加深，但是说话的声音还是那么清晰洪亮。他从茶壶中倒出一小杯茶放到董世明的前面说："世明，你刚到法院，就打电话给我这个退休老头子，使我很感动啊！"董世明回答说："于副院长既是我的老领导，又是老师，现在还需要老领导指点呢。"于志宝看着董世明成熟和英俊的脸庞笑着说："你现在学得越来越谦虚了。"两个人同时笑了起来，他们一边喝茶一边交谈，甚为投入。

在交谈中于志宝感到董世明身上仍然存有过去所具有的一股侠气，这在官场，特别是在国家审判机关当领导，是犯忌的。在于志宝的心中，官场需要有智慧的头脑、冷静和圆滑的处事方法，还有不被他人看透的内在尊严，以掌控职权。

于志宝在与董世明交谈中，回忆着一些往事。他喝了一口茶，似乎以提醒的语气对董世明说："世明，作为法官在审理案件时，不能意气用事，在诉辩双方矛盾激烈时，要善于做好双方的情势缓和工作，查清案件事实，伸张法律正义。我这是老生常谈了。"

董世明望着老领导笑着说："我在 90 年代初刚到法院的时候，把伸张法律正义作为法官的神圣使命。认为在处理社会矛盾和调整社会关系中，法官不能作为观众，而是要勇于切入要害，抓住争议焦点，做一个当仁不让，刚正不阿，主持公平正义的裁判者。而现在，我更认识到作为审判者在调整社会以及其他关系中，平衡的重要性，如果不注意这个关节点，失去平衡，效果就会适得其反。老领导刚才讲的不是老生常谈，而是老问题中的新学问。"说着两人同时笑了。

董世明继续说道："现在我们一些法官，特别是法院的领导干部，存在缺乏勇于担当的勇气，往往是事不关己高高挂起，在社会活动中作为一个围观的观众，明哲保身，怕惹是生非，把本来应当通过法律程序解决的问题，拒之门外。当然，作为法官，必须依法履行职权，不容许超越职权多管事，否则，就像我在 1996 年对应从生案件所犯的错误一样了。"

于志宝笑了笑说："这么多年过去了，你还记得，说明这事情对你的教训之深。"过去，他很欣赏董世明的才学和工作能力，在为人处世上所具备的正义感。但他也很顾忌董世明为了同乡、同学旧友的事，所表现的不注意对自身保护而欣然相助他人的侠气。

董世明一边与于志宝谈话，一边在回忆应从生案件的一些片段。

那是在 1996 年的夏天，有个曾因犯诈骗罪，被蓬山法院判过有期徒刑的刑满释放人员名叫应从生，因不满判决而不断地申诉、上访，几乎在这年夏天的每个工作日都要来到法院信访室说事，有时会坐在法院门口等待领导要求解决问题。蓬山法院的干警几乎都知道这个人，很少有人理睬他，有的甚至故意避他远点，以免他的纠缠诉说。有一天于志宝在本院院长接待日接待应从生的申诉，董世明作为办公室副主任随同领导接待。董世明查看了应从生的有关材料后，得知这个应从生还是他小时候一起居住过的邻居，董世明在儿童时与他经常在一起玩，到他家吃过饭。几十年过去了，儿时的小伙伴，如今站在面前都认不出来了。董世明把申诉材料交给坐在旁边的于副院长，然后贴近他的耳边轻声地说："这个应从生，是我小时候的邻居，现在他认不出我了。"于志宝点了点头，接过材料，"……哦"的一声，向董世明示意已经知道了。他浏览了一遍后拿起笔，在申诉材料的上方写上批示："请申诉监督庭按法律规定受理审查。"后来，该案经过审查，董世明也认为应从生犯诈骗罪事实清楚，证据确凿，判决得当，应当驳回他的申诉。但应从生还继续来法院纠缠。一会儿给那个说没钱吃饭，一会儿又说由于自己没有找到关系，得不到平反等。董世明出于对老乡和老邻居的同情，在一次与应从生相遇时，自己拿出 500 元钱给应从生。

应从生拿到董世明给他的 500 元钱后高兴不已，于第二天就到省城，在宾馆开了个房间住下来，用口头和书面的方式，向省高级人民法院以及有关部门申诉、上访。他还提出，原来蓬山法院对他以诈骗罪判刑确实存有错误，所以有一个法院干部把 500 元钱给他，为什么其他人没有给钱，而他偏偏给呢，是因为法院判错了案件，试图用钱收买他，要他不用申诉了等。省高院以及有关部门对此作了调查核实，认为应从生原来犯诈骗罪事实清楚，原判正确，把信访申诉资料转到蓬山法院。虽然应从生所说的送钱给他的法院干部没有指名道姓，但蓬山法院的领导和干警对此事多有猜测，这个应从生所说的送钱给他是否真实？如果真实，拿出 500 元钱的又会是谁呢？这个事情董世明自己是最清楚的，还有于志宝心里也很清楚。当时于志宝以严肃冷静的态度问董世明："世明，应从生所说的 500 元是不是你给的？"董世明带着惭愧的神态说："于副院长，这事都怨我，我是出于对小时候一起生活过的邻居的同情，给他 500 元钱，结果是好心没好报，用钱买来了祸水，很对不起我们法院的领导和干警。"他红着脸，低着头，显得很内疚。于志宝平静地又问董世明："你有没有与他讲过是老邻居关系？"董世明摇了摇头答道："没有，他到现在并没有认出我。"于志宝对董世明说："你不要与他人再提起此事了，以后要接受教训，此事到此为止，明白吗？"董世明点着头说："谢谢领导指正和关照。"

五十四

于志宝看着董世明的神情，好像是在回忆那段历史。董世明对于志宝说："我要把这件事作为一个深刻的教训铭记于心。"正当他们谈得热烈时，于志宝的老伴朱丹霞拿着一盆红美人橘子递过来说："董院长，我家老头子是老观念了，说话一贯较真，你们以后慢慢再谈，先来尝一尝这个红美人橘子，我公司研发的优质品种。"

董世明当然知道红美人橘子，并且品尝过它的美味，但朱丹霞说是她公司研发的并不清楚。他拿起一个橘子闻了闻问朱丹霞："阿姨，这橘子是你公司开发的？你现在在哪个公司呀？"

朱丹霞原是县属蓬山农业科技中心的高级农艺师，改制后成为股份制科技中心。她对董世明说："我作为企事业单位的退休职工，仍然没有放弃优质农产品的开发研究，并以自己的技术和少量资金入股于蓬山中发投资咨询有限公司。"

董世明听朱丹霞提起蓬山中发投资咨询有限公司，心里咯噔一下，立即想起了下午所遇到的胡平与王彩凤民间借贷纠纷案件。

朱丹霞看着董世明的反应接着说道："董院长，我正想与你说一说蓬山中发投资咨询有限公司的总经理胡平那个民间借款案件，他的个人银行账户以及在公司的股权已经被你们法院冻结了，听说这事由林永平科长与这个案件的审判长杨忠打招呼办成的。"她说着，望了望于志宝，看他有什么反应。

她的话音刚落，于志宝咳嗽了一声，还没等董世明回答，瞪了朱丹霞一眼说："世明刚到法院，你不要对他说案件的事情，这事你也是道听途说，更不能为那个胡平说情，要相信法院会依法公正处理的。"

在于志宝担任蓬山法院副院长期间，朱丹霞从来没有过问过打官司的事情，可今天董世明来了，顺便想把胡平打官司的事情与董世明讲一下，因为胡平在下午打电话托她，要他问一问她的老伴于志宝老院长，可朱丹霞已经成为习惯了，她对涉及打官司的事一向不与于志宝讲，一来于志宝可能不会

给她好言好语；二来给他讲也没有用，解决不了问题。今天正好董世明来了，过去她有什么事情，也喜欢与董世明唠叨几句。

董世明紧接着问朱丹霞："阿姨，这事你是听谁说的？"

朱丹霞答道："是中午胡平打电话告诉我的，他是我们公司的法定代表人嘛，平时与我联系很多，当时他说得挺受委屈似的，要我与老于讲一讲，可我不想与老于讲，而想讲给你听听。"

董世明说道："此事我已经知道，今天下午那个胡平由我们法院监察室找他谈过话了。法院依法作出财产保全措施并无不当。请你放心，我们一定会依法公正处理的。"

于志宝点了点头说道："这个案件是杨忠担任审判长，在我的印象中，杨忠办案很少受什么人情关系的影响，执法水平也很高，当时你与他，是名校法学院的大学生，一起分配到我们法院，我真开心。你调到乡镇后，我多次提议，要把杨忠调到法院办公室接替你的职位，但党组其他领导认为办案专业人才还是在审判庭为妥，当时法院的后勤保障服务由办公室负责，办公室主任林永平也不想把杨忠调到办公室任副主任，因此他到现在仍然在商务审判庭。"

董世明说："现在司法行政科的工作，你们这些退休的老领导有什么反映吗？"

于志宝答道："还可以吧，现在的司法后勤保障经费多了，条件越来越好，要求也越来越高。对科长林永平，听到一些反映，说他偏重于服务领导，对审判业务的服务不到位。我看这不仅仅是我们蓬山法院的现象，其他法院可能也存在，尤其是对我们这些退休的老头子，与在职时的服务态度更是无法相比的。"

董世明点着头，他的手机响了，是杨忠从办公室打给他的。董世明在接听这个电话前向于志宝说着："我们刚提到杨忠，他电话就过来了。"于志宝会意地笑了笑。

董世明首先应答道："喂，杨忠你好！今晚是周末，又在加班？"

杨忠回答说："算是加班吧，就是那篇民间借贷的调研文章，增加了网络民间借贷平台、P2P 网络中介等内容。刚才作了修改后，已经发到你的邮箱了，请你审阅。董世明说："老同学辛苦了，我马上到单位来看看。"

杨忠说："好！到你办公室吧，我顺便把王彩凤诉胡平民间借贷纠纷一案的一些情况向你汇报一下。"

五十五

董世明告别了于志宝夫妇，到了蓬山法院自己的办公室后，立即打开电脑，认真地看完那篇调研文章《民间借贷信息调查》。

过了一会儿，杨忠敲门进来，手里拿着一件案件卷宗，董世明站起来重复地说了句"老同学辛苦了！"杨忠笑着说："领导辛苦！"就在沙发上坐下了。董世明说："我刚才看了，文章增加的内容很好，网络民间借贷融资这个形式已经在社会运作，特别是在大城市运作得很热，有相关的法律问题值得探讨研究。现在先发到《金融法律论坛》杂志社，可以直接寄给总编方怡。"

杨忠故意问道："有你初恋情人的电话号码或者邮箱吗？"董世明笑着说："你是明知故问，毕业以后，方怡就去北京了，至今一直没有与她联系。"杨忠说："你放心！我一定会发到她那个杂志社的。"说着他与董世明的眼神对视了一下，都笑了起来。

杨忠紧接着拿起手里的案件卷宗说："对王彩凤与胡平民间借贷纠纷一案，因涉及当事人投诉的问题，我把案情简单向你汇报一下吧。审判长是否可以由庭长或其他法官来担任？"董世明说："我本来是想在你审理的案件中选个由我这个副院长亲自来担任审判长的案件，但是这个案件由于当事人提出要你回避的申请，后又撤回这个回避申请，因此这个审判长不能更改，应当由你继续担任，否则，就容易产生误解，认为你真的对该案存有什么问题。对这个案件的事实，由你们合议庭按照法律规定的程序调查认定，我就不必掺和了，如果合议庭受到什么干预，可以及时向我汇报。对该案当事人投诉的事，请相信县纪委和院党组，会查清事实真相，按照党纪国法的规定处理。"杨忠点着头说："我明白了。"董世明说："我们现在回家吧。"就在这时，门外传来敲门声，杨忠开门，迎面进来的是纪检组组长肖明光和监察室的袁健。

肖明光对董世明说："我们看到领导办公室亮着灯，就来看看。县纪委明天要到法院来分别找林永平和他的妻子马亚琴谈话，还要审核有关账目，我与袁健今晚准备一下，特别是对一些专用资金的账目，先自查了一下，发现其中一笔 10 万元的资金存有疑点。"

董世明说："你们先自查一下很有必要，发现问题和疑点要彻底查清楚为止。"

杨忠觉得他们在谈纪检监察工作的情况，就站起来向他们告别要走。董世明说："今天是周末，大家都早点回家休息吧。"袁健打开房门，轻轻地飘来一阵冷风，使人感到格外清心，他们一起进入电梯下楼。

第十三章

点对点

五十六

王阿三开着奔驰轿车到了枫兰港湾城，胡平已经在门口等候。他下车后与胡平握手相互问候，还有衣着时尚的女郎和戴礼帽的先生也下了车。王阿三指着那位女郎向胡平介绍说："这位是我的女友，叫黄莺。"这个黄莺立即上前与胡平握手问候。王阿三又指着那位戴礼帽的先生说："这位是我在上海公司的搭档，叫应从生。"那应从生在胡平面前脱掉礼帽，点着头，像是行了一个鞠躬礼说："胡总好！"胡平也点了一下头，与他握手说："您好！"然后指着餐厅对王阿三说："我们一起上餐厅吧。"

胡平与王阿三他们在餐厅分别坐下后，陈其进来了。胡平向坐在旁边的王阿三介绍说："这位是陈律师，我的同学，也是我们公司的法律顾问。"王阿三站起来与陈其握手说："陈律师好，久闻大名了，幸会、幸会！"他们相互问候完毕，陈其坐下后，餐厅服务员端来了酒水。

胡平对王阿三说："几年不见，今天当刮目相看了，有奔驰、美人相伴，真不简单呐，在上海生意做大了吧。"

王阿三这次来找胡平，的确有点故意向胡平显示一下自己身价之意，他预先以不熟悉酒店餐厅为由，要胡平在门口接一下，让胡平能见到他的坐骑，更希望胡平能赞扬他一番。

王阿三听了胡平的称赞，高兴得站了起来叫道："服务员，快拿酒来。"

服务员应了一声，立即端上已经打开的红酒，为各位客人斟酒。王阿三举起酒杯说："谢谢胡总和各位，我先干了！"说完与在座的一一碰杯后，一杯酒已经下肚了。王阿三讲话做事简单直接，没有什么心眼。他接着说："胡总啊，过去，我因为没有钱，在家混，有时候连人街也懒得出去，怕遇到熟人朋友请我吃喜酒什么的，因为拿不出送人情的钱。现在老子经过几年的打拼，有黄莺姑娘和从生先生等人的共同张罗相助，生意越做越红火，已经注册了三家投资公司，有奔驰、宝马，客户越来越多，真可以说今非昔比。"

胡平回敬他一杯酒说："阿三兄，好样的。这几年你在做什么买卖呀？"

王阿三略作思考答道："我现在也开投资公司，在做 P2P，具体还是由黄莺来讲吧。"

黄莺点燃一支女士烟轻轻地吸了一口，慢声慢气地说道："P2P（Peer to Peer）贷款，中文翻译意思为"民间借贷"。我公司正在火热的经营中，发展快，前景非常看好。我们关键是看准两个点，就是提供资金的一方与需要资金的一方，通过我公司把这两者关联起来。"说到这里，她停顿了一下，望着胡平说："听说胡总是投资方面的专家，对此一定很了解，我这是班门弄斧了。"

胡平说："我虽然经营投资行业多年，但刚才黄小姐讲的内容很新鲜，你刚才讲的 P2P，看准两个点，我觉得很有意思。"

坐在旁边的王阿三哈哈地笑着说："我这次来，准备在蓬山也注册一家投资公司，在蓬山建立我们公司投资理财的网络，还望胡总多多关照啊。"

胡平答道："尽力吧，我的作用不大，可我们的陈其律师会有很多办法的。"

王阿三举起酒杯，向陈其敬酒并说："久闻陈律师大名，胡总的法律顾问以后也是我的法律顾问喽。"陈其也举杯互敬了一下说："王老板客气了，我所做的就是在法律的指引下，依法取得权利和保障权利的有效行使，同时履行义务而已。"

五十七

陈其刚才听了黄莺讲 P2P 这个词，已经明白其中的意思，他看了看黄莺的穿着打扮，带着闪光的金项链、金耳环和金戒指，时尚的品牌时装并不显得高雅，浓妆虽然抹掉浅淡的皱纹，但显得有点不自然。她的普通话讲得并不好，好像是福建或者浙江温州人的口音，由此可以判断她是福建人或温州人。陈其继续说道："黄小姐讲的 P2P，是 Peer to Peer 的缩写；Peer 在英语里有'伙伴'等意义，P2P 也就可以理解为'伙伴对伙伴'的意思；或称为对等联网，就是点对点的意思，对黄小姐刚才讲的看准两个点，我认为讲得正好到位。"王阿三说道："经陈律师这么一点拨，这意思就更明白了，我们就是兄弟伙伴的关系嘛。"

陈其说："我请教一下，你们公司与客户的关系，也就是你们公司与借款人以及出借人的关系和信息是怎么处理的？"

王阿三笑了笑，从包里拿出几张资料说道："你先看看这个，然后由我们的应从生先生来讲这个事情。"

陈其从王阿三手中接过这几份材料看了起来。第一份是公司资产投资管理简介，第二份是投资资金安全保障示意图，第三份是投资理财广告……陈其仔细地看着，认为这些资料确实做得很有水平。他看完后对应从生说："应先生，这些商务资料做得很好啊！"应从生笑着正想从中炫耀一下，可王阿三没等他开口就哈哈笑了起来，抢着说道："这些资料都是小意思，是我们从同类企业的资料和广告中捡来转抄的，就这么简单。"应从生立即补充说："我对有些内容做了些修改补充。比如对客户的'信用咨询和管理服务费的收取、项目融资'等内容是我们加进去的。"陈其点了一下头，表示已经明白，继续对应从生说："你们在广告上写着借款月利率 1.5%，但实际收费中，要另外加上信用咨询和管理服务费，根据刚才你们的材料，我算了一下，这个服务费的比例很高。"应从生回答说："是的！不然，我们有管理费用和广告费等支出，要亏本的呀。"

陈其听了对王阿三和应从生所说的内容，已经非常明了王阿三所从事的经营活动，就是几年前胡平在做的民间借贷，只不过他们所经营的范围更广，涉及的人更多而已。

这时胡平问了王阿三一句："阿三，能说说你公司投资或出借资金的来源吗？"王阿三哈哈地笑着，答非所问地说："我其他没有，就是不缺钱啊。"他自己也觉得说得有点悬，马上作出认真的神情对胡平说："我们的应从生先生动了脑筋，有一家快递公司，在向众多用户送达通信费、水电费等投递业务中，我们也委托这家快递公司，附带将我公司的广告一起送到这些客户手中，有些客户还认为我公司与通信、水电公司一起经营的，所以钱也源源不断地进了我公司。"他说到这里，表露出有点得意的神情。应从生对着他

做了个脸色插话说："老板，这些内容下次再说吧，我们也应当有点商业秘密啊。"王阿三"哦"了一声，举起酒杯对胡平说："胡总，我刚才讲的不一定对，我们喝酒、喝酒！"胡平也举起酒杯，两人碰了一下酒杯一饮而尽。

五十八

胡平换了个话题对王阿三说道："最近我有个烦心的事，那个王彩凤到法院告我，要我归还 100 万元借款本息，但我已经还清了这 100 万元钱。听说有一笔 60 万元的借款，是你帮着到沈阳去讨回的，你们的讨债过程是怎样的？"

王阿三喝了一口酒，故作姿态地对胡平说道："嗯，是有这事，但时间这么长了，我有点忘了，其实我也只知道其中一部分。这事嘛，那个八爷最清楚，但是现在也找不到他了。这个王彩凤，不讲信用，不上路。当时她叫我与陆虎一起到沈阳，向一个房地产商要债。我们为她要回了 30 万元钱，她原来答应给我们回报的，后来没有兑现，赖掉了。她只给了陆虎一点差旅费，我连一毛钱也没得到。噢，对了，这事情陆虎也有所了解的。"

胡平问道："你说的那个八爷，叫什么名字？"

王阿三摇了摇头说："我不知道他的名字，只知道他是东北人。"接着他对胡平说道："那个王彩凤还要告你？应该是你告她呀，我当时看到借条上写着是借你 30 万元，王彩凤 30 万元，两个人加起来 60 万元，在收回 30 万元时，王彩凤已经委托我们，在委托书中写明'全部还清'的字据，这 60 万元就结清了。"

胡平说："这事一言难尽，今天只是随便向兄弟你了解一下，明天上午请你到我们公司去看看怎样？"

王阿三说道："好！兄弟我一定来，明天九点半到贵公司拜访。"说着拿起酒杯向胡平和陈其敬酒，黄莺与应从生也拿起酒杯一起附和。

五十九

2013 年 12 月 14 日周六上午，还不到九点，蓬山中发投资咨询有限公司胡平的办公室，陈其在胡平办公桌对面的一把藤椅上坐下，他们一起商量公司的经营情况。

胡平问陈其道："你对王阿三他们昨晚介绍的公司经营情况有什么看法？"

陈其说道："王阿三已经明确告诉我们，公司的经营模式和广告等资料，是他们从其他大公司的资料和广告中捡来转抄的。从这些资料上来看，他们这个投资公司的经营模式，主要是作为中介牵线，负责对借款方的经济效益、经营管理水平、发展前景等情况进行详细的考察，并收取客户的管理费和服务费等。这种操作模式依据的是《合同法》和《担保法》等法律规范。但在实际操作中，他们并没有明确说明具体的经营要素，比如你问他的资金来源，还有信用审查的程序和流程，风险控制人员的情况等。总之，我感觉他们公司的经营模式，就是以低利息直接向他人借款，然后再以高利息出借的民间借贷活动。我认为，他们的经营活动是不靠谱的，暂时不能与之合作。"

胡平说道："我也对此感到疑惑，我认为他们的经营模式，与我在前几年的公司经营模式是一样的，有公司直接吸收公众资金之嫌。"

陈其对胡平说："昨天王阿三讲到沈阳讨债的事，与前几天陆虎讲的事实基本相同。当时，他们与一个叫八爷的东北人都找到过债务人何启德，60万元借款只讨回 37 万元，其中事先付给八爷现金 6 万元，给陆虎与王阿三的差旅费 1 万元。陆虎与王阿三把王彩凤出具的讨债委托书交给那个何启德，并承诺该笔 60 万元的债务已经全部付清。何启德汇款给王彩凤到底是多少，应申请法院去查一下她的银行账户就明确了。"

胡平对陈其说："这个何启德已经死了，他当时通过银行汇给王彩凤的钱也有可能是 60 万元，王阿三与陆虎说的不一定准确，是应该申请法院查一查王彩凤的这笔资金。另外，我还可以通过法院的关系，帮我处理好这个案件。"

陈其并不完全否定在诉讼中到法院找关系的作用，如通过老师、同学、老领导等关系，促进沟通，更好、更快地运用法律规范解决纠纷和争议。他对胡平又提到找法院关系的话题，心中虽然感到不顺，但还是对胡平说道："我并不否认找关系的作用，特别是在我国某些领域，关系显得很突出，什么'前途前途，有钱就图；理想理想，有利就想'这些顺口溜反映的就是不正当的关系。在诉讼中，我作为律师，更注重案件的事实和法律规范，请你相信，只要我们掌握案件的事实证据，符合法律规范要求，即使没有关系也能胜诉。司法是社会公正的最后一道防线，如果在诉讼中可以颠倒黑白，混淆是非，那是很可怕的。如果我们所主张的案件事实和适用法律问题都很明确，再加上有了与法官正常的沟通渠道，那就是锦上添花了。"

胡平觉得陈其讲得有道理，就说道："这么说，在诉讼中，你就不用找关系啦，你用法律来解决问题，可我还得去找一找人情关系，就是为了锦上添花嘛！"

六十

外面传来停车后的车门关闭声。胡平说道："王阿三他们已经到了，我到门外去接一下。"

胡平把王阿三以及黄莺和应从生带到他办公室的沙发上入座后，公司"90后"员工徐晓玲从会议室进来，分别为他们泡好了一杯乌龙茶。

王阿三指着会议室问胡平："胡总，在会议室里坐着这些人是干啥的呀？"

胡平回答说："那是我公司的股东，每周六、周日有股东到这里来谈谈公司的经营、聊聊国内外经济形势和投资信息的话题。我们正计划把现在的公司变为股份有限公司。"

王阿三竖起大拇指赞扬说："胡总不愧为企业家！"

胡平说道："我哪里可以称得上企业家，只不过是迎着时代的潮流尽自己的一点力量而已。"

王阿三说："我的公司现在正火热地经营投资业务，我计划在蓬山再注册一家投资公司，希望得到胡总的合作支持。"

胡平说："我们公司的重要投资和经营活动要有股东共同决策，我一个人无权决定。你所说的你公司的投资，是不是借贷赚取利息？"

王阿三立即回答说："是的，我们有很多借贷客户，有向普通工薪层放贷，一般在 1 万元以下，凭户口簿和身份证就可以了；还有向 16 岁以上的学生放贷，一般在 5000 元以下，还有中小企业等。"

这时应从生插话说："这些客户我们都做了些必要的调查，利率和服务费都写明的，每周要支付利息和服务费，直到本金还清为止。"

陈其对应从生说道：　"应先生讲的这些经营方法，以前胡总大概也做过。"

正在这时，农艺师朱丹霞走进了胡平办公室，她看到有客人，就想退出去，胡平叫住她说道："朱阿姨，我正找你有事。"他从沙发上站起来靠近朱丹霞轻声地说："我昨天下午去过法院，把我的一些情况向纪委和法院监察室反映了。"朱丹霞对他说："请你相信法院依法公正办案。刚巧，昨晚新调任的法院院长董世明来我家，我把你的事情向他讲了，他也说一定会依照法律规定公正处理好你们这个借贷纠纷。你有客人先去忙吧。"胡平点了一下头，回到原位坐下，又想起了朱丹霞讲的法院新来的院长，就问陈其："听说我们县新调任的法院院长叫董世明，你认识吗？"

陈其回答说："董世明是法院副院长，已经县人大常委会任命了，他以前是海港镇镇长，听说是下届法院院长的人选。"

坐在旁边的应从生立即追问说："董世明的老家是不是在舟山？"陈其摇摇头说："这个我就不清楚了。"

应从生似乎很激动地站起来说："那个董世明，原来是我小时候的邻居，我们小时候经常在一起玩，他父亲是我们舟山部队的军官，后来调到别处去了，董世明的家也随着搬迁，我们就失去了联系。"

胡平看到应从生这般激动的样子，"哦"了一声，对应从生说道："原来

是这样，你们现在应当还能联系上吧。"

应从生说："是呀，我可以到法院去认认这位童年的老邻居。"他坐下后摸着自己的头继续说道："难怪！十几年前，我最困难的时候，在法院遇到他，他给我 500 元钱，可当时他没有向我讲明身份，我也认不出他呀。"

王阿三接着说道："应先生可以到蓬山法院去找一找那个院长，以后有什么事情也多了一条路呀。"

胡平看了一下表，对王阿三说道："阿三呀，有个事情要麻烦你，就是 2008 年你与陆虎一起为王彩凤到沈阳讨债的事情，请你到律师事务所向陈律师详细地讲一下，要做个笔录，如果有必要，还需要到法庭去当庭作证。"

王阿三点了一支香烟，思考了一下对应从生说道："应先生，接下来的时间怎么安排的，是否有空？"应从生立即领会王阿三的意思，对陈其答应道："陈律师要做个笔录是可以的，但要到法庭作证，王老板可能抽不出时间。"

陈其对王阿三说道："可以先做个书面证词。"

王阿三答应道："好的，由陈律师安排时间。"

六十一

2013 年 12 月 16 日周一上午，天空下着几滴冷雨，寒风吹得呼呼响，冷空气已经到达东海之滨。胡平到了江海港湾律师事务所陈其的办公室，陈其把昨天向王阿三作的调查笔录给胡平看。胡平看完后说道："王阿三与前几天陆虎所说的基本相同。"陈其说："是的，王阿三还说可以向陆虎再核实，其实也没有必要了。"胡平说："按照你的指导，我在昨天做了作业，已经把王彩凤与我的银行账户以及相关的资金往来情况写在这里，你看一下。"说着递给陈其。

陈其仔细地看完后，摘下眼镜思考了一下，然后戴上眼镜对胡平说道："我们要针对王彩凤提供的证据以及提出的主张，提出反驳证据和答辩意见。你考虑一下，我这样安排诉讼材料是否妥当。第一，我们还是坚持 100 万元借款已经全部还清的事实，有汇款凭证作为依据；第二，我们要提供能够证明有利于我方的证据，这其中有陆虎与王阿三的证人证言，30 万元的银行往来汇款凭证，还有王彩凤收到何启德归还借款的银行回单等证据，进一步证实我们已经还清了王彩凤 100 万元借款的事实；第三，我们可以向法庭提出，原告王彩凤提供的证据不能采信，因为田莹莹是王彩凤的雇用人员，她于 12 月 7 日晚上故意借用被告胡平的手机发的信息以及她的证言，是不真实的；第四，要求解除财产保全，由你去寻找一个担保公司担保。这些材料我已经准备好了，要马上送到法院去，你还有补充的内容吗？"

胡平笑着说："你的材料安排得很有逻辑性，就像昨晚讲到的'点对点'，对得很准，我们的理由应该能站得住脚呀。"紧接着，他以心存疑虑的口气问陈其："对解除保全，我早就想与你商量，找个担保公司，真的可以解除保全吗？"

陈其肯定地答道："这点法律有规定，当然可以。我已经了解到，王彩凤申请财产保全，有担保公司担保。法律有明确规定，如果她败诉，由于她申请冻结我方的银行账户与公司股权的行为造成我方的损失，应当负责赔偿。"

胡平说道："我懂了，王彩凤申请冻结我的银行账户与公司股权，如果她官司打输了，那冻结我的财产，造成我损失的，应当由她来承担赔偿责任。因此，她申请法院冻结我的银行账户和公司股权，要有担保公司担保。"

陈其说道："对呀！我已经联系过了，我们要求解冻，可由华象金融担保公司担保，因为华象金融担保公司的资质与原告王彩凤在申请保全时的担保公司资质一样。我们提出解除冻结财产的申请，并提供担保，法院会按照法律规定的程序和要求办理的。"

胡平高兴地说："这真是你所说的锦上添花了，我可以马上到华象金融担保公司办理担保手续。"

陈其说道："我作为律师，受你的委托，代理你的民事诉讼，按照法律规定，做维护和有利于你合法权益的活动。对你与王彩凤民间借贷纠纷案件还有其他情况，你认为还需要补充说明的吗？"

胡平思考了片刻说道："我考虑过，对王彩凤提前抽去借款的利息，可能是证据不足，讲不清楚，如果要讲，正好说明我与她的借款是约定了3％的利息，所以这个事情是不能向法庭讲明的；还有田莹莹收取我1万元的酬金，也是拿不到台面上的呀！我谅他们也一样，不敢拿到法庭上去讲。"

陈其明白胡平的意思，苦笑了一下对胡平说道："那么，在诉讼中，类似这些情况，由于双方当事人都没有向法庭公开陈述，就隐去了这个带有法律意义的事实，法官也被蒙在鼓里了。"

胡平说道："是呀！做个好法官真的也很难！"

六十二

下午四点多，杨忠开庭结束后回到了办公室，窗外的天空被寒气压得很低，光线暗淡，他打开电灯，脱下法袍刚坐下，内勤给他送来一叠诉讼材料。他拿来打开一看，是胡平的委托代理人陈其律师提交的证据副本以及证据目录、调查收集证据申请书、代理答辩意见。他先看证据，根据证据目录的排列独自用心地默默念道：

证据一，被告胡平与2008年1月2日通过银行，汇给原告王彩凤的30万元银行汇款凭证1份，拟证明胡平于2008年1月2日将30万元交付王彩凤，由王彩凤把该30万元出借给蓬山佳园房地产开发有限公司的事实。

证据二，律师陈其分别与证人陆虎和王阿三的谈话笔录，拟证明王彩凤瞒着胡平，于2008年7月擅自委托陆虎等人，向蓬山佳园房地产开发有限公司的法定代表人沈启德要回并处分了属于胡平的30万元债权，王彩凤并没有把该30万元归还胡平，在2008年12月3日通过田莹莹银行账户汇款给胡平294000元，予以相互抵销的事实。

证据三，顺帆船业有限公司向胡平出具的借条一份，拟证明胡平于2008年12月29日借款给该公司300万元，在借据上没有约定利息；该300万元其中的100万元由胡平向王彩凤借入，也没有约定利息的事实。

证据四，胡平于2009年1月2日至2013年11月2日给王彩凤的银行汇款凭证10份，合计金额100万元，拟证明胡平已经还清了王彩凤100万元借款的事实。

证据五，胡平于2009年9月2日发给顺帆船业有限公司的催款函一份，拟证明胡平借给该公司的300万元借款本金没有偿还，也没有支付过利息的事实，由此印证了王彩凤借给胡平的100万元借款也未约定利息的事实。

杨忠正在看着这些证据，书记员张晓燕进来。杨忠指了一下放在他桌子上的材料说："原告王彩凤提供了证据并申请财产保全后，被告胡平也提供了这些证据，又有申请事项。等一会儿你把该案原、被告的证据和申请材料，通过本院内部网络传给合议庭组成人员，以便我们评议后作出处理决定，还有杜庭长和董副院长那里也传过去请他们看看。"

张晓燕说道："好的，看来这个案件的双方代理人都很投入，材料准备得很用心呀！"

杨忠说："我作为该案的主审法官并担任审判长，希望诉讼双方当事人在法庭上，都能按照法律程序规定的要求，以充足的证据和理由作出激烈的辩论和对抗，以查清事实，准确地适用法律。"

张晓燕说："我跟着你担任庭审记录，发现当事人和律师在你娴熟的庭审驾驭和明确的法律规范指引下，都会发挥自己的主观能动性和诉讼积极性，我在记录中也感到很有意义。"

杨忠笑着说："你抬举我了，其实我只是多年来养成的一个办案习惯而已。"

六十三

张晓燕打开电脑准备处理一些诉讼材料。在电脑中显示刚刚回复蓬山县人民法院商务审判庭的一封电子邮件，张晓燕打开邮件一看，立即对杨忠说道："杨老师，这份邮件是回复给你的，我念给你听好吗？"杨忠立即答道："好啊，快念念！"

张晓燕念道："杨忠同学，来稿《民间借贷信息调查》一文收悉，我很

想了解司法机关以及基层政府和有关组织对当前金融现象的反映。老同学分别已经几十年了，还能关注我，并寄给我这第一手的材料，非常感谢！因为我不知道董世明的联系电话和邮件地址，故无法联系他，请转告并问好！以后常联系。《金融法律论坛》杂志社方怡。"

杨忠走到张晓燕的电脑跟前，又看了一遍，在方怡回复邮件的最后，还告知了她的手机号码。张晓燕说："这么说，这篇文章可以发表了？"

杨忠说："她的回复中没有说可以发表呀，我现在给董副院长打个电话，把这个消息告诉他。"

第十四章
———————
重　逢

六十四

2013年12月17日周二早上，董世明走进自己的办公室，打开窗户向外望去，院里几棵高大粗壮的樟树散发着清香，树叶含着尚未散去的霜露，在阳光的映照下，闪耀着银亮，五星红旗在院中迎风飘扬。他独自欣赏了一会儿这冬天美好的晨景，在办公桌前刚坐下，纪检组组长肖明光和监察室干部袁健已经到了门口，董世明招呼他们在沙发上入座。

肖明光把手提包放在茶几上向董世明汇报说："近日，我们配合县纪委分别找了林永平及其妻子马亚琴，还有王彩凤谈话。林永平的谈话与上次我们所谈的一样，很肯定地表明，他根本没有把公款出借给王彩凤和任何个人，他的妻子马亚琴有几次借钱给王彩凤赚利息，月利率在1.5%左右，马亚琴最多一次借给王彩凤30万元，现在还没有归还，这都是个人出借的。马亚琴与王彩凤讲的事实与林永平基本相同。"他把目光朝袁健说道："在找马亚琴谈话时，由小袁负责记录，你来补充一下吧。"

袁健说道："在县纪委同志找马亚琴谈话时，她一把鼻涕一把眼泪地诉说着：'都是我不好，我多次向林永平提出，要把法院的公款借一点给王彩凤，但都被老林拒绝了，我也曾经对王彩凤和其他人说过，老林可以调动法院很大数目的资金出借等，想不到有人会去举报。我对不起领导，给领导找麻烦了！'纪委的同志对王彩凤也谈过话，所讲的内容与马亚琴基本一致的。"

董世明说道："这么说林永平擅自出借公款的事，是马亚琴自己到外面先吹嘘，要林永平去办，遭到拒绝而没有办成？"

肖明光回答说："是这样的情况，县纪委和审计部门对我院的相关账目进行调查审核，我院并没有把公款借给个人的事实。基本情况就是这样，有什么问题我们及时汇报。"

肖明光与袁健走后，办公室副主任方小玲送来文件放在董世明的办公桌上，她告诉董世明说："昨天，有个叫应从生的人，自称是你小时候的老邻居，一定要见你，有人认识他，以前犯过诈骗罪被本院判过有期徒刑。因昨天你在人大开会，他等了很长时间，以前认识他的老法官见到后讲了他几句，他也就走了。保安告诉我，他今天可能还要来。"董世明很坦然地对方小玲说道："这个人以前我们曾经有过教训，以后要注意应从生这样的人，自己吹嘘是法院干部的老熟人、老朋友来忽悠我们的干警和其他人，以免发生不好的影响。"方小玲刚离开办公室，董世明的手机响了。

来电话者正是应从生。他在枫兰港湾城的大堂里，穿着笔挺的西服，戴着一副金丝眼镜，用手机与董世明通话。他讲得既亲密又感恩，一定要到董世明办公室来见上一面。董世明在通话中问他有什么事情，他说一点事也没有，纯粹是来看看小时候的老邻居。董世明认为，这个应从生今天突然来找他，不知道是什么目的，因为他是有劣迹的人，且曾经上过他的当，今天又没有空余的时间，所以决定暂时不能见他，于是在电话里对他说："你能知道我的手机号码，说明你是有办法的人。我今天的工作安排很紧，没有时间，以后我们再安排时间聊聊。很想念我们儿童时期的纯真友爱，也很想见到你为社会作出贡献，与你共享生活的幸福和快乐。要珍惜真情友爱，不要为了私利而丧失社会公德。"

六十五

与应从生的通话结束后，董世明在办公室打开手机查看着未接电话。因为昨天他在人大开会，手机在静音中没有接听。他看到其中有杨忠给他打过电话。董世明立即拨通了杨忠的电话，杨忠在电话里高兴地对他说："告诉你一个好消息，方怡已经向我回复了邮件，我把这个邮件发到你的邮箱里了，还有她的联系电话。"

董世明与杨忠通话结束后，立即打开电脑看完邮件。他回想起二十年前大学毕业时与方怡告别的情景。在同学们将要分别的晚上，他与方怡还有其他几个同学谈得很晚。第二天，董世明起得很早，他与方怡事先约好，起早先送方怡到机场。那天早晨，天下着蒙蒙细雨，他们打着雨伞，董世明帮方怡一起提着行李，一直送到机场候机楼。方怡的父亲是空军军官，在方怡上大学第一年，她父亲从 Z 省省城调到北京，方怡家人也从省城搬到北京居住，只有方怡留在省城上大学。董世明与她都是军人的后代，有很多共同语言，在大学读书期间，虽有相互爱慕之情，但从来没有启齿表达过。毕业那天，正好方怡的父亲到 Z 省省城出差回北京，方怡也随同她的父亲一起到北京，并在北京已经安排了工作。方怡的父亲见到董世明很热情客气，但董世明的心中却觉得很拘束，没有说太多的话就与方怡告别了，这一别就过去了 20 年。毕业后的第一年他们有过书信往来，由于当时电话联系很不方便，以后的联系越来越少，但在各自的心中却有挥之不去的记忆。

董世明拨通了方怡的电话，传来方怡熟悉的声音："喂，您好！"董世明高声地说道："方怡您好！知道我是谁吗？"

方怡惊喜地答道："啊！是董世明，很高兴听到你的声音，我们分别已经 20 年了，我经常回想起那天你到机场送行的情景呢。"

董世明摸了一下自己的头说道："那时我们真的天真，我那激情燃烧的爱慕之情只能在自己心中燃烧，却没有直接向你求爱的勇气。好像只有学习、工作和事业可以顺口表达。"

方怡说道："这只能说在那个时代的一部分人，在特定的情景中所发生的。其实，我当时选择在北京工作就意味着我们之间表达爱情有障碍了，因为那时候的工作地点、职业和户籍对人生尤其是婚姻的影响是起很大作用的。"

董世明认真地听着。方怡继续说道："你可能还记得吧，我们告别那天下着雨，我与你，还有我父亲在候机楼里，我父亲好像看出你有话要对我讲而没有讲出来的神态，他曾提醒你可以与我单独聊聊，但你我却与他在一起没有离开。当时我们没有立即去安检，而是在候机楼大堂里坐下来，我父亲又对你讲：'小董，你有什么事情和要求现在可以直接与方怡聊聊，也可以与我说。'但是你只是说：'没有……没有，谢谢叔叔。'当时我们都没有勇气来表达自己的爱慕之情，更没有勇气决定尚未成熟的婚姻问题。"

董世明说道："任其自然形成和发展的友情和物质，具有坚强的生命力，我听说最美丽的故事没有结局，最浪漫的感情没有归宿，我们现在已经都有

自己的结局和归宿，我们都要珍惜现在的美满生活。"

方怡说道："你说得很对，我们不能总是重复昨天的故事，要有创新思维。前几天杨忠通过邮件发到我们杂志社的《民间借贷信息调查》一文，已经进行了编排，下个月可以刊登，这是有新意的文章。我准备在近日到东部沿海城市温州等地来采访调查民间借贷以及金融业的有关问题。也来你的蓬山县，还有海港镇看看老同学，你可要为我的调查采访提供帮助哦。"

董世明说："好啊！欢迎你这个总编来基层，我现在已经调到蓬山法院担任副院长，一定为你提供第一手好材料，安排好你的采访调查活动。"

方怡高兴地说道："你调到法院了，好啊！这不正是你在大学读书时追求的理想吗，那篇文章署名是蓬山县海港镇镇长董世明，还有蓬山县人民法院商务审判庭。我以为你还在海港镇呢。"董世明说道："文章署名是杨忠安排的，我到法院也只有几天时间。"

董世明与方怡通话结束，刚搁下话筒，电话又响了起来。他立即提起话筒接听，是县人大办公室励主任打来的。励主任在电话里对他说："董院长您好！"董世明回答道："励主任好，是为了落实有关代表提案的事情吧。"励主任说道："对民间借贷问题，原来县市人民代表有较多提案，反映较大。你们写的那份《民间借贷信息调查》，领导看了以后评价很好，准备在县人大信息简报中转载一下。到下个月，就是2014年的1月，准备组织部分人民代表到法院来旁听典型的民间借贷案件的公开审理。还有，一月初就要开县人代会，有关的准备工作要落实到位，你可是这届法院院长的人选啊。"董世明肯定地回答说："请人大常委会领导放心，有关工作，我们一定会落实到位的。"挂了电话后，他走出自己的办公室，向商务审判庭走去。

杜蕾刚跨出办公室，见到董世明过来，急忙迎上前来说道："董院长来找我吗？"董世明说："正是啊，杜庭长忙吗？"杜蕾说："总没有院长忙吧。"她做了个手势对董世明说："院长请！"把董世明请进了办公室。董世明入座后对杜蕾说："有部分人民代表提出要来参加旁听民间借贷纠纷案件的公开开庭审理，要选择具有典型性的案例，安排在2014年的1月开庭。"杜蕾说道："民间借贷纠纷案件确实很多，这里有几个诉讼标的上千万的民间借贷纠纷案件，可以挑一个。"

正在这时，杨忠手里拿着卷宗走了进来，看到董世明也在座，带着微笑打了个招呼，先把卷宗交给杜蕾说道："王彩凤诉胡平民间借贷纠纷一案，胡平申请解除财产保全，并已经提供了担保，合议庭经评议后，认为被告胡平的申请符合法律规定，可以裁定解除对胡平的银行账户和公司股权的冻结。裁定书请庭长签发。"

杜蕾看了一下裁定书和其他诉讼材料，拿着卷宗，走向坐在沙发上的董世明说道："董院长你看看，那个案件的当事人矛盾有点复杂，现在被告申请解除冻结，由华象金融担保公司担保，从形式上说符合法律规定，我认为可以解除被告胡平银行账户和公司股权的冻结。"

董世明说："合议庭已经评议通过，可以解除冻结，庭长也认为可以解除冻结，我不需要再发表多余的意见了。像这样的裁定书，以后可以改由审判长签发。让庭长和院长亲自多办些案件，效果会更好。"杜蕾笑了笑，还是把卷宗交给董世明看。董世明接过来先看到的第一份材料是：

解除财产保全申请书

申请人：胡平，男，1981 年 11 月 2 日出生，汉族，蓬山中发投资咨询有限公司总经理，住蓬山县南溪街道创兴路 82 号玫瑰小区。

委托代理人：陈其，江海港湾律师事务所律师。

被申请人：王彩凤，女，1959 年 9 月 3 日出生，汉族，退休职员，住蓬山县岸东街道东湖小区 25 幢 -1 号。

贵院 2013 年蓬商初字第 963 号《民事裁定书》裁定冻结申请人胡平的银行账户存款 120 万元以及胡平在蓬山中发投资咨询有限公司的股权。现申请人依据相关的法律规定申请解除财产保全措施：

根据《中华人民共和国民事诉讼法》的规定，被申请人提供相应数额并有可供执行的财产作担保的，人民法院应当及时解除财产保全。

在民事诉讼的判决作出以前，申请人并不一定败诉，因此申请人的合法权益同样应受法律的保护，申请人不应该承担因财产保全而带来的损失。财产保全措施的目的是保障将来的判决能够得以顺利执行。申请人如果提供了相应的担保，就不会影响将来判决的执行。因而，在这种情况下，为了保护申请人的合法权益，人民法院应该解除财产保全措施。现申请人已经提供担保，请求法院依法作出裁定，解除对申请人的财产保全措施。

　　此致

蓬山县人民法院

申请人：胡　平

2013 年 12 月 16 日

　　他浏览了一下其他诉讼资料后，把卷宗还给杜蕾说道："这个民间借贷纠纷案件开庭审理时，是否可以安排由部分人民代表来旁听？"杜蕾说道："好是好，就是诉讼标的小了点。"董世明说："不一定诉讼标的大的案情就复杂，关键是要有代表意义，我看这个案件有一定的典型性。"杜蕾立即表示："好的，就定这个案件作为民间借贷纠纷的典型案例，由部分人民代表来参加旁听。"她把目光转向杨忠说道："老杨，你是这个案件的审判长，要做好准备呵。"

　　杨忠说道："该案证据较多，案情复杂，事实认定的难度大，我一定会认真准备的，至于谁来参加旁听，对我来说关系并不大。"杜蕾点了点头，表示对杨忠的信任，就在法律文书拟稿上签字，同意解除财产保全的裁定书后，把卷宗交还给杨忠。

　　杨忠接过案卷说道："该案我们合议庭对证据的收集等问题再合议一下，准备安排在 1 月上旬开庭。"

　　董世明对杨忠说道："杨忠啊，我已经与方怡通了电话，她对那篇《民间借贷信息调查》表示赞扬，拟在下个月的《金融法律论坛》杂志上刊登。她还决定在近段时间到东部沿海城市采访调查金融和民间借贷问题，同时到蓬山县来看看。"杨忠开玩笑说："你所起的作用和效果还真大呀。"董世明向杨忠使了个眼色，摆了摆手说道："彼此彼此吧。"杜蕾听到他们在讲那篇调研文章将要发表，高兴地合了合双手，对董世明说道："在董院长的领导下，我们的审判调研一定会更上一个台阶。"

六十六

2013 年 12 月 22 日早晨，一场小小的冬雨过后，在东海之滨的山顶和山涧，残留的缕缕白雾徐徐升上天空，一辆帕萨特在高速公路上飞驰，董世明亲自驾车，从 D 市火车站把他的老同学方怡接到蓬山县。方怡坐在副驾驶座上，穿着一件紫红色的高领羊绒衫。外套一件墨绿色的披风，显得很精神。她虽然是四十多岁的年龄，但白嫩的肤色，瓜子脸，大眼睛仍然蕴藏着富有内涵的素养和魅力。

老同学久别重逢，心中有很多的话语。刚出火车站时，董世明在城区的道路上驾车，顾不上与方怡多说话，现在到了高速公路，车少路宽，他从后视镜上看到方怡正在向外张望。

方怡观望着车窗外山间青翠的松竹，还有时而在眼前缥缈而过如纱般的白雾，这一路上青山绿水的美妙景色使她陶醉，羡慕不已。董世明对她说道："我们要到跨海大桥了，过去从 D 市到蓬山县有 100 多公里的路程，现在架起了这座桥，只有 40 多公里的路程。方怡望着董世明说："我可以领略到这跨海大桥的风光了。"董世明说："是呀！在大桥的东面，是舟山群岛，我的故乡，你可以观望到群岛的一部分。"方怡说："你对这里和故乡一定有很多记忆和故事吧？"

董世明答道："是呀，最为深刻的是，在市场经济体制中团结协作、敢于拼搏的蓬山县人。蓬山县地处半岛，过去交通极为不便，要翻山越岭跨海才能走出县境。20 世纪 90 年代中期，我在一个边远的山海之乡担任副乡长，这个乡是三面环山，一面靠海，进出只有一条省道，要翻过大山才能到达县城。当时省里、市里都没有专项资金给这个乡修建隧道。当地的农村集体经济组织和乡镇企业，农民和居民自发地出资，筹集到足够的资金开通了隧道，使本来翻山越岭到县城要走两个小时的路程，缩短为半个小时。这种精神多么可贵呀。"

方怡问道："当初，这个乡的经济是否很发达呀？"

董世明答道："当初就很发达呀，在 20 世纪 80 年代初这个乡由于缺少耕地，老百姓开始创办企业，到 90 年代初已经发展为全省明星乡镇。当地人靠诚信、勤劳和热情好客，引进人才和资金，使经济迅速发展。"

方怡说道："要是一个公益性或营利性的项目，能得到投资者的积极拥护，融资问题就解决了，这对金融改革是个很好的启示。你刚才讲到的为了修建道路，当地老百姓自发筹资的事例很感人呀。"

董世明说："感人的事例还有很多，到了蓬山县，你就多考察几天。当时是简单的融资，现在的金融产业和融资关系，要比原来复杂，金融改革是改革中的难点之一呀。"

方怡说："我这次来，很想了解这方面的第一手资料。"

汽车将要驶入跨海大桥，方怡向前方瞭望，海面很平静，弥漫的水雾仿佛与天空连接，天海一色的景象。大桥横跨大海，两旁是天蓝色的栏杆，犹如一条长龙伸向远方。汽车进入桥面，随着遐想驶向前方。方怡向大桥的东面望去，远方有几个岛屿耸立在海面，她对董世明说道："真是绚丽壮观！你说东面的几个岛屿就是舟山群岛吗？"董世明注视着前方答道："是呀，这是我的故乡。"方怡说："我们在大学的时候，很爱唱一首《大海啊，故乡》。"

汽车在大海上顺着大桥驶向前方，如在天海中奔驰，他们一起唱起了："小时候妈妈对我讲，大海就是我故乡，海边出生，海里成长，大海啊大海……"

六十七

方怡在蓬山县经过两天的采访调查，于 2013 年 12 月 24 日上午到法院商务审判庭向庭长杜蕾等人作个别访谈后，来到了杨忠的办公室。杨忠见方怡进来问道："这几天辛苦了，老同学还需要我做些什么？"方怡说："还要耽误你一些时间。我这次到蓬山县收获不小，政府部门对金融、借贷等问题非常关注，县金融办公室安排专门人员为我的采访调查提供相关数据和资料，走访了多家商业银行、农村信用合作社、小额贷款担保公司、融资中介和寄售行，还有与借贷相关的企业和个人。当然与董世明和你多次交谈的内容对我的启示最大。

杨忠对方怡说道："你这次来，为我提供很多的金融知识和法律依据。如要尽快制定和完善民间借贷特别是 P2P 融资网络平台的法律规范问题，使我这个基层法院的法官从更高的角度看到问题所在。"

方怡说道："是呀！全国 P2P 公司平均每天诞生 2 家，同时每天也都会有网贷平台倒闭的消息，市场竞争很激烈。那些具备公司治理规范，风险管理能力强，股东资金实力雄厚，还有互联网集团和产业公司控股的民营金融控制 P2P，将在金融业中脱颖而出。那些缺乏资金，风险管理差的 P2P 公司将会被淘汰。这对充分利用民间资金，银行业与互联网互补发展，相互竞争，解决小微企业的融资以及为生产经营和消费提供无抵押、无担保的小额信贷，促进生产消费的健康发展起到积极作用。"

杨忠说："在生产和消费投资中，按照科学的规则有序的资金流动，民事诉讼也会减少，我认为政府对利率的监管是很重要的。现在高利贷的界限以什么为标准，也是值得探讨的。"

方怡说道："在我国封建社会时期，就有高利贷，给劳动人民带来苦难。古代的哲学家和法学家对利息问题有过许多评说，有的认为这是有钱人不劳而获，剥削他人劳动成果的恶行，因此他们主张禁止收取利息。随着资本主义的产生和发展，社会分工的细化，人们认识到，如果没有利息，有钱人就不愿意把钱出借给他人，这就影响了资金的使用效率和经济的发展。什么是合理的利率？你要比我了解得多。"

杨忠说道："民间借贷的利率争议在我们司法过程经常遇到。但是到现在为止，我国法律法规对高利贷的处罚没有明确的规定。最高人民法院于 1991 年 8 月发布《关于人民法院审理借贷案件的若干意见》的司法解释规定：'民间借贷的利率可以适当高于银行的利率，各地人民法院可根据本地区的实际情况具体掌握，但最高不得超过银行同类贷款利率的四倍。超出此限度的，超出部分的利息不予保护。'这是我们在审判中，判定利率高低的法律依据，这个司法解释只规定超出银行同类利率四倍的利率不予保护，并没有规定如何处罚高利贷的问题。中国人民银行于 2002 年 1 月发布的《中国人民银行关于取缔地下钱庄及打击高利贷行为的通知》规定：'民间个人借贷利率由借贷双方协商确定，但双方协商的利率不得超过中国人民银行公布的金融机构同期、同档次贷款利率的四倍。超过上述标准的，应界定为高利借贷行为。'但央行对民间借贷不具有执法权，也没有法律依据限制或处罚高利贷行为。对借贷利率，在中国古代就有管制的律令。其中清朝法律规定，民间放贷及典当，每月利息不得超过三分，也就是年利率不得超过 36%。当时相应的惩罚措施也严厉，规定放贷人收取利息每月超过三分的，笞四十，严重者杖八十。我查了 1991 年的银行贷款基准利率，当年一年至三年期贷款基准利率是 9%，最高人民法院关于四倍的限定正好也是 36%，古今事情就是这样的巧合。"

方怡在杨忠面前竖起大拇指说道："呵！你这个法官对利率规定掌握得透彻，还能运用法制史分析当前的问题，不愧为资深法官！"

杨忠继续说道："我认为对利率的问题，应当根据不同的地区以及借款情况等内容区别对待，如公民个人的一般生活消费借款，利率要低，如果为了经营盈利很高的项目，利率可以适当偏高。投资有风险，借款同样也有风险。"

方怡说道："提出利率市场化改革已经多年，银行贷款利率也在进行市场化改革，民间借贷的利率，也就是民间资金出借的价格问题，是由最高院以司法解释的方式或者央行以规范性的文件作出必要的限定，还是由市场自由决定？值得探讨。如果对利率不作适当的规范，高利贷问题就会影响生产和流通，阻滞经济的发展。我国就要进入老龄化的社会，年龄大的人消费相对少，而喜欢把钱存起来，如果有民间借贷的利息收入，老年人就会出借后赚点利息。"方怡说到这里停了一下，望着杨忠又说道："对民间借贷利率问题，昨天我采访到一位叫王彩凤的民间借贷经营者，她说有个胡平的人借他 100 万元钱，口头约定月利率为 3%，但在借条上没有写明，现在正在打官司，她当时还把一些诉讼材料给我看，我看到你是审理这个案件的审判长。杨忠点了点头笑着说："你的调查很深入，查到我了，是否查出了什么问题？我想听听你对这个案件的看法？"方怡说："我是请教你呀，我觉得这个王彩凤没有要求借款人在借条上写明利息，可能是约定的利率过高，怕背上高利贷的恶名而故意不写；也许真的是无息借款。"

杨忠说道："这个案件安排在下个月上旬公开开庭审理，有关事实要等开庭以后才能确认。"方怡说道："世明与我说过，下个月上旬有部分县人大代表要来旁听你开庭审理的一个民间借贷纠纷，就是这个案件了，我也安排时间来旁听这个案件的公开审理，并对民间借贷问题再进行调查采访。"说完她看了一下表说："已经 11 点了，世明与我约好的，他在办公室等我们，现在我们一起上楼去吧。"

董世明开完一个会议后回到自己的办公室，正要打电话给方怡，杨忠已经带着方怡到了门口。他们入座后，董世明对方怡说道："你们交谈的很多吧。"方怡说道："还没有谈完呢，刚才杨忠对民间借贷利率问题讲得很深入，使我很受启发。利率的高低，决定出借的资金在一定时期内获得利息的多少。生产力水平或资本的供求关系是影响利息高低的重要因素。利率政策是现代宏观货币政策的措施之一，政府对经济干预，往往通过变动利率的高与低间接地调节经济的运行。而民间借贷的利率，政府应怎么干预，是值得探讨的问题。"

董世明对方怡说道："法律和行政法规对民间借贷的利率要制定相应的法律依据，需要你们这些金融专家的努力。作为司法机关，对民间借贷利率的上限作出规定是必要的，否则就会支持高利贷，对社会的公平合理造成严重的影响。"

方怡点着头说道："昨天我到你担任过镇长的海港镇，走访了这个镇的几家企业，其中到过顺帆船业有限公司，这个企业于 2009 年因流动资金链断裂而停产，其中一个原因就是企业有相当数量的高利息民间借款。企业的设备和技术管理人员都是比较好的，听说你到了海港镇后，出了个主意，使该公司进行了自救和资产重组。首先，由该公司与高利率的民间借贷债权人自行和解，政府有关部门也参与协调，那些民间借贷的债权人愿意停止支付利息。结果本来在外避债的公司法定代表人张鑫明也回来了。我认为民间借贷利率高，加重企业经营负担是一方面的原因，如果一个企业的民间借款多，那肯定是不堪高利息的重负。但是，民间借贷是个人自由灵

活的借贷活动，债权人与债务人之间自行和解，解决利息和还款问题的可能性也很大。我在走访中还遇到了一位名叫陈其的律师，他原来在北京做过企业上市和资产重组的法律服务工作，在交谈中他对我讲到了顺帆船业有限公司的民间借贷问题，他认为这个公司已经资不抵债，要偿还全部债务困难很大，最好通过与债权人协商，以债权入股，把这个公司原来的家族式管理模式转变为实质上的股东共同决策的管理模式。"

董世明笑着对方怡说道："你这个专家的分析，使我更清楚地认识到资金对企业固然重要，运用法律规范处理和解决企业债务问题也显得同样的重要。我在海港镇担任镇长时，曾经想通过法院用破产重整的法律程序来解决类似顺帆船业有限公司这样的负债企业。那时候法院对破产法实际适用尚在尝试中，对审理破产案件的难度想得多，特别是对民间借贷多的企业，考虑到社会稳定和群体上访等因素，很少受理破产案件。现在我们要以积极的态度受理企业破产案件，尤其是破产重整，运用法律手段，拯救危困企业，规范市场主体退出制度，为维护市场运行秩序提供司法保障。"

坐在旁边的杨忠问方怡："你刚才讲的陈其律师已经认识到顺帆船业有限公司资不抵债，部分债权人打算以债权入股，他是否讲到具体的债权人是谁?"

方怡回答说："他对我说过，他是代表债权人蓬山中发投资咨询有限公司的，还有其他债权人正在委托他办理这个债权转股权的事宜，他打算为部分民间借贷的债权人，向法院提出对顺帆船业有限公司进行破产重整的申请。"

杨忠说道："陈其律师在北京做过企业上市和资产重组的法律服务工作，他能想到运用法律规范，对资不抵债的公司进行破产重整或者清算的思路，这对债权人和负债企业都是必要的。"

董世明问杨忠："你说这个陈其律师，是不是正在与王彩凤打官司的胡平的代理人?"

杨忠回答说："是的，方怡已经做了调查，关于顺帆船业有限公司，陈其律师正打算为部分民间借贷的债权人提出破产重整申请，其中就有胡平作为法定代表人的蓬山中发投资咨询有限公司。"

方怡笑着说："原来是这样，我可为你们办案提供了案件线索了。这个案件开庭，我一定来参加旁听和采访。"

董世明对方怡说道："好啊，你可以来欣赏老同学担任审判长的风采。"

杨忠说："像我这样平凡的法官，平时的生活并不丰富，但在庭审中，一定能尽到作为法官的神圣职责。"

六十八

董世明看了一下表说道："快到吃中午饭的时间了，方怡下午要到温州去，我们陪你到海鲜排档吃海鲜去，品尝一下我们蓬山海鲜排档的美味。"

他们正要下楼，办公室副主任方小玲进来，把一份材料交给杨忠说道："这份材料是刚才一个上访妇女吴亚红写的，她现在还在我院信访室，要求当面向杨忠审判长反映问题。"

杨忠从方小玲手里接过那份材料看了一下，全文是手写的。杨忠仔细地看着所写的内容：

尊敬的法院领导、杨忠审判长：

我叫吴亚红，是原蓬山佳园房地产开发有限公司法定代表人何启德的妻子。今天我要反映发生在 2008 年何启德因公司负债多而外逃，在沈阳因交通事故身亡的情况。

何启德于 2008 年 7 月瞒着我，带着百灵鸟歌舞厅的一位小姐，为躲避债务，逃到沈阳。事后，我听说蓬山佳园房地产开发有限公司有民间借贷 600 多万元，用于公司经营的只有 400 多万元，还有 200 多万元由何启德携带着。何启德死亡后，我作为家属，到沈阳处理完后事回家，很多债主来问我要债或者打听消息，但我对此事真的一无所知。当时，警方从何启德的包里找到居民身份证，还有两份银行卡，加起来不到 1000 元钱。对此，我一直怀疑何启德的钱是被挥霍光了，还是被他人取走了？

近日，我听说一个叫王彩凤的人与胡平正在法院打官司。王彩凤曾经到沈阳向何启德要回债款 30 多万元，是她委托王阿三与陆虎，联系一个叫八爷的人要回的。这个案件由杨忠法官任审判长。因此我提出要求，请法

院领导和杨忠审判长查明这些事实。不胜感激！我还要把这些情况向公安机关报告。

吴亚红

2013 年 12 月 24 日

杨忠看完这封信后，向董世明简单地汇报了一下信上的基本内容和处理方法，董世明点着头表示赞同。

杨忠对方怡说："不好意思，我现在要到信访室去接待一位来访人，不能陪老同学你一起吃中午饭了。"

董世明说："你先把此事处理一下，中午饭总是要吃的，我先与方怡一起到海鲜大排档，等会儿你一起来吃中午饭。"

方怡说："看样子你们好像发现了案中有案的线索？"

董世明说："你以后请杨忠解答吧。"说完，他们三人一起下了电梯。

第十五章

开庭前的准备

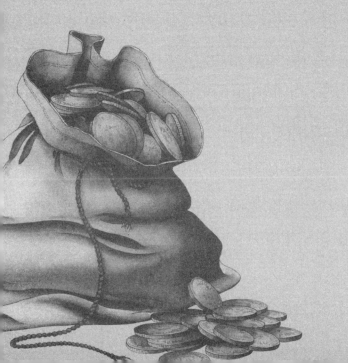

六十九

2013 年 12 月 27 日上午，在蓬山法院商务审判庭的合议室里，坐着合议庭组成人员杨忠、丁连斌、沈菊，书记员张晓燕把王彩凤诉胡平民间借贷纠纷一案的有关诉讼材料，通过电脑投影屏幕让大家看，已经显示的是一份原告王彩凤提交的申请书。

证人出庭作证申请书

申请人：王彩凤，女，1959 年 9 月 3 日出生，汉族，退休职员，住蓬山县岸东街道东湖小区 25 幢 -1 号。

申请事项：要求法院通知证人田莹莹出庭作证。

证明内容：（1）原告王彩凤与被告胡平之间 100 万元借款的过程，约定借款的期限、利率以及向被告催讨经过的事实；（2）2013 年 12 月 7 日晚上，在枫兰港湾城，田莹莹向胡平催讨借款的谈话过程。

证人基本情况姓名：田莹莹，女，1988 年 9 月 2 日出生，汉族，银行职员，住蓬山县岸东街道 65 号 201 室。

此致
蓬山县人民法院

申　请　人：王彩凤

委托代理人：钱益取

杨忠作为该案的主审法官并担任审判长，对丁连斌与沈菊说道："我们现在讨论一下，本案的基本材料和证据，已经通过内网发给你们了。现在讨论的第一个问题，双方都申请证人出庭作证。原告的申请书就在屏幕上了。"丁连斌看着屏幕说道："原告申请田莹莹作证，对查明本案事实很重要。我也看过被告申请两个证人出庭作证，一个叫陆虎，另一个叫王阿三，以证明被告胡平已经偿还原告王彩凤其中 30 万元借款的事实，还在电脑上看了由原告代理人陈其律师对上述两个证人所作的笔录，我认为这两份笔录的证明力

尚不能认定被告已经归还原告其中30万元借款的事实，因此，证人应当到庭作证，与当事人对质后再予以认定。"张晓燕坐在杨忠旁边做记录，杨忠点着头，拨着鼠标，屏幕中显示着陆虎和王阿三的笔录。沈菊说道："我们应该发出通知书，通知双方申请的证人出庭作证。"杨忠继续点着鼠标，其中一份申请书落在屏幕上：

申请法院调查取证申请书

申请人：胡平，男，1981年11月2日出生，汉族，蓬山中发投资咨询有限公司总经理，住蓬山县南溪街道创兴路82号玫瑰小区。

委托代理人：陈其，江海港湾律师事务所律师。

请求事项：请求人民法院依职权调查本案原告王彩凤在S银行账户的资金往来账目（①资金往来时间：2008年7月的全部往来账目；②线索：由何启德或其他人，通过该行汇款给王彩凤约30万元）。

事实和理由：原告王彩凤与被告胡平民间借贷纠纷一案，正在审理过程中。现根据证人陆虎等人提供的证言，了解到何启德于2008年7月通过银行汇款给王彩凤，归还属于申请人的30万元借款，以证明被告胡平已经还清了原告王彩凤借款的事实。由于申请人本人以及委托律师都不能查询王彩凤的银行账户存款，根据《中华人民共和国民事诉讼法》第六十四条的规定，特向人民法院申请查询。

此致

蓬山县人民法院

申请人：胡　平

杨忠说道："请你们对胡平的这个申请发表意见。"

丁连斌说道："根据胡平提供的现有证据反映，王彩凤与胡平共同借给何启德60万元，这30万元属于他们的共同债务，胡平现在要全部属于他个人并且作为他归还王彩凤30万元的借款，在事实和法律上依据不够充足。当然，先要到银行调查后才能认定。"

沈菊说道："现在先要证实这30万元是否在2008年7月进入王彩凤的银

178

行账户，需要到银行调查后才能确定。"

杨忠说："胡平要求调查王彩凤 2008 年 7 月银行账户的往来账目，是符合法律程序的，我们应先到银行调查后才能确定事实，这个意见我们是一致的。关于本案原告、被告争议的这 30 万元，还另有其他情况。在本月 24 日，我收到了原蓬山佳园房地产开发有限公司法定代表人何启德妻子的一封信，你们看看。"

屏幕上显示着吴亚红写给杨忠的那封信。杨忠接着说："那天中午，何启德的妻子吴亚红到我院信访室反映这个问题，并要求见我。我就到信访室接待她。她对我说，何启德在沈阳郊区的马路上过斑马线时被一辆货运卡车当场撞死。她认为当时何启德身上应当有 200 多万元现金，因为公安机关正在追查他，所以他不敢用银行卡。何启德随身所带的两份银行卡当时不到 1000 元，而且在生前也没有用过，说明他在外逃债时是用现金的。但当时在清理何启德遗物时，现金还不到 2000 元。"

丁连斌说道："何启德不敢用银行卡，是符合当时他出逃避债的心理的，因为他知道公安机关要追查他，如果他当时使用信用卡，会被公安机关及时发现，他带现金的可能性大。"

沈菊问道："胡平提供的两份证人笔录都说到，2008 年 7 月何启德通过银行，把 30 万元汇给王彩凤，那又怎么解释？"

杨忠说道："这是本案应该查的事实。第一，这 30 万元到底是否通过银行汇给王彩凤；第二，是由何启德自己的银行账户直接汇给王彩凤还是通过其他人的银行账户汇给，要到银行调查后才能认定。至于何启德的妻子吴亚红的反映，与本案是否有关联，尚需要相关证据证实，如果她向我们提供刑事犯罪案件线索，我们可以按法律规定，把这些线索移送公安机关侦查。我已经当面向她解释过，我们是按民事诉讼法的规定审理王彩凤与胡平民间借贷纠纷，如果在民事诉讼中发现有刑事犯罪线索，按照法律规定，把这个线索移送公安机关。我还告诉她可以向公安机关报案或提供案件线索。"

丁连斌对杨忠说："本案在程序和实体上，法律关系复杂，证据也比较多。在开庭前是否组织双方交换证据？"

杨忠说道："我也这么想，在开庭前，双方通过交换证据，可以明确争议的焦点，对双方没有争议的内容予以固定。我们在开庭前组织双方对各自的证据进行交换，但对证据的效力不作认定，也不作其他实质性的评价判断。只是在形式上引导双方整理好证据材料，并要双方保证提供全部证据以及证人按时到庭作证。"杨忠停了一下，望着沈菊继续说："沈菊，交换证据由你来组织了。"

沈菊答道："好的。杨老师是本案的主审法官，又担任审判长，如果亲自组织交换证据，就是你的一句话，一个表情，可能对双方都会有影响。我来组织交换证据，可以使杨老师在庭审中更能发挥作为主审法官居中裁判的形象。我现在可以马上通知双方来交换证据了。"

丁连斌笑着说："沈菊的审判角色观念真强，合议庭的作用得到了充分的发挥。"

杨忠说道："我现在归纳一下合议意见：（1）对双方当事人申请证人作证，被告胡平申请调查原告王彩凤在 S 银行账户，予以准许；（2）安排在 2014 年 1 月上旬公开开庭审理本案，由书记员向原告、被告以及委托代理人发出开庭传票、出庭通知书；通知证人到庭作证；（3）由沈菊负责组织原、被告交换证据，丁连斌负责到 S 银行调查王彩凤账户 2008 年 7 月的往来账目，我负责拟好庭审提纲。"他停顿了一下，对丁连斌和沈菊问道："请你们再发表意见。"

丁连斌说道："本案的庭前准备很好，以后我们遇到疑难复杂的案件，也按这样的程序做，我同意！"

沈菊点着头说道："同意！"

七十

下午，钱益取律师在自己的办公室里，接到法院电话通知，对王彩凤与胡平民间借贷纠纷案件要证据交换，他马上打电话把这一情况告诉王彩凤。然后，他拿出这个案件的档案，认真地看着有关诉讼材料。

前几天，法院把被告胡平提供的证据以及陈其律师的答辩意见副本邮寄给钱益取，他已经进行过分析，并对双方的证据作过整理，现在再次看着陈其律师写的答辩意见中的一段文字："原、被告之间的100万元借款并没有约定利息和借款期限，被告向原告借入该100万元后，立即借给顺帆船业有限公司300万元（其中包括本案的100万元），同样也没有约定利息，至今顺帆船业有限公司没有偿还该300万元借款，对这些事实，原告王彩凤都是已经知道的事实。根据我国《合同法》第211条规定：'自然人之间的借款合同对支付利息没有约定或者约定不明确的，视为不支付利息。'显然，本案原、被告之间的借款不存在支付利息的问题。"

过了一会儿，王彩凤敲门进来，她手里拎着包，略微皱着眉头，还是笑着说道："钱律师辛苦了！"钱益取站起来说道："本案借款利息问题，直接的证据确实难以取得，胡平说他把300万元借给顺帆船业有限公司也没有利息，你在以前已经找过这个公司的董事长张鑫明证实这是有息借款，但至今没有得到确切的证据。"

王彩凤叹了一口气说道："唉！我在前段时间，已经两次找过张鑫明，他说向胡平借款300万元是有的，但对利息问题是由他女儿张嫒嫒经手的，他并不知道。张嫒嫒现在在国外，无法与她联系。我又通过顺帆船业有限公司的财务，查其中的账目，但财务账目中，确实没有支付过胡平300万元利息的明细和凭据。我看呀，张鑫明应该知道借款利息的问题，也可以联系到他的女儿张嫒嫒。他是怕到法院作证，因为他还欠胡平300万元的借款，不敢因此而得罪胡平。我估计呀，这笔300万元借款，三个月借期的利息，利率肯定超过3分，可能是5分的利息，每个月可以收15万元，三个月是45万元，胡平在出借时，已经提前收取了，顺帆船业有限公司很有可能是用现金支付给他的。所以在公司的财务账目中很难查到。"

钱益取看着王彩凤说道："这些可能是事实，我相信你们行业内的人是知道借款以及收利息的所谓潜规则。但没有证据证明，法院也难以认定呀。还有一个对30万元的争议，胡平的代理人已经找了两个证人，叫王阿三与陆虎，并且做了笔录，这个情况属实吗？"

王彩凤答道："王阿三与陆虎原来是在社会上的混混，会有实情吗？2008年7月是我叫他们把属于我的30万元，向蓬山佳园房地产开发有限公司的法定代表人何启德催讨债务，他们两个，还有一个叫八爷的东北人，确实为我要回了 30 万元，还有属于胡平的 30 万元没有要回，我把蓬山佳园房地产开发有限公司出具的 60 万元借条交给了胡平。我讨债的费用都是自己支付的，这个 30 万元与我们打官司的 100 万元是无关的。我只是要回了属于自己的 30 万元债款。"

钱益取一边用笔写着，一边点着头问道："你说那个八爷，叫什么名字？"

王彩凤摸着头想了一下说："好像姓白，叫……白鸿炎，在向何启德讨债过程中他向我领钱，我看到过他的身份证。"

钱益取说："现在能找到他吗？"

王彩凤答道："白鸿炎现在找不到了，但前几天那个王阿三来找过我，他现在开有几个投资公司，要我共同投资经营。我对他所讲的不感兴趣，就当场拒绝了他。我与他讲了与胡平打官司的事情，他尴尬地摇了摇头对我说，胡平也是他的好朋友，他不能再讲这个事情了。"王彩凤说到这里想了想又说道："王阿三那天还带来一男一女，他说女的是他的女朋友，男的是他公司的搭档，叫应从生。那天我还不知道胡平已经向王阿三做了笔录。与王阿三一起的这个应从生对我说，现在蓬山法院院长董世明是他从小一起长大的，打官司的事可以由他帮我解决。但由于我没有答应他们提出共同投资经营的要求，他们也就没有下文了。"

钱益取说道："现在胡平已经向法院提出申请，要王阿三与陆虎出庭作证，王阿三与陆虎的笔录所说的事情，记载的基本相同，我认为这个证明力并不强。你说那个应从生主动对你说他是董世明院长从小一起长大的？我看也靠不住，可能是在忽悠你。"

王彩凤："通过这次与胡平打官司，我认识到借款需要有法律规则，靠潜规则不行，听说温州出台了民间借款的规则，我做了多年的借款生意，很想有个公平的规则，把我们民间资金的运作趋于正规化，使我们赚钱能够心安理得。但是，那个胡平却不是这么想，他可能是找到关系了，为什么可以解除对他银行账户和公司股权的冻结？他还诬告林永平科长把公款借给我，如果他没有关系，怎么可以这么随便地做这些事呢？"她说完望着钱益取，显出委屈的神情。

钱益取说："胡平是否有关系我不知道，如果他确实利用法院的私人关系做了违反法律程序的事情，有确实证据的，我们也可以举报的。你说的解除对他的银行账户和公司股权的冻结，是因为他已经提供了担保，如果我们打赢了官司，胡平不执行，担保公司要承担责任，法院这样解除冻结是符合法律规定的。"

王彩凤似乎得到了一点安慰，点了点头说："如果我打赢了这场官司，胡平由华象金融担保公司担保，执行就没有问题了。其实，对胡平举报的事情，林永平的妻子马亚琴到外面吹嘘，是有一定责任的。"

钱益取说道："你要对田莹莹再落实一下出庭作证的事，她到法庭上的证言很重要。"

王彩凤从包里拿出手机说："对！我现在打个电话给她，如果有什么问题，可以及时联系。"她拨通了田莹莹的电话。

七十一

在上海一座高层写字楼里，挂着多家不同名称的公司牌子，公司的主人来自全国各地。王阿三坐在自己公司办公室的老板椅上，正在接听电话，旁边坐着他的搭档应从生，似乎也在仔细地听着王阿三的电话。

王阿三在电话中与对方说："胡总呀，我实在是抽不出时间来作证，我讲的情况已经由陈律师记录了，这肯定是事实，当时，陆虎与我在一起，他也知道的。你说的八爷这个人的名字我确实不知道。"王阿三讲到这里，在旁边的应从生眼神里显得对王阿三特别关注。

正在与王阿三打电话的正是胡平。耳机中高调的声音，在旁边也可以听到胡平的讲话声："陆虎在前几天与我讲到过一个事情，他说在 2008 年 7 月你与他从沈阳回到蓬山后，又到过何启德家里，向他的妻子吴亚红要钱，经吴亚红的解释和诉说，你们认为吴亚红确实没有钱，就把这个情况反馈给王彩凤，后来你们就没有去过她家里了，情况是否这样？"

王阿三在与胡平通话中，看到应从生很关注他，就用手捂住话筒说："老应，你有什么招？"因为王阿三平时遇到什么问题，总要与应从生商量，他看到在旁的应从生全神贯注地听他打电话，以为有什么话要讲。

应从生经胡平一问，似乎意识到自己刚才的反常神态，连忙摆着双手轻轻地说道："噢，没……没有！要尽量避开到法庭作证这些麻烦事。"

王阿三皱了一下眉头继续与胡平说道："胡总呀！我想起来了，2008年7月我与陆虎在沈阳遇到何启德时，他对我们说，他妻子可能有钱，要我们去问一问，可我没有去过，陆虎去过，你可以向陆虎了解。"

胡平与陆虎今天预先有约，与王阿三结束通话后，正在办公室等待陆虎的到来。公司负责信息汇总的大学毕业生徐晓玲进来，把一份资料交给他说："胡总，前几天陈其律师写的关于我们公司收购顺帆船业有限公司资产和债务调查情况及意见，我公司大部分股东看了以后，都提出了自己的意见，我把他们的意见做了书面汇总，现在交给你先看看，然后发给每个股东。"胡平接过徐晓玲的资料浏览了一下，高兴地笑着问道："小徐啊，你是我公司最年轻的股东，你自己是什么意见呢？"

徐晓玲说道："我与公司大部分股东意见一样，认为顺帆船业有限公司已经停产多年，应当进行清算重组。我想呀，最好通过司法程序进行破产重整，在重整中通过与债权人协商，如果企业在重整中能够与债权人达成协议，我公司可以出资收购。因为顺帆船业有限公司的港口优势、设备和专业人才等条件，是难得的造船资源。"

胡平说道："是呀！顺帆船业有限公司已经停产多年，巨额债务得不到清偿，抵押的资产也不能变现，靠出租经营场地和设备取得一些收入，企业的资产没有很好地利用，债权人的债权也得不到实现，真是得不偿失呀！如果通过法院破产重整，债权人能够得到适当的清偿，我在该公司的300万元债权，也可以得到适当的清偿，已经很满足了。你这个'90后'的大学生能认识到这个问题，进步很大呀！"

徐晓玲说："胡总过奖了。我现在就去打印这个汇总资料，发给每个股东，以便下次讨论时参考。"

徐晓玲走后，胡平正想给陆虎打电话，陆虎已经到门口了。他穿着一件黑色的短大衣，领子向上翻着，双手插在大衣两边的口袋里，脚穿一双高帮皮靴，嘴里衔着一支香烟。进门后他伸出一只手，用两只手指夹起嘴里衔着的一支香烟说道："胡总，我来了！"胡平站起来，向陆虎指了指旁边的沙发说道："噢！陆虎，你现在时间观念很强呀，准时到了，请坐。"

陆虎在沙发上坐下后，胡平为他倒了一杯茶也在沙发上坐下说道："陆虎呀，我与王彩凤打官司，近几日要开庭了，到时候你可要到法庭上出庭作证呀，你只要如实地向法庭讲出你所知道的情况，就可以使我不受委屈呀。"陆虎一只手夹着烟，另一只手拍着胸部说道："胡总放心，我一定会到法庭上作证的。"他深深地吸了一口烟继续说道："前几天，我打电话告诉你，讲到这个何启德的妻子吴亚红，我在 2008 年 7 月到她家讨债，她曾经对我说过，何启德公司欠的钱，与她无关。当时，我到她家里，看到她确实很寒酸，穿着打扮以及家里的装束都很简陋。我估计何启德当时即使有钱，也自己带着小姐拿走了。这吴亚红到现在还不知道何启德有一笔 30 万元钱还给王彩凤的事，前几天我与她讲了这事以后，她还找到我这里，详细向我了解这件事的经过。我把去沈阳讨债的事详细讲给她听了以后，她郁闷地对我说，要到法院去说明这个问题，她还说，何启德的车祸死亡，有很多疑点，她要报告公安机关。"

胡平说道："这么说何启德到沈阳避债时，他妻子吴亚红确实不知道何启德身边有多少钱。"

陆虎点了点头说："应该是吧。"说着把烟蒂往烟灰缸上按一下。

胡平问道："当时王阿三是否与你一起到过何启德家里？"

陆虎想了一下答道："当时好像有个朋友约他有事，没有去何启德家，是我一个人去的。"他思索了一下又说道："噢，对了，当时我与王阿三约好准备一起到何启德家里去的，但突然有个叫应从生的人找他有事，他要我一个人先到何启德妻子那里去探探底。我就一个人去了。"

胡平问道："那个应从生，你是否认识？"

陆虎说："认识的，他原来因犯诈骗罪进去过，出来后与我们一起帮人家催过款。我已经有多年没有与他联系了。"

胡平点了点头，以示已经明白。

七十二

田莹莹接到了王彩凤要她出庭作证的电话后，尽管没有拒绝，但心中忧虑不安。她在办公室里坐下后又站起来反复几次思考着。与她同一办公室的同事姚红看到她心神不宁的样子，就问她："莹莹姐，你有什么事情？我们可以一起商量吗？"

田莹莹含着泪水对姚红说："刚才王阿姨来电话，她与胡平打官司的案件最近要开庭了，又讲了要我到法庭上作证的事。"

姚红说："莹莹姐，你不要有太多的顾虑，实事求是地把事情讲清楚不就行了。"

田莹莹拿起纸巾抹了一下眼泪说道："我要是去作证，那天晚上在枫兰港湾城的录音以及借用胡平手机发的信息，都成了我针对胡平设置的证据，觉得很对不住胡平。要是不去作证，王阿姨预先已经安排了我去作证的内容，她已经向法院提出申请，要我当庭去作证，法院可能会发通知来，这就不得不去呀。现在我很后悔，那天不应该到枫兰港湾城与胡平见面，我太自信了，当初以为通过我，能使胡平与王阿姨协商解决争端的，想不到会闹成现在这个样子。真是好的动机，未必能得到好的结果呀。"

姚红说道："你本来是带着善意为他们解决纠纷的，想不到他们为了金钱而不顾人情，一定要到法庭上比高低，真是难为你了。我看呀，莹莹姐你还是趁现在这个时机，请个年休假，避开他们的是非吧。"

田莹莹说："不必休年假了，我已经考虑很久了，本来就想离开蓬山了，回老家丽水去，我现在辞职报告也写好了，准备交给行长。"说完她从抽屉里拿出辞职报告。

姚红知道，田莹莹是因为与胡平的关系第二次造成僵局后，不得已分手，选择要离开蓬山县的。但她还是对田莹莹说了一句："这对你不公平。"

田莹莹在向行长提交了辞职报告后，行长不同意她辞职，但同意她先休假半个月。她与姚红商量以后，打算明天就离开蓬山县。她已经决定，这次离开以后，不再回到蓬山县工作了。

傍晚，田莹莹一个人在马路上散步，一阵寒风呼啸而过，她停下了脚步，望着前方的一幢办公楼，有个房间还亮着灯光。今晚田莹莹是有意识地漫步来到这里，她知道前方亮着灯光的房间，就是胡平的办公室，胡平可能还在这里。

她的心中还是挂念着胡平，很想向胡平道个歉，告别一下。但是，胡平近在咫尺，她却没有勇气与之相见，自己觉得心里很乱，没有理由说服自己，更没有理由向胡平解释了。于是，她在马路上，迎着寒风，自己轻轻地呼唤着："胡平！对不起了。祝你幸福快乐！祝你成功！我明天就回家乡去了，再见……再见！"

2013 年 12 月 30 日早上，书记员张晓燕刚上班，就向杨忠汇报说："王彩凤与胡平民间借贷纠纷案的开庭传票、诉讼代理人、证人出庭通知书以及开庭公告的张贴已经完成。本案定于 2014 年 1 月 9 日上午 9 时在本院第二法庭公开开庭审理。杨忠对张晓燕说："现在由合议庭成员再碰个头议一下。"说着他就去招呼丁连斌与沈菊一起到了合议室。杨忠说道："王彩凤与胡平民间借贷纠纷一案，定于下个月 9 日上午开庭，现在我们对该案的有关事情汇总一下。"他望着丁连斌说道："还是连斌先把银行里调查的情况先讲一下。"丁连斌从档案袋里拿出调查到的银行查询账单说道："经查 2008 年 7 月 10 日，王彩凤在 S 银行的账户，确实收到从沈阳汇入的一笔 30 万元资金，但汇款方并没有银行账号，也没有注明汇款人是谁，这是汇款人到沈阳的 S 银行，用现金存入王彩凤的银行账户而发生的一笔汇款。"

杨忠点了点头说道："连斌说的事实很重要，王彩凤得到这笔 30 万元汇款，没有汇款人的名字，由何启德用现金存入她的账户可能性最大。当时何启德出于陆虎等人催债压力，采取不用银行卡，用现金直接存入王彩凤的银行账户汇款的办法，符合他的心理状态。这个事头，在庭审中要查清楚。"

沈菊从卷宗中拿出证据交换笔录说："我把原告、被告证据交换的情况汇报一下。"杨忠说："好的！"

沈菊说："昨天上午，原告王彩凤的代理人钱益取，被告胡平的代理人陈其到法庭交换证据。首先，双方的诉辩意见没有变，原告坚持要被告偿还借款本金 100 万元和所欠的利息，被告坚持要驳回原告的诉讼请求。其次，双方对本案借款有无利息以及其中 30 万元资金的问题，有各自的证据和主张，成为争议的焦点，需要在法庭调查时相互质证再认定。最后，原告、被告确定，已经没有其他补充的证据。双方申请的证人，已经发出了出庭作证的通知。"

杨忠说道："证据交换为明确原告、被告的争点，对开庭审理查明案件事实起到了很好的作用。"

沈菊笑着说道："我还是第一次组织交换证据，觉得这对审理疑难案件的准备很有必要。"

杨忠对丁连斌和沈菊说："我现在把拟好的庭审提纲给你们作个参考。"说着，他把准备好的庭审提纲交给丁连斌和沈菊。

七十三

田莹莹于 12 月 30 日回到老家丽水后，正逢元旦小长假，她的几个高中同学一起准备到海南旅游，知道田莹莹回家后，约她一起去旅游。田莹莹也正好想以此来摆脱心里的郁闷，她决定在元旦与同学一起到海南旅游。

此时，她想到了王彩凤，思考了一下，她用手机编了一条短信：

"王阿姨您好！我知道你不会原谅我对你的不辞而别。30 日下午我已经向行长提交了辞职报告，今天回到丽水老家，准备与我的同学一起到海南旅游，我这个手机号码的年费已满，不再续费。关于上法庭作证的事，我还是要向你说明，我借用胡平的手机给你发短信，还有偷偷录音他的谈话内容，我的这些行为，现在总觉得很无脸面。如果我去法庭作证，恐怕不能把我真实的心理内容和意思表示完整地表达出来，所以我只好选择了对你不辞而别。待我这次旅游回家，我一定把我所知道的胡平借款 100 万元的事情，如实客观地用书面写好，邮寄给法庭。祝新年吉祥如意！"她把这个短信发给王彩凤后，擦了擦泪水，关了手机，轻松地走出了家门。

王彩凤收到田莹莹的短信后，立即拨打田莹莹的手机，传来了"你拨打的手机已关机"的声音。她再拨打钱益取律师的电话。

七十四

2014 年 1 月 6 日，蓬山县人民代表大会选举董世明为县人民法院院长。会议结束后，他打开电脑，查看有关法院内网的信息，浏览了商务审判庭发来的王彩凤与胡平民间借贷纠纷一案的有关资料和开庭前的准备情况。

商务审判庭庭长杜蕾轻轻地敲门进来，微笑着说道："董院长好！"董世明笑着说："杜庭长好，你请坐！"他指了指沙发。

杜蕾在沙发上坐下后说道："王彩凤与胡平民间借贷纠纷案件就要开庭了，合议庭准备工作做得很好。这个案件作为我们的示范庭，有关人士和人民代表也要来参加旁听。在开庭前来向董院长汇报一下准备情况。"

董世明笑着说道："我刚看过合议庭在庭审前做的准备工作和有关证据材料。法官在审理案件之前，特别是对疑难案件，做必要的准备很重要。合议庭在庭审前的准备阶段，不作实体性的审查，只是在程序上作出争议焦点的归纳，指导双方当事人提供证据，整理收集证据。这将为充分发挥庭审的作用，提高办案效率和社会效果起到积极作用。以后要好好地研究并总结经验。"

杜蕾说道："本案定于本月 9 日上午开庭，旁听人员初步估计可能有 200人，包括有关领导和人民代表、双方当事人的亲属、金融机构的法务人员等。我要去落实一下。"

杜蕾走后，董世明接到妻子蔡红打来电话说："世明，你当院长了，祝贺你呀！"

董世明回应说："你的信息这么灵，是谁向你通报的？你说今天在上海的进修已经结束，现在在哪里呀？"

蔡红答道："我现在已经上车回家了，是坐大巴回来的。已经有好几个人向我通报了你当院长的消息。"

董世明问道："都是哪些人呀？"

蔡红说："有我们医院的同事，也有海港镇的和法院的，都是来恭贺的呀。噢，对了，还有一个我不认识的也打电话来告诉我，他还真讲了一大套。他自己介绍说是舟山人，从小与你一起长大，姓应的，叫应从生，还说他现在的公司在上海，要派车来接我。我一听这个人就知道了他的过去，马上就给他挂断了电话，因为你过去曾经几次与我说起这个人的事情。你过去上过他的当，我现在可不能再上当了。"蔡红说完就笑了起来。董世明也笑着说："你的警惕性可真高呀。你晚上快到蓬山车站时，给我打个电话，我去接你。"蔡红回答说："好啊！晚上见！"

七十五

胡平收到法院的开庭传票后，知道王阿三不会到法庭当庭作证，但他还是用手机给王阿三发了个短信："我已经书面向法庭申请，要你到法庭当庭作证，望 1 月 9 日上午开庭时，在法庭上能见到你。"

王阿三在上海公司的办公室里看了胡平的短信后"唉"了一声，对在旁边的应从生说道："胡平的那个案件要开庭了，他又发信息要我去作证，可法院没有发来通知呀。"

应从生向他伸出右手，竖起一个食指，发出"嘘……"的口哨声，轻轻地说："蓬山县人民法院来过挂号信，我看了信封写着出庭作证通知书，就对送信的讲，王总已经不再来此地上班了，等以后知道明确的地址再告诉你吧。那送信的就写上'收件人已迁移，新址不明'的字样，把这个通知退回去了。"

王阿三对应从生做了个怪脸，这表情到底是表示赞扬还是鄙视，只有他自己知道了。应从生望着王阿三说道："王总啊！这出庭作证的差事不好做，胡平、王彩凤没有与我们合作，与我们没有半毛钱的关系，管他那么多！"

王阿三说道："这事我确实知道的不多，陆虎知道的多些，陆虎去出庭作证就可以了。"

应从生突然想起了一件事，那就是要王阿三给陆虎打个电话，叫陆虎也不要去出庭作证。他对王阿三说道："王总呀，我看呐，这事与陆虎也没有关系，打个电话叫他不要去了，我与陆虎已经多年没有联系了，还是你给他打个电话如何?"

王阿三说道："陆虎的事用不着我们去管，老应呀，你为什么对这个事情这么关注呀?"

应从生说道："陆虎还有白鸿炎，原来与我关系都是很密切呀。"

其实王阿三与陆虎都不知道白鸿炎这个名字。而应从生却与这个"八爷"白鸿炎往来很密切，所以他无意之中就讲了出来。

王阿三问道："这个白鸿炎是谁呀，我不认识吗?"

王阿三自觉已经失口，他自作镇定地停顿了一下说道："我记错了，唉，记忆力越来越差，老是张冠李戴。"说着他拍了拍自己的脑袋。

第十六章

公开亮相

七十六

笔者认为，在整个审判过程中，庭审是至关重要的核心环节。法院依照法律程序进行的公开庭审活动，是文明法制社会的重要窗口，是展示法官司法能力和律师发挥法律能力的舞台，是保障司法公正，监督司法活动的法定要求。诉讼双方各自主张的事实证据和理由、争议焦点、法官的认证和裁判，都应当在法庭上公开亮相。这里，以模拟剧的方式，对王彩凤与胡平民间借贷纠纷案件的整个庭审环节，作详细的描写。按照法律规定，通过庭审这个真实的舞台，向公众展示法律上公正的内容。

七十七

原告王彩凤与被告胡平民间借贷纠纷一案即将开庭。在开庭之前，因原告申请的证人田莹莹、被告申请的证人王阿三无法送达出庭通知书而未能到庭。对此，双方当事人自己都非常明白证人不能到法庭作证的真正原因，因而都未向法庭提出延期审理的要求。合议庭决定按时开庭。

2014年1月9日上午，蓬山县人民法院第二法庭内，有人民群众、人大代表、政协委员、金融机构的代表、媒体记者和法院部分干警在内的近200人坐满了旁听席。蓬山人民法院院长董世明，还有《金融法律论坛》杂志社总编方怡也在其中参加旁听。

在审判区旁，一位戴着白色手套的法警，笔挺地站在审判区旁值庭。书记员张晓燕清脆的嗓音响彻法庭："请肃静！"她稍作停顿后继续："蓬山县人民法院即将在此开庭。请原告及诉讼代理人、被告及诉讼代理人入庭就坐。"

原告王彩凤和她的诉讼代理人钱益取进入原告席、代理人席就坐；被告胡平和他的诉讼代理人陈其进入被告席、代理人席就坐。

书记员："现在宣布法庭纪律：（1）法庭内要保持安静，不得喧哗，禁止抽烟；（2）开庭过程中不得随意走动，不得进入审判区；（3）未经法庭许可不准录音、录像和拍照；（4）未经法庭容许不准发言和提问；（5）请关闭各类通信工具。

法庭纪律宣布后，书记员："现在请审判长、审判员入庭，全体起立。"

此刻，法庭内所有人员起立，审判长杨忠率审判人员丁连斌、沈菊，穿着法袍进入法庭，分别入审判长、审判员席，他们面对旁听席，略停顿一下，审判长平静地说："请坐下。"这时，除书记员外的全体人员都坐下。

书记员："报告审判长，原告王彩凤与被告胡平民间借贷纠纷一案的双方当事人及其代理人都已到庭，证人陆虎已在庭外听候通知作证，开庭准备工作已经就绪，请审判长主持开庭。审判长点头示意书记员就坐，敲响法槌宣布："现在开庭。"

按照法定程序的要求，审判长首先核对当事人，宣布案由，宣布审判人员、书记员名单，告知当事人有关的诉讼权利义务，询问当事人是否提出回避申请。

原告、被告双方明确表示不申请回避。

七十八

审判长杨忠："现在进行法庭调查，先由原告或代理人宣读起诉状，或者陈述诉讼请求要点及其理由。"

原告代理人钱益取没有照本宣读起诉状，而是简单地陈述了诉讼请求要点及理由。他在原告代理人席位上摆出稳重的态势陈述道："被告于 2008 年 12 月 21 日向原告借款 100 万元，有借条为凭。约定月利率为 3%，借款期限 3 个月。被告借款后，未按约定还本付息。经原告催讨，被告已经支付利息 70 万元，利息结算至 2010 年 12 月 21 日。请求法庭判令被告归还原告借款本金 100 万元，利息按银行同期贷款利率的四倍计算，从 2010 年 12 月 22 日起至本金付清之日止。"

原告陈述诉讼请求要点后，审判长杨忠把目光移向被告席说道："由被告或代理人宣读答辩状，或者陈述答辩要点及理由。"

被告席上由被告的代理人陈其陈述答辩要点："针对原告的起诉，被告请求法庭驳回原告的诉讼请求。事实和理由：（1）本案的 100 万元借款，并没有约定利息，因此，不存在被告支付原告利息的事实；（2）被告已经偿还了原告的 100 万元借款，从 2009 年 1 月 2 日至 2013 年 11 月 2 日，被告先后分 10 次，把 100 万元汇入原告的银行账户，有银行汇款单为证。"从他高调的声音中表露出他底气十足的态势。

七十九

被告答辩后，法庭对双方已经明确的事实以及争议的焦点进行归纳。

审判长杨忠："根据原告、被告的陈述以及之前的简易程序审理和双方交换证据的情况，本庭认为，本案双方没有争议的事实是：（1）原告于 2008 年 12 月 21 日借给被告 100 万元；（2）被告从 2009 年 1 月 2 日至 2013 年 11 月 2 日，先后分 10 次，把 100 万元汇入原告的银行账户；（3）在借条中并没有写明利息和借款期限。本案争议的焦点是：（1）该 100 万元借款，双方是否约定利息以及借款期限；（2）原告主张被告汇给原告的 100 万元，其中 70 万元是支付原告的利息，另有 30 万元并不是支付利息，而是其他的款项，双方约定的月利率为 3%，借款期限 3 个月；被告主张本案不存在支付利息，该 100 万元包括其中的 30 万元，都是偿还原告的借款本金，本案的借款 100 万元已经全部还清。"然后问原告、被告："对本庭归纳的上述事实以及争议焦点，双方如有不同意见，可以提出。"

杨忠略作停顿，环视了坐在审判席两旁的原告和被告，先问原告："原告什么意见？"

坐在原告席上的王彩凤看着钱益取，示意由他回答法庭的提问。钱益取答道："没有意见"

紧接着被告席上胡平答道："没有意见！"

八十

审判长杨忠："根据民事诉讼法的有关规定，当事人对自己的主张，有责任提供证据，就是说谁主张谁举证。双方提供的证据，除了涉及国家秘密、商业秘密和个人隐私以外，都应当在法庭上公开出示，并由双方当事人相互质证，才能作为认定事实的依据。"

杨忠停顿了一下继续说："现在继续法庭调查。"

丁连斌："原告、被告应当提供证据，证明自己诉讼请求的合法和正当，自己提供的证据具有真实性、合法性以及与本案的关联性，揭露对方诉讼请求的非法性和所提供的证据不具有真实性、合法性以及与本案没有关联性。现在由原告向本庭提供证据。"

原告诉讼代理人钱益取："原告提供的证据一，借条一份，证明被告胡平于 2008 年 12 月 21 日向原告王彩凤借款 100 万元的事实；证据二，银行汇款单一份，证明原告于 2008 年 12 月 21 日将 100 万元通过银行汇给被告的事实。"

丁连斌："由被告对原告出示的证据一、证据二进行质证。"

值庭法警把证据原件提交给被告。

被告胡平及其诉讼代理人陈其分别看了一眼，由陈其质证："对该两份证据的真实性无异议，借条上没有写明利息，证实当时原、被告并没有约定利息。"说完将证据交还值庭法警。

审判员丁连斌："原告继续举证。"

钱益取："证据三，2008 年 12 月 2 日，王彩凤通过田莹莹的银行账户汇款给胡平 294000 元汇款单一份，印证了胡平为购买一辆宝马轿车，向王彩凤借款 30 万元，通过田莹莹的银行账户汇到胡平的银行账户，另有 6000 元是由王彩凤用现金交给胡平的，证明了胡平于 2009 年 1 月 2 日汇给王彩凤的 30 万元，是偿还王彩凤此 30 万元借款，并不是偿还本案 100 万元借款的事实。"

被告席上，胡平看了这份汇款单后，交给他的诉讼代理人陈其，示意由陈其先发表质证意见。

陈其："对这一份银行汇款单真实性并无异议，但对关联性有异议。第一，这是田莹莹汇款给胡平的 294000 元，是否能证实胡平于 2008 年 12 月 2 日向王彩凤借款 30 万元，原告没有其他证据证实，关键是没有田莹莹的确认；第二，原告自称其中的 6000 元是现金交付给胡平，没有事实根据。被告认为，原告的该证据，不能证明其主张的事实。"

陈其的话音刚落，胡平立即说道："我还有补充的内容。"

丁连斌："被告胡平可以发表质证意见。"

坐在对面原告席上的王彩凤这时看着胡平，涨红着脸，眼神显得有点忿恨。但她知道，这是在庄重的法庭上，是用法律程序讲道理的场所，她镇静地听着胡平发表的质证意见。

胡平："这 294000 元，如果是属于原告王彩凤的，应当有田莹莹的书面确认。2008 年 12 月 2 日，我为购买一辆宝马轿车，田莹莹通过银行汇给我这 294000 元。当时，田莹莹正在为王彩凤打工，她曾经对我说过，这钱是王彩凤的，但田莹莹至今没有书面确定该 294000 元是属于王彩凤的，因此，被告不能承认。此外，我于 2008 年 1 月把一笔 30 万元资金，通过银行汇入王彩凤的银行账户，王彩凤自己也有 30 万元，合计 60 万元，由王彩凤经手借给蓬山佳园房地产开发有限公司。后由于这个公司的法定代表人何启德涉嫌诈骗外逃，王彩凤瞒着我，通过陆虎等人向何启德追回了其中的 30 万元借款，并且没有经过我的同意，她擅自答应何启德，只要归还 30 万元，另外的 30 万元可以不用归还了，造成我的 30 万元债权无法实现。后来，我知道王彩凤已经向何启德追回了 30 万元，还有 30 万元被她放弃了。我认为，这 30 万元应当由王彩凤还给我，如果田莹莹汇给我 294000 元确实属于王彩凤的，也应该是相互抵销了。"

这时原告王彩凤显得很激动，说了一句："胡说八道。"旁听席上有少许人发出轻轻的相互议论声。

审判长："请肃静！"他用目光扫视了一圈继续说道："在质证时，当事人应当围绕证据的真实性、合法性以及与案件的关联性，针对证据是否有证据力，进行质疑、说明与辩驳。"

法庭立即恢复了平静。

丁连斌：“原告可以针对被告刚才的质证意见，进行说明与辩驳。”

原告王彩凤把话筒移到自己面前说道：“被告刚才讲的不是事实！2008年12月2日，他（指被告胡平）为购买一辆宝马轿车，向我借款30万元，我把钱通过田莹莹银行账户汇给他294000元，当面交给他6000元现金，胡平当场给我出具了一份30万元的借条。当时我们讲好借款期限是一个月，到2009年1月2日，胡平把这30万元，通过银行账户归还给我，我把借条还给他了。”王彩凤显得有点激动，她停顿了一下继续说道：“他自己最清楚这个事了，今天田莹莹没有到法庭来作证，我在这里可以保证，这30万元，田莹莹绝对不会说是她的。”她停下后，示意她的代理人钱益取继续说。

丁连斌：“原告代理人需要补充吗？”

钱益取对着话筒说道：“被告刚才讲，另外的30万元，与本案没有关联性，所以他说可以抵销本案的其中30万元，没有事实和法律依据。”

丁连斌：“被告可以继续发表辩驳意见。”

被告代理人陈其：“关于这30万元的事实和法律关系，被告将结合其他证据，在后面的法庭调查和辩论中再予陈述。”

丁连斌：“原告继续举证。”

原告代理人钱益取：“提供证据四，2013年12月7日被告胡平通过手机发给原告王彩凤的短信，其内容载明：‘和解很难，其理由：30万元借款另外有账，100万元借款利率高！’证明被告自己承认30万元与本案无关，另有账目，明确了本案借款，双方约定有利息的事实。”

王彩凤打开自己的手机短信，把手机交给值庭法警。

丁连斌：“由被告对原告提供的证据四进行质证。”

胡平接过手机，看了以后再交给陈其看。

陈其发表质证意见：“被告对该证据真实性予以否定。第一，这个短信不是胡平本人所发，而是在2013年12月7日与田莹莹一起在枫兰港湾城时，因田莹莹手机没有电，借用胡平的手机发给王彩凤的短信。短信的最后是‘莹莹’，可以印证就是田莹莹发的短信；第二，从短信的内容上分析，像是田莹莹向王彩凤汇报情况，恰好印证了当时胡平不同意和解，其理由是，30万元另外有账，就是胡平与王彩凤之间还有一笔可以相互抵销的30万元意思。双方对 100 万元借款，本来没有约定利息，在那天谈话中可能是田莹莹根据原告的意见，向胡平提出支付利息，胡平就不同意支付利息的意思。"

丁连斌："在质证中，双方可以相互辩驳。"

原告代理人钱益取："被告代理人刚才说的没有事实依据，手机是被告的，怎么能说是田莹莹发的短信？还有其他证据能印证原、被告之间确实约定了利息。"

丁连斌："原告继续举证。"

钱益取："提供证据五，2012 年 12 月 7 日晚，被告胡平与田莹莹在枫兰港湾城的谈话录音，印证了原、被告之间借款约定有利息，被告胡平为购买宝马轿车向原告王彩凤借款 30 万元的事实。"

钱益取把录音笔和一个 U 盘交给值庭法警。

丁连斌："现在由值庭法警播放原告提供的录音。"

法庭的音响中播放了胡平与田莹莹的讲话录音："胡平的声音：'莹莹，王彩凤已经到法院起诉我，你知道吗？'田莹莹的声音：'我知道了，阿姨已经对我说了。这事我也感到很为难，你是否可以与她协商解决？'胡平反问：'今晚是不是她托你来与我谈这个事情？'田莹莹的声音：'我不能完全代表她，但只要能解决此事，我可以尽自己的努力。'胡平的声音：'这事是你经手的，情况很清楚，现在顺帆船业有限公司没有还给我钱，就我个人而言，由于这笔借款没有收回，现在仍有负债。当时我对你和王彩凤都讲过，利息太高，总是有风险的。'田莹莹的声音：'那笔其中的 30 万元，是通过我的银行账户打入你的银行账户，是当时你为购买宝马轿车向她借的，不在 100 万元借款之内。'胡平的声音：'哼，不错，但此事另有原因，在以前我与她还有账目没有结清。你对这些事就不知道了，因为当时你还没有与王彩凤在一起。我正在查这笔账，以后你会知道事实真相的。'田莹莹的声音：'这事情我要难做人了。'胡平的声音：'莹莹，此事我不怪你，你不要自责。现在王彩凤既然已经诉到法院了，就由法院作出裁判吧。'"

录音播放完后，丁连斌对被告席："被告对原告提供的证据五进行质证。"

被告胡平："对这个录音，是在我不知道的情况下，王彩凤让田莹莹故

意对我设置的圈套。"

丁连斌："被告应当针对原告提供的证据的真实性、合法性以及与本案的关联性提出质证意见。"

被告代理人陈其："这个录音由原告故意安排到预先设置的场所，并做了充分的准备，在被告不知情的情况下发生的对话，这不是当事人真实意思表示，不具有证明力。录音中胡平与田莹莹的对话可以明确，争议中的30万元另外有账，田莹莹是不知道这个事实的。"

坐在对面的原告代理人钱益取立即提出反驳意见："被告代理人刚才也承认录音是真实的，这个录音里的对话很明确，被告胡平并没有否定利息的存在，对其中的30万元，是王彩凤借给胡平买宝马汽车的，通过田莹莹的银行账户汇给胡平的。被告代理人提出，这个录音是原告预先设置，在被告不知情的情况下安排的，不是被告真实意思表示，这是狡辩。被告胡平与田莹莹曾经是亲密好友，他们在枫兰港湾城约会是很正常的交往，也只能在这样的情况下才能表达真实的意思，如果被告不管什么场合，都能如实地承认自己的债务，还用得着坐在法庭上对簿公堂吗？这个录音以及刚才的手机短信，都能证明被告向原告借款100万元是有利息的。"

钱益取的话音刚落，胡平因气愤红着脸说了一句："这是侮辱。"

丁连斌："被告可以发表辩驳意见。"

陈其看了胡平一眼，示意他不要为此意气用事，再发表意见。然后面向法庭说道："关于这个录音，被告可以结合以下的其他证据再发表意见。"

丁连斌："原告还有其他证据吗。"

钱益取："原告暂时没有其他证据。"

审判长杨忠："继续法庭调查。"

沈菊："下面由被告向本庭提供证据。"

被告代理人陈其拿着早已准备好的证据材料说道："被告提供的证据一，胡平于2009年1月2日至2013年11月2日给王彩凤的银行汇款凭证10份，合计金额100万元，拟证明胡平已经还清了王彩凤100元借款的事实。"

原告代理人钱益取从值庭法警中接过这10份汇款凭证看了一下说道："原告与原来的质证意见一样，对这10份银行还款凭证的真实性没有异议。

但必须向法庭说明，这是被告支付原告利息的行为，并不是偿还借款本金。这里要提请法庭注意，被告提供的 2009 年 4 月到 8 月的银行汇款单 5 份，每个月支付原告 3 万元，恰恰反证了原、被告约定的月利率为 3%，被告履行支付部分约定利息的事实。"

陈其反驳说："双方并没有约定借款期限和利息，被告可以随时偿还。原告代理人刚才的辩驳没有事实依据。"

审判长杨忠的目光扫视了原告席和被告席说："原、被告注意，本案借款时间是 2008 年 12 月 21 日。"他把目光对准原告席问道："原告主张，借款的期限为 3 个月，月利率为 3%，被告从 2009 年 4 月开始到 8 月每月支付 3 万元，对吗？"

钱益取肯定地回答："对！这是被告按约定，每月支付利息的 3 万元，按 3% 的月利率计算。"

杨忠继续问钱益取："那么之前 2008 年 12 月至 2009 年 3 月被告是否支付过利息？"

杨忠这一问，钱益取一时无法回答，他示意旁边的王彩凤来回答这个问题。

王彩凤正在纳闷，心想，难道审判长会知道这 100 万元借款的前三个月利息 9 万元，胡平已经在借款之日提前支付的事情？她略作思考，回答道："前三个月由于被告资金紧张，因而没有支付。"

坐在对面被告席上的胡平轻蔑地看了王彩凤一眼，带着苦笑，轻轻地发出"哼"的一声。

杨忠示意沈菊向被告发问。

沈菊会意，问被告："对原告刚才讲的，被告认为是否属实？"

胡平很明白，对 2008 年 12 月至 2009 年 3 月，这 3 个月的利息 9 万元，他已经在借款之日用现金支付给王彩凤了，这个事实只有他与王彩凤知道，要是他现在承认支付过利息，就承认了本案 100 万元借款约定利息属实。当时，还有 1 万元是胡平主动给田莹莹的酬金，这个事实，王彩凤也不知道。这些事实都具有隐蔽性，不能在法庭上披露。他向法庭说道："本案借款没有利息，被告没有支付过利息。"

沈菊："被告继续举证。"

陈其："被告提供证据二，顺帆船业有限公司向胡平出具的借条一份，拟证明胡平于2008年12月29日借款给该公司300万元，在借据上没有约定利息；该300万元其中的100万元由胡平向王彩凤借入，也没有约定利息。证据三，胡平于2009年9月2日发给顺帆船业有限公司的催款函一份，拟证明胡平借给该公司的300万元借款本金没有偿还，也没有支付过利息的事实，由此印证了王彩凤借给胡平的100万元借款也未约定利息的事实。"

沈菊："由原告对被告提供的证据二、证据三进行质证。"

钱益取："首先，原告认为这是被告与顺帆船业有限公司发生的事，与原告没有关系，这个证据与本案没有关联性。其次，对被告提供的这两份证据真实性，原告难以辨别。"

沈菊："被告继续举证。"

陈其："提供证据四，胡平于2008年1月2日通过银行，汇给王彩凤的30万元银行汇款凭证1份，拟证明胡平于2008年1月2日将30万元交付王彩凤，由王彩凤与胡平各出资30万元，共同出借给蓬山佳园房地产开发有限公司60万元的事实。"

钱益取发表质证意见："对被告提供的证据四，真实性并无异议，但只能印证胡平有30万元出借给蓬山佳园房地产开发有限公司，不能证明胡平与王彩凤共同有60万元债权的事实。"

陈其立即反驳："在蓬山佳园房地产开发有限公司出具的借条上，明显写着，借到王彩凤、胡平60万元。这当然是两个人的共同债权。"

钱益取向王彩凤使了个眼色，示意她发表意见。王彩凤说道："当时我与胡平讲好的，这60万元，我们两人各30万元，利息也按各自的30万元分的。"

沈菊问王彩凤："借条上是否写着，借到王彩凤、胡平60万元？"

王彩凤："是的，但借条现在在胡平那里。"

陈其："如果原告当时没有这份借条，不可能擅自向蓬山佳园房地产开发有限公司的法定代表人何启德追讨这60万元债权。我现在继续向法庭提供证据。"

沈菊："被告继续举证。"

陈其："提供证据五，被告于 2013 年 12 月 14 日向法庭提出书面申请，要求调查原告王彩凤在 S 银行账户 2008 年 7 月的往来账目；其中一笔是从沈阳汇款给王彩凤 30 万元，证明王彩凤已经收回这 30 万元借款的事实。"

沈菊当庭宣读调查结果："经查 2008 年 7 月 10 日王彩凤在 S 银行的账户，确实收到从沈阳汇入的一笔 30 万元资金。"念完后，由值庭法警把调查证明材料分别交给原、被告辨认。沈菊对原告说："现在由原告对该证据进行质证。"

钱益取："原告对该证据的真实性没有异议。"

陈其："该证据印证了原告于 2008 年 7 月 10 日，王彩凤收到了蓬山佳园房地产开发有限公司的法定代表人何启德汇入 30 万元债款。"

沈菊问原告："这笔 30 万元的银行汇款，是不是蓬山佳园房地产开发有限公司的法定代表人何启德偿还的借款？"

王彩凤答道："是的，当时是偿还我的 30 万元借款，因为由我出面催讨，何启德在沈阳的 S 银行，用现金打入我的银行账户，归还我的借款 30 万元。"

陈其："尊敬的审判长、审判员，这 30 万元不是王彩凤个人的债权，是胡平与王彩凤共有的债权。"

杨忠："对该笔债权的性质问题，双方在法庭辩论中可以再发表意见。"

沈菊："被告继续举证。"

陈其："提供证据六，因证人王阿三今天未到庭出庭作证，本代理人宣读证人王阿三的谈话笔录，拟证明王彩凤于 2008 年 7 月擅自委托王阿三等人，向蓬山佳园房地产开发有限公司的法定代表人沈启德要回 30 万元债权，把尚有的 30 万元共有债权擅自处分的事实。这里提请法庭注意，王彩凤在 2008 年 7 月已经要回 30 万元，尚有的 30 万元也擅自做了处理。这个事实表明，2008 年 12 月 3 日从田莹莹的银行账户汇款给胡平 294000 元，即使是王彩凤的，根据法律规定，也可以将胡平的 30 万元债权予以相互抵销。"

钱益取："尊敬的审判长、审判员，这个笔录原告及代理人已经看过，不必宣读了。按照民事诉讼法的规定，证人应当到庭出庭作证，证人王阿三无正当理由没有出庭作证，这个笔录就没有证明力。这个笔录是 2013 年 12

月 15 日由被告代理人所做的，其内容明显带有被告的主观意见，因此，王阿三的笔录没有真实性。"

　　沈菊："被告继续举证。"

　　陈其："被告申请证人陆虎出庭作证，拟证明证人与王阿三一起，受王彩凤的委托，于 2008 年 7 月到沈阳讨债的事实过程。"

　　审判台上，审判员沈菊把有关诉讼资料移向审判长杨忠。

　　杨忠用目光扫了一圈原告席、被告席和旁听席说道："请值庭法警通知证人陆虎到庭作证。"

第十七章

法庭调查和辩论仍在继续

八十一

证人陆虎在值庭法警的引领下走进法庭，入证人席位。

杨忠："证人，你的姓名、出生年月、职业、住址？"

陆虎："我叫陆虎，是 1981 年 6 月 9 日出生，现在暂时没有职业，我的户口在蓬山县海塘镇沿海大道 230 号。"

杨忠："根据我国法律规定，公民有作证的义务，你应该按照法律规定如实将你知道的情况向法庭陈述，不得使用猜测、推断或者评论性的语言。应当运用明确、肯定或否定的方式如实回答法庭及双方当事人或代理人的提问，同时，对与本案无关的问题，你有权拒绝回答。如有意歪曲事实真相，提供虚假证言，要承担法律责任。你听清楚了吗？"

陆虎点着头，他被法庭庄重的气氛以及审判长严肃的话语所感染，举止和话语也稳重起来。他面对着法庭以平稳的语调说道："我懂，我一定把我所知道的情况，如实地向法庭讲述。"

杨忠："现在由证人向法庭宣读保证书。"

陆虎站起来，手里拿着保证书向法庭宣读，他的声音很响："证人陆虎，向庄严的法庭保证，我将履行法律规定的公民作证义务，保证我所作的证言是真实的，如有谎言，愿受法律制裁并受道德良心的谴责。保证人陆虎，2004 年 1 月 9 日。"念完，他在保证书上签字后，由值庭法警交给书记员存查。

八十二

杨忠："证人陆虎，现在开庭审理的是原告王彩凤与被告胡平因民间借贷合同纠纷一案。根据被告胡平的申请表明，2008 年 7 月你去沈阳向蓬山佳园房地产开发有限公司的法定代表人何启德讨债。现在你把所知道的情况如

实地向法庭陈述。"

陆虎坐在证人席答道:"好的。"他向法庭陈述:

2008年7月的一天晚上,天气很热,我与王阿三在天灿茶馆碰到王彩凤,她对我们说,蓬山佳园房地产开发有限公司欠了很多的债,法定代表人何启德跑了。她当时向我们打听何启德的消息,王阿三告诉她,有个东北人,外号叫八爷的,知道何启德的下落。

第二天中午王彩凤请我、王阿三与那个叫八爷的人一起到天灿茶馆喝茶,她提出要八爷帮她追回一笔60万元的借款。那个八爷对王彩凤提出要求,如果追回这笔60万元的钱,要得20%的酬金。王彩凤答应只能付3万元,因为还有30万元是胡平老板的,她自己只能答应支付3万元的酬金。八爷当时说,如果追回30万元,要王彩凤支付3万元的酬金,60万元全部追回,要支付12万元,王彩凤答应了八爷的要求。

八爷于第二天就去沈阳找到了何启德,因为在何启德逃债时,有一个歌舞厅的小姐叫璐璐与何启德同居在一起,这个璐璐是八爷的远房亲戚,八爷知道何启德的下落。他找到何启德后,马上打电话给王阿三,说何启德已经答应偿还30万元债款,但一定要有王彩凤给八爷的授权委托书才能支付,因为把30万元交给八爷没有依据,不放心。接到八爷的电话后,我与王阿三一起把这个情况告诉王彩凤。她当时认为,何启德提出催讨债款要有委托书是有道理的,他没有把30万元直接交给八爷是对的。于是当场要我与王阿三立即去沈阳,并写好了委托书给我们。王彩凤交给我与王阿三1万元钱,作为讨债的路费。

我与王阿三于第二天在沈阳与八爷碰面,他对我们说,何启德已经向他支付了6万元现金。我与王阿三当时感到也很纳闷,何启德为何会支付给八爷6万元的现金?

当天,八爷带我们找了到何启德,我把王彩凤的委托书拿出来给何启德看。何启德看了后对我说,要把那份60万元借条原件交给他才能还款。当时王阿三有点火大了,当场骂何启德是赖皮,在旁边的八爷用三角眼瞄了一眼王阿三说:"你骂什么呐,还了钱当然要收回借条,否则这个钱等于没有还,我已经答应了何启德,他把6万元的酬金也给我了。你们如果没有带借条,要出个收条,否则何启德就不要还钱。"我与王阿三这才明白,何启德为什么会付给八爷6万元现金的原因。

何启德当时对我说,欠王彩凤只有30万元,他把这30万元汇入王彩凤的银行账户,要我把委托书给他,并要在委托书中加上:"借款已经全部还清的收据。"我与王阿三以及八爷都表示同意。我们一起到沈阳的S银行去办还款的事情。

当时,我看到何启德始终背着一个较大的包,里面好像有很多钱,那个八爷很关注何启德背着的那个大包。到了S银行附近,何启德让我与王阿三,还有八爷一起在银行门口等,他一个人进了银行的营业厅,一直等到他从S银行出来,手里拿着一张30万元汇入王彩凤银行账户的账单,要我与王阿三写收条,王阿三马上写了收条。这时,王彩凤也来电话告诉我,她已经收到了这30万元钱,银行卡的手机短信已经通知她了。我告诉王彩凤已经写了"何启德欠王彩凤的借款已经全部还清"的纸条。王彩凤说没关系的,我们就把王彩凤的委托书交给何启德。我们看到何启德背着那个大包,八爷跟在他的后面一起走了。我与王阿三立即回了家。过了没几天,听说何启德因车祸死了,那个八爷也没有回到蓬山当保安。

八十三

陆虎说完后,杨忠问双方当事人:"根据民事诉讼法的规定,当事人经法庭许可,可以向证人发问。原、被告及其代理人是否需要向证人发问?"

钱益取提出:"审判长,原告有问题需要向证人发问。"

陈其:"审判长,请准许我向证人发问。"

杨忠:"先由申请方,即被告或代理人向证人发问。"

陈其:"证人陆虎,我是被告胡平的代理人陈其。现在向你发问。你所说的八爷,叫什么名字?"

陆虎:"我只知道大家都叫他八爷,不知道他的真名实姓。2008年他在蓬山县百灵鸟歌舞厅当保安。这个歌舞厅有个小姐叫璐璐,听说是八爷的远房亲戚，当时被何启德包养过。何启德外出逃债时，把这个璐璐小姐也带走了。"

陈其："在王彩凤叫你与王阿三到沈阳讨债之前，你是否知道，这笔 60 万元的债款其中有胡平的 30 万元？"

陆虎："知道，大概在 2008 年 5 月，胡平与王彩凤两个人同时向我讲起有一笔 60 万元的钱借给何启德那个房产公司，因何启德跑了，要不回这 60 万元，叫我与王阿三打听何启德的下落。"

陈其："王彩凤要你与王阿三一起到沈阳讨债，胡平当时是否知道？"

陆虎："胡平当时一点也不知道，一直到去年，我与他在一家宾馆里遇到时，我对他讲起这个事情，他才知道王彩凤已经要回了这 30 万元的事情。"

陈其："何启德在沈阳 S 银行汇款给王彩凤，是从他的银行卡转账，还是用现金汇给王彩凤的？"

陆虎略停顿了一下，想了想答道："这……我没有看见，因为当时是何启德一个人进入银行的，我们在门外等他。"

陈其："证人陆虎，请你再重复一下，你与王阿三向何启德出具收到 30 万元的收条，是怎么写的？"

陆虎："这份收条是王阿三写的，他在王彩凤给我们的委托书中写上：'何启德欠王彩凤的借款已经全部还清'，然后交给了何启德。"

陈其："你说八爷收了何启德 6 万元钱，当时算在谁的账上呢？"

陆虎思索了一下："是算在王彩凤的账上的，当时何启德讲过，以后王彩凤不能再向他要钱了，就是 60 万元已经全部结算的意思。"

这时坐在对面的原告代理人钱益取提出："审判长，我反对被告代理人刚才对证人作诱导性的问话，故意诱导证人作出不符合客观事实的陈述，请求予以制止。"

陈其："审判长，为了查明双方争议的 30 万元债款的事实，请容许被告代理人继续发问这个问题。"

杨忠与坐在左右两旁的审判员分别对视了一下，稍作停顿后宣布："原告代理人提出的反对意见无效，现在由被告代理人继续向证人发问。"

陈其："你与王阿三从沈阳回到蓬山后，是否到何启德家里，向他的妻子继续催讨过债款？"

陆虎犹豫了一下，接着提高了嗓门答道："我去过。因为我与王阿三在沈阳的时候，知道何启德有 6 万元给八爷，我们也向他要。何启德对我们说，他没有钱，他的妻子在家里有钱，要我们回蓬山后向他妻子要 2 万元钱。我向何启德妻子要过，但看到她家里很寒酸的样子，马上就走了。后来我们又向王彩凤要讨债的酬金，王彩凤不肯给，我与王阿三当时都很气愤。"

陈其："王阿三是否与你一起去过何启德家向他妻子讨债？"

陆虎："他与我一起去的，但在半路上他接到了一个电话，是个名叫应从生的朋友打来的，他就去应从生那里了，他没有去过何启德家里，要我先去何启德家探探路。过了没有几天，何启德在东北因车祸死了。"

陈其："审判长，被告代理人对证人的发问完毕。"

杨忠："现在由原告或代理人对证人发问。"

王彩凤与钱益取在各自的座位上相互点了点头，先由王彩凤向证人陆虎发问："陆虎，你与王阿三一起到沈阳为我讨债时，我在电话中是否讲明讨我自己的 30 万元？"

陆虎："开始是讲能够讨回 60 万元最好，后来要不回来，你说过，你只有其中的 30 万元，把你的要回就算了。"

王彩凤："为了讨这笔债，你与王阿三向我要取多少钱？你凭良心讲讲？"

陆虎犹豫了一下答道："1 万元差旅费我拿走的，我与王阿三到沈阳去就用完了，还有 1 万元，是你交给王阿三的，他没有给过我。"

王彩凤："当时，你与王阿三一起，我把 1 万元交给王阿三，并且与你讲，过去你向我借的 1 万元，没有还给我，就不用还了，借条也当场给你的，是吗？"

陆虎低着头，没有回答。

王彩凤继续问道："也就是等于给你 1 万元呀，是吗？你回答呀！"

陆虎点着头，轻轻地回答道："是的！"

王彩凤问完后，向钱益取点了点头，示意由钱益取向证人发问。

钱益取："证人陆虎，我是原告的代理人钱益取律师，请你如实回答我

的发问。蓬山佳园房地产开发有限公司出具的借 60 万元的借条，你见到过吗？"

陆虎在证人席上瞪了钱益取一眼答道："没有见过原件，复印件是王彩凤给我们到沈阳去讨债用的。"

钱益取："你知道借条原件现在在谁的手里吗？"

陆虎："我不知道！"

钱益取："你与王阿三到沈阳为王彩凤讨回 30 万元，胡平是什么时候知道的？"

陆虎："去年我与胡平在一家宾馆里碰到，我对他说了以后他才知道的。"

钱益取："他知道后对你怎么说？"

陆虎："他没给我说什么，只是沉默了一下。"

钱益取："你与王阿三到沈阳后，除了你说的八爷与何启德，其他还有谁知道你们讨债的事情？"

陆虎："没有其他人知道了。"

钱益取："你说的何启德给八爷 6 万元钱，是你亲眼看到的吗？"

陆虎："是八爷讲给我们听的，我们在沈阳也向何启德讨过酬金，但他没给我们，他要我们向他妻子去要。"

钱益取："何启德是否向你讲过付给八爷 6 万元钱的事情？"

陆虎："没有。"

钱益取："审判长，原告及代理人向证人发问完毕。"

审判长杨忠："现在由法庭询问证人。"

审判员丁连斌："证人陆虎，现在明确回答一下，你与王阿三到沈阳，向蓬山佳园房地产开发有限公司法定代表人何启德催讨债款总数额是 60 万元还是 30 万元？"

陆虎："王彩凤给我们的委托书中写的是 60 万元，她还讲最好能要回 60 万元，如果要不回 60 万元，要 30 万元也行。"

丁连斌："你在事先已经知道其中 30 万元属于胡平，为什么开始没有与胡平讲这个事情？"

陆虎："我以为王彩凤与胡平之间是讲好的，所以当时没有把这些事情再告诉胡平。"

丁连斌问完后，杨忠宣布："现在当庭核对证人笔录后，证人退庭。"

书记员张晓燕当庭宣读证人笔录，由证人陆虎签字后，值庭法警引证人陆虎退庭。

八十四

杨忠："现在由原告或代理人对证人陆虎的证言发表质证意见。"

钱益取："原告认为，证人陆虎的证言是不真实的。第一，到沈阳讨债的还有王阿三，但王阿三没有到庭当面对质，只有陆虎一个人在法庭上作证，有关事实无法对证，而且陆虎的证言带有与原告事先沟通的迹象。第二，陆虎作证说，当时在场人是何启德，还有个不知姓名的八爷，再有就是陆虎与王阿三。现在何启德已经死亡，八爷不知姓名也不可能会出庭作证，王阿三拒绝出庭作证，只有陆虎一个人的陈述，因此不具有证明力。第三，陆虎的证言有很多情节不符合生活常理。譬如，他说何启德给八爷6万元酬金，这钱是否支付过？即使支付过，是为了本案争议的30万元而支付的酬金还是他们之间的其他债务，是无法证明的。第四，陆虎隐瞒事实真相，他把王彩凤其中给他的1万元酬金，即他欠王彩凤的债务1万元予以免除的事实故意隐瞒，由此可见其证言不具有证明力，请法庭对此予以考虑。"

杨忠："由被告或代理人发表质证意见。"

陈其："审判长、审判员，本代理人认为证人陆虎的证言是符合客观事实的。第一，证人所陈述的，都是他自己亲历所见所闻的第一手材料；第二，王阿三与陆虎受王彩凤的委托去沈阳讨债，王彩凤已经向何启德要回了30万元，这已经证明了被告主张的事实，我在此不多加论述。根据法律规定，凡是知道案件情况的人，都有义务出庭作证。原告代理人刚才提出只有一个证人，对事实没有证明力，这是很荒唐的，只要知道案件情况的人，能客观如实地陈述案件事实，不管一个或几个，都是有效的证言。另外需要说明的是，证人陆虎与王彩凤之间为了讨债的 1 万元酬金的事情，其中有王彩凤与陆虎之间的 1 万元借款争议，在刚才原告代理人与证人的对话中已经很清楚了，本代理人认为这个事情与本案的关联性并不大，原告代理人不能以此否定证人的全部内容。"

坐在对面的钱益取想反驳，但是一时想不出适当的反驳词语，他红着脸从鼻腔里"哼"了一声。

八十五

杨忠稍作停顿，环视了一下原、被告的席位说道："双方是否有新的内容需要补充或者需要相互发问的问题？"紧接着问原告："原告有吗？"

钱益取："审判长，请容许原告向被告问几个问题。"

杨忠："准许原告向被告发问。"

钱益取："请被告胡平明确一下，2008 年 12 月初，你为了购买宝马轿车，是否向原告王彩凤借款 30 万元？"

胡平："借过！"

钱益取："你与王彩凤过去出借资金，是否都在借条上写明利息？"

胡平："如果约定有利息的，都在借条上写明了利率和支付利息的时间。譬如，我与王彩凤共同出借给蓬山佳园房地产开发有限公司的 60 万元，就写明约定月利率 2.5%。"

钱益取："这份借条现在谁手里？"

胡平轻蔑地说道："你去问王彩凤。"

王彩凤紧接着说道："我不是已经交给你了吗？现在就在你那里的。"她说完笑着"哼"了一声。

胡平："你什么时候给我的？就算给我现在还有什么用呢？"

钱益取："我的发问还没有结束。"

杨忠："现在由原告代理人继续向被告发问。"

钱益取："你于 2009 年 1 月 2 日，也就是你向王彩凤借款 100 万元的第

12 天，通过银行汇给王彩凤 30 万元，是什么款项？"

胡平："这个事情在答辩的时候已经讲清楚了。"接着他向法庭提出："审判长，我反对原告代理人无理重复的发问。"

钱益取："审判长，被告在答辩的时候是说这 30 万元用来偿还 100 万元借款，那么，被告还有一笔借原告 30 万元的借款需要确认，因此，被告应该回答这个问题。"

杨忠："被告的反对无效。胡平，你应当在法庭上说明这 30 万元汇给王彩凤的真实情况。"

坐在胡平旁边的陈其律师向法庭说道："审判长，对这个问题由本代理人向法庭说明。2009 年 1 月 2 日胡平通过银行汇给王彩凤的 30 万元，本来是偿还 2008 年 12 月 2 日向王彩凤所借的 30 万元借款的，就是用于购买宝马车的 30 万元。现在知道，他借给蓬山佳园房地产开发有限公司的 30 万元，已经由王彩凤收取了，因此，该笔 30 万元，根据法律的规定，可以相互抵销。被告在庭审中就直接作出了债务已经相互抵销的数额，明确了胡平已经偿还了 100 万元借款的事实。"

杨忠："原告可以继续发问被告。"

钱益取："胡平，你从 2009 年 4 月 21 日至 8 月 22 日，每个月给王彩凤汇款 3 万元，是利息还是本金？"

胡平："当然是本金，因为这 100 万元借款没有期限，我随时可以偿还，既可以是 3 万元，也可以是 1 万元。"

钱益取："审判长，被告向原告发问完毕。"

杨忠："现在由被告向原告发问。"

陈其："请原告再确定一下，蓬山佳园房地产开发有限公司出具给你和胡平的借条有几份？"

王彩凤："就一份。"

陈其："你所出借的资金是否都有利息？"

王彩凤："应该都有利息。有少数几笔出借数额小的，可能没有利息。"

陈其："田莹莹于 2013 年 12 月 7 日在枫兰港湾城，带着录音笔与胡平谈话，你事先是否知道，录音笔是你提供的吗？"

王彩凤皱了一下眉头答道："他们的约会时间和地点是他们自己决定的，事先田莹莹与我讲过，他们讲的内容我不知道，事后听了录音才知道。这个录音很值得，录音笔是我给田莹莹的，否则，就不会有这个证据了。"

陈其："审判长，被告向原告的发问完毕。"

八十六

当事人之间的相互发问结束后，杨忠认为法庭有必要继续了解案件事实，需要向原、被告发问。凭他多年从事商事审判的经验以及掌握的商务规则，包括部分的潜规则。他首先继续了解本案原、被告之间借款的利息问题。

杨忠："现在由法庭向双方当事人发问。原告回答，请把 2008 年 12 月 2 日你借给胡平 30 万元的借款期限以及利息问题再讲一下。"

王彩凤："这 30 万元是胡平要购买宝马汽车，于 2008 年 12 月 2 日向我借的，利息是 2 分，借款期限是 1 个月。2009 年 1 月 2 日他已经把这 30 万元还给我了，利息也结清了。"

杨忠问王彩凤："你为什么通过田莹莹汇给胡平 294000 元？"

王彩凤在回答前，略感紧张，因为这 30 万元的利息 6000 元在借款之前已经扣除，实际汇给胡平的只有 294000 元，她感到审判长的问题刚好问到了要害处。她思考了一下答道："另有 6000 元，我用现金付给胡平的。胡平当时向我出具借款 30 万元的借条，他还清了这笔 30 万元后，我把借条还给他了。"

杨忠问胡平："被告，刚才原告所述是否属实？"

胡平与坐在旁边的陈其对视了一下，感到难以回答，因为王彩凤没有给他现金 6000 元的事实，但是如果全部照实说了，把不应该公开的潜规则都公开了。他先拖长了声音："噢……"了一下，接着说道："原告所说的基本属实，但他给我 6000 元现金，我没有这个印象，记不清了。"

杨忠继续问王彩凤："原告回答一下，2008 年 12 月 21 日，被告向你借款 100 万元，为什么在借条上没有写明借款期限和利息？"

王彩凤："我们平时关系很好，有很多的借条没有写明利息和借款期限，但都能按照事先约定的内容履行。本案的 100 万元借款，我们约定借款期限为 3 个月，月利率为 3%，开始时，胡平每个月支付我 3 万元的利息。"这时，坐在旁边的钱益取律师用目光示意了王彩凤一眼。王彩凤稍作停顿，继续说道："前三个月由于被告资金紧张，因而没有支付利息。"

杨忠分别向坐在两旁的丁连斌和沈菊对视了一下，示意他们继续向原、被告发问。

丁连斌："原告是从什么时候开始向被告催讨这 100 万元借款的？"

王彩凤向钱益取使了个眼色，示意由钱益取来回答这个问题。钱益取领会，他向法庭答道："这个问题由代理人来回答，原、被告约定的借款期限 3 个月到期后，由于被告未按约定还本付息，原告即向被告催讨，被告提出资金紧张，要求延期归还，并且每个月按约支付原告 3 万元的利息，原告连续支付了 5 个月后，又未按月支付利息了，在借款期内的 3 个月利息至今没有支付，原告多次进行了催讨，在催讨中，被告支付了部分利息，原告实在无奈，只能起诉到法院。"

丁连斌："被告胡平，2008 年 1 月你与王彩凤借款给蓬山佳园房地产开发有限公司，该公司的借条是怎么写的？"

胡平略作思索答道："今借到王彩凤、胡平人民币 60 万元。"

丁连斌问王彩凤："原告，被告所说属实吗？"

王彩凤："对，借条当时是这样写的，由何启德签字，加盖公司的印章。"

丁连斌："你向蓬山佳园房地产开发有限公司的法定代表人何启德要回 30 万元，开始胡平是否知道？"

王彩凤："我没有告诉过他，我把自己的 30 万元催讨回来，他的 30 万元应该由他自己去讨回。我与他各出借 30 万元，可以各自分别催讨的。"

丁连斌向杨忠示意发问完毕。杨忠示意沈菊是否有问题向当事人发问，沈菊摇头，表示没有。

八十七

杨忠宣布："法庭调查结束。"他敲响法槌后宣布："现在开始法庭辩论。当事人及其诉讼代理人，应当围绕本案争议的焦点进行辩论。在辩论中，可以结合法庭调查的内容，对本案的事实以及适用法律方面的问题作综合性的发言。双方要以事实为依据，法律为准绳，以理服人，不准进行人身攻击。现在先由原告或者代理人发言。"

钱益取拿出事先准备好的提纲发表辩论意见：

审判长、审判员，我接受原告王彩凤的委托，担任其诉讼代理人参与本案诉讼，开庭前我对本案的证据材料和法律依据做了充分的准备，通过法庭调查对本案事实有了清楚了解。现依据事实和法律，发表如下代理意见：

首先，本案100万元借款以及约定的月利率为3%，事实清楚，证据确实充分。

1. 由原告提供的证据足以证明。谈话录音的内容是田莹莹与被告胡平之间在友好约会中自然的表达。原、被告之间的100万元借款有约定的利息，有谈话录音予以证实，还有被告通过手机发给原告的短信也足以认定本案的借款约定了利息。被告提出没有田莹莹作证，对有关事实他不予承认。那么，原告已经提供了被告亲自发来的短息，还有录音，你被告是否能让田莹莹来法庭作证，这不是你胡平所发的短信，录音的讲话内容都是假的呢？田莹莹也肯定证明不了被告所想象的不符合真实的内容。

2. 从被告提供的已付款项的数额上，可以清楚地看出，本案借款约定的月利率为3%。被告于2008年4月至8月，每月汇款给原告3万元利息，清楚地表明了100万元借款的月利率为3%，正好每个月为3万元。以后由于被告资金周转更为困难，经原告催讨后，支付部分利息，原告可以向法庭保证，被告10次汇款给原告的款项，除第一次30万元以外，其他的都是支付原告的利息，并不是偿还本金。

3. 从民间借贷的交易习惯和出借人的心理上分析，本案100万元是无息借款，不符合常理。民间借贷有很多潜规则，是借贷双方故意隐蔽了某些真实的情况，很多从事过民间借贷的人是知道的。譬如，出借高利贷，在借条上往往不写明利息，而实际履行中却在按约支付利息，这是由于高利贷这个行为，在我国经过多次的政治运动，相当广泛地被认为是不正当、不道德的剥削行当。本案原告把100万元出借给被告后，约定月利率为3%，借款期限为3个月，在借条上没有写明利息，这是符合借贷潜规则的。从事实上可以推断，王彩凤这样从事民间借贷的人，不可能会把100万元无息出借给胡平的。

其次，原告于2008年7月追回30万元债款，是行使自己债权的合法行为。

1. 原、被告各为30万元，一起出借的60万元借款，从法律性质上来讲，这是按份共有，也就是原、被告各自的数额为30万元，被告完全可以自己向债务人催讨实现自己的债权。

2. 从讨债的费用上，都是原告单独承受支出，被告并没有为此而支付讨债费用，原告讨回自己的份额，当然归原告享有。

3. 被告提供的所谓原告放弃了另外的30万元借款的证据，是不真实的。被告提供的证据，就是证人陆虎的证言，没有其他证据证实，无法与当时的在场人核对，只凭他带着明显的主观偏见所作的陈述，不能作为定案的证据。这份借给蓬山佳园房地产开发有限公司60万元的借条，现在仍然在被告手里，被告可以单独向债务人主张债权，原告在此向法庭表示，留下的30万元债权属于被告。

最后，被告主张已经还清了原告的100万元借款，无事实依据。在诉讼开始时，被告试图以2009年1月2日一份30万元汇款单，作为偿还本案100万元借款本金的其中30万元。该笔30万元汇款单是被告偿还原告另一笔借款，也就是他为了购买宝马车向原告所借的30万元。在事实面前，被告又提出他借给蓬山佳园房地产开发有限公司的30万元债权，要抵销他借原告的100万元借款。被告以上的所作所为，使我们从中可以认定，被告主张已经还清原告全部借款，既没有事实依据，也不符合法律规定的要求。

我的第一轮发言完毕，谢谢审判长、审判员。

杨忠："现在由被告或代理人发言。"

陈其："尊敬的审判长、审判员，江海港湾律师事务所接受被告胡平的委托，指派本人为本案的代理人，现就本案的事实认定及法律适用发表如下代理意见，敬请合议庭采纳。"

他看了一下坐在对面原告席上的王彩凤以及代理人钱益取，继续向法庭发表他的代理意见：

首先，本案100万元借款，并没有约定利息和偿还期限。

1. 由原告作为主要证据的借条，在借条明确写明是借款100万元，并没有写明利息以及计算利息的方法。如果双方约定有利息，那么同样要写明利率，借款期限，但却只有写明借款本金，这清楚地表明原、被告之间对这100万元是无息无期的借款。如果按照潜规则或所谓的出借人的心理可以推断本案是有息借款，那么，这份借条也是多余的了，原告没有证据，毫无凭据地向被告主张，要求偿付所谓的债款或利息。

2. 原告提供的录音和手机短信不能证明双方借款约定有利息，更不能证明月利率为3%的事实。田莹莹的录音是受原告预先设定的环境和意思表达的方式，在被告不知情的情况下，为田莹莹偷偷地录音所致。因为当时田莹莹的手机没有电，借胡平的手机发给王彩凤一个短信，在短信的最后有"莹莹"的签名。如果是胡平发给王彩凤，还要写上"莹莹"两个字吗？这正好反证田莹莹是受王彩凤的安排，有目的地把谈话、套话情况，反馈给王彩凤的事实。

3. 被告于2008年12月29日出借给顺帆船业有限公司的300万元借款也没有利息，这300万元包括了原告借给被告的100万元，当然也没有利息。由于顺帆船业有限公司未能归还被告的300万元借款，原告向被告催讨偿还本金，被告只能凭自己的能力，每个月偿还原告3万元，这不是支付约定利息，而是偿还原告的借款本金。

4. 从实际履行中可以判断，原、被告之间的100万元借贷是没有利息和借款期限的。原告在庭审中自称本案的借款期限为3个月，而恰好被告没有支付约定的前三个月所谓借款期限内的利息。可以试想，如果被告在这3个月借款期限内没有按约支付利息，原告会不催讨吗？这不符合通常的逻辑。

其次，被告借给蓬山佳园房地产开发有限公司30万元，已经由原告收回并擅自处分，应当与本案原、被告之间的债款抵销。

1. 2008 年 1 月，原告与被告各出资 30 万元，共同出借给蓬山佳园房地产开发有限公司 60 万元，虽然王彩凤与胡平自己明确各为 30 万元的份额，但是借条上写明债务人向王彩凤、胡平借款 60 万元，也就是合为一起了，且只有一份借条。被告认为，在实现债权中，不能单独行使债权，应当由两人共同行使债权。王彩凤即使单独行使债权，该债权也属于双方共有，并且应当合法地行使民事权利。

2. 原告王彩凤于 2008 年 7 月瞒着被告胡平，擅自委托他人向债务人蓬山佳园房地产开发有限公司的法定代表人何启德要回 30 万元，放弃其中 30 万元。原告放弃其中 30 万元是为了达到自己的利益，放弃被告的权利，这个事实是成立的，由陆虎的证言证实，而原告却不能提供反驳证据予以否定，应当采信被告提供的证据。由于原告的上述行为，导致被告的 30 万元债权不能实现，这个责任应当由原告承担。

3. 被告应得的 30 万元债权，可以抵销本案 100 万元债务中的其中 30 万元。按照我国《合同法》第 99 条 "当事人互负到期债务，该债务的标的物种类、品质相同的，任何一方可以将自己的债务与对方的债务抵销" 的规定，原、被告之间互负债务可以抵销。被告在法庭上已经明确表示，抵销本案的其中 30 万元借款，应当具有法律效力，且该效力应溯及双方债务可以相互抵销之时，也就是 2008 年 12 月 2 日原告借款给被告 100 万元之日。

最后，被告胡平已经还清了原告王彩凤的 100 万元借款。

我国《合同法》第 211 条规定："自然人之间的借款合同对支付利息没有约定或者约定不明确的，视为不支付利息。自然人之间的借款合同约定支付利息的，借款的利率不得违反国家有关限制借款利率的规定。"本案原、被告的 100 万元借款是无息借款，退一步讲，就算对利息约定不明的，也视为不支付利息。因此，被告支付给原告的款项，是偿还原告的本金，其中 70 万元通过汇款偿还，30 万元应当予以抵销。

原告以借条作为原、被告之间借贷关系存在的凭证没有法律依据。被告认为借据虽然是债权的凭证，但有证据证明本案的 100 万元借款已经全部还清，双方之间的借贷关系因此而消除。原告在刚才也陈述了向蓬山佳园房地

产开发有限公司收回债权后，借据并没有交还给债务人，难道还可以再凭这份借条向其主张数额为 60 万元的债权吗？显然是没有道理的。

我的第一轮辩论发言就到这里，谢谢审判长、审判员。

原、被告进行第一轮辩论后，又进行了简短而激烈的第二轮辩论。

审判长杨忠环顾了一下原、被告说道："原、被告如有新的辩论意见可以继续发表，但不要重复已经发表过的意见。"

钱益取："原告没有新的辩论意见。"

陈其："没有新的内容。"

杨忠宣布：法庭辩论结束，根据法律规定，现在由当事人作最后陈述，原告最后什么意见？

钱益取："请法庭支持原告的诉讼请求。"

杨忠："被告最后什么意见？"

陈其："驳回原告的诉讼请求。"

杨忠："按照我国《民事诉讼法》的规定，双方当事人可以进行调解。"然后他征询双方的意见："原、被告是否同意进行调解？"

钱益取向王彩凤低声地商量了几句，向法庭答道："原告同意调解，但要由法庭对基本事实进行简要认定后再调解。"

陈其："可以在法庭查明本案事实的基础上调解。"

杨忠："下面合议庭休庭对本案进行评议，评议时间大约需要 30 分钟，现在休庭。"敲响了法槌。

第十八章

分　歧

八十八

合议室里，审判长杨忠与审判员丁连斌、沈菊分别在椭圆形的小会议桌旁坐下，书记员张晓燕坐在电脑旁，已经做好了记录的准备。

杨忠作为主审法官并担任审判长，深知本案案情复杂，对查明案件事实、准确适用法律有难度。凭他的审判经验判断，本案双方当事人都在故意隐瞒某些对自己或对双方不利的事实。他镇定平静地看着丁连斌与沈菊说道："王彩凤与胡平民间借贷合同纠纷一案，经过法庭调查和法庭辩论，现在我们按照法律规定进行合议，请发表评议意见。"

八十九

丁连斌先发表意见："我先讲自己意见。本案的事实认定，首先要确认王彩凤借给胡平的 100 万元是否约定利息。我认为本案应认定为无息借款。主要理由是：第一，在借条上没有写明利息，也就是没有明确的约定依据，被告在借款后过了 3 个月，即从 2009 年 4 月 21 日连续 5 个月，每月支付原告 3 万元，原告以此推断被告以月利率 3% 计算利息，这更没有事实依据。第二，田莹莹的录音和胡平手机发给王彩凤的短信，不能证明原、被告借款明确约定利息的事实。从录音的内容上，似乎双方约定有利息，但胡平也提出了利息过高，总之，对约定的利息不是很明确。对于胡平手机发给王彩凤的信息，从短信的字义上分析，有利息的内容，但被告提出，这是由于田莹莹自己的手机没有电了，借胡平的手机发给王彩凤的短信，我对原告主张这个短信是胡平直接发给她的真实性表示质疑，因此，不能认定这个证据。第三，即使原、被告对本案的借款约定有利息，也是约定不明确的。根据我国《合同法》第 211 条规定："自然人之间的借款合同对支付利息没有约定或者约定不明确的，视为不支付利息。"本案原、被告是自然人之间的借款，应

当视为不支付利息。因此，原告主张有息借款，本人意见不予支持。"

他停顿了一下，目光与杨忠对视了一下，脑子里反映出下一个问题。杨忠点了点头，以示鼓励他发表意见，对他说道："继续发表你的意见。"

丁连斌喝了一口茶继续说道："2008 年 7 月，王彩凤委托陆虎、王阿三到沈阳，向蓬山佳园房地产开发有限公司法定代表人何启德讨债，由何启德把 30 万元现金存入王彩凤的银行账户，作为归还借款，该事实应当认定。王彩凤与胡平出借给蓬山佳园房地产开发有限公司的 60 万元债权，虽然他们各为 30 万元，但是借条只有一份，王彩凤瞒着胡平，单独行使实现债权 30 万元，这 30 万元不能归她自己，应当属于与胡平共有，即两人各为 15 万元。"

丁连斌稍作思考后继续评议："胡平提出，还有 30 万元被王彩凤擅自处分，其中包括何启德支付给那个八爷的 6 万元，在没有经过胡平同意的情况下，向何启德承诺，只要能归还 30 万元，另有 30 万元可以放弃，对这个事实，虽有陆虎的证言，但我认为这方面的证据不够充分，因此不能认定。胡平主张的这 30 万元被王彩凤擅自处分，要王彩凤承担责任，并抵销本案的借款，由于证据不足，要告知他可以另案起诉解决。我的处理意见是：胡平向王彩凤借款为 100 万元，已经通过银行汇款归还了 70 万元，尚欠 30 万元；王彩凤向蓬山佳园房地产开发有限公司要回的 30 万元，与胡平各享有 15 万元。胡平可以抵销王彩凤的其中 15 万元借款。这样胡平尚欠王彩凤借款本金 15 万元，应当判决归还。"

丁连斌讲完后，沈菊紧接着发表自己的评议意见："对本案的实体处理，我同意丁连斌的意见，即被告胡平归还原告王彩凤借款本金 15 万元。本案的 100 万元借款应认定为无息借款，理由丁连斌已经讲了，我不再重复。"

她拿着自己刚才准备的一份评议提纲看了一下继续说道："本案原、被告在诉讼中已经明确的民间借贷关系有三笔。第一笔，2008 年 1 月，王彩凤与胡平各出 30 万元，共同借给蓬山佳园房地产开发有限公司 60 万元。这 60 万元在难以归还的情况下，于 2008 年 7 月由王彩凤委托陆虎等人到沈阳催讨回 30 万元，催讨的过程胡平是不知道的，30 万元被王彩凤占有，这个事实是可以认定的。已经要回的 30 万元应当归胡平与王彩凤共有，各 15 万元。对尚未要回的 30 万元，也是王彩凤与胡平共有，胡平提出已经被王彩凤擅自处分，要由王彩凤承担责任，也就是对属于胡平的其中 15 万元因王彩凤擅自处分的原因造成不能实现，要由王彩凤来承担责任，我也认为胡平这个主张证据不足，不能与本案的 100 万元借款抵销，可以告知胡平另行起诉解决。双方在诉讼中提到的第二笔借款是 2008 年 12 月 2 日，胡平为了购买宝马轿车，向王彩凤借款 30 万元，这 30 万元是通过田莹莹的银行账户交付的，这个事实在庭审中被告已经承认，虽然也提出过田莹莹没有书面确认的依据等意见，但是他承认为购买宝马车，向王彩凤借款 30 万元的事实，并且也承认已经于 2009 年 1 月 2 日归还。第三笔借款就是 2008 年 12 月 21 日的 100 万元，原告提出该 100 万元借款约定的借款期限是 3 个月，月利率是 3%，被告从 2009 年 4 月开始支付利息。但正是所谓约定的 3 个月内却没有支付利息，这点不符合当时的情理，本案从事实和法律上，都应当认定为无息借贷。被告通过银行汇给原告的 100 万元，扣除 2009 年 1 月 2 日偿还原告的 30 万元借款，其余 70 万元，应认定为被告偿还本案 100 万元借款的本金。"

说到这里，她看了看杨忠与丁连斌，示意他们引起注意，继续说道："对 2008 年 7 月王彩凤委托陆虎等人讨债的行为性质，是合法还是非法，这关系到王彩凤已经向蓬山佳园房地产开发有限公司要回的 30 万元借款效力的问题，时间已经过去好几年了，从陆虎的证言上分析，那个所谓的八爷，王彩凤也没有否定，后来何启德因车祸死亡，他的妻子到现在还在怀疑是被他人所杀，并提出当时何启德身上可能带有几百万的现金等。虽然我们法院没有侦查权，但是我们在审理合同纠纷中，如果发现有犯罪线索的，要移送公安机关。从本案的情况看，谈不上发现明显的犯罪线索，这应该怎么处理为妥呀？"她说完望着杨忠，从眼神中期盼着能得到满意的答案。

杨忠对丁连斌说："连斌对这个问题谈谈看法。"

丁连斌答道："现在我们尚未发现本案有明显的有关犯罪线索的证据，只是何启德的家属有怀疑，不影响本案民间借贷事实的认定和处理。"

杨忠点了点头表示赞同并补充说："如果公安机关已经立案，正在侦查某个犯罪事实，我们在审理合同纠纷中，正好发现了这方面的证据，就应当把这个证据材料移送公安机关侦查。"丁连斌与沈菊点头以示赞同。

杨忠问丁连斌与沈菊："你们还有什么意见，可以继续讲。"

丁连斌与沈菊都表示暂时没有。

杨忠说道:"现在我发表本案的评议意见。首先我同意你们两位对原告王彩凤于2008年7月单独委托他人,向债务人蓬山佳园房地产开发有限公司法定代表人追回30万元的债权的处理意见。这30万元,已经由王彩凤占有,事实清楚,应当由王彩凤与胡平各得15万元,这15万元胡平提出要抵销欠王彩凤的债务,抵销的效力溯及双方债务可以相互抵销之时,也就是2008年12月21日原告借款给被告100万元之日,即抵销的是100万元借款本金的其中15万元。"

他看着沈菊继续说道:"我还要解释一下刚才沈菊提出的问题,就是王彩凤于2008年7月擅自委托他人到沈阳催讨借款的效力问题。这种委托关系以及陆虎等人受王彩凤的委托而行使讨债的行为,是否有效?还是效力待定?因为这件事情已经过去好几年了,有关事实现在很难查清。社会上委托他人催讨债款的行为很多,有个人也有法人,法律法规并没有明确规定禁止委托讨债的行为,因此不能认为是完全无效的行为。至于受托人在讨债过程中实施违法犯罪行为,如殴打、非法拘禁债务人等,这性质在法律上与委托讨债行为要区别对待。我个人对委托他人讨债的行为,特别是委托社会上那些无业人员讨债是持反对态度的。对于王彩凤为实现债权委托他人所付出的费用,现在有关事实也难以确认,可以与尚未实现的30万元债权,即与王彩凤、胡平尚未向蓬山佳园房地产开发有限公司要回的30万元债权一样,另行解决。"

对杨忠的一番评议,丁连斌与沈菊都点头表示赞同。丁连斌很高兴,他心想,对本案的处理,杨忠与他的意见是相同的,对王彩凤与胡平可以抵销各自债务15万元,杨忠已经赞同,那么对本案借款100万元利息问题的认定,就更为简单明了了。平时,丁连斌很佩服杨忠对案件证据认定的深入合理和符合客观事实的判断,他懂得,这需要法官心中有公正的信念,能够充分运用自己的法律知识和审判经验,对案件事实作出客观公正的判断。沈菊也正是这样的感想。

杨忠接着说道:"对于本案100万元借款的利息问题,我与两位有不同的意见。"杨忠的这个意见,使丁连斌与沈菊感到吃惊,因为这不在他们的意料之中。沈菊不自觉地说道:"对本案利息问题,《合同法》第211条规定是很明确的呀，对利息没有约定或者约定不明确的，视为不支付利息。本案的利息问题应当按这个法律条文处理。"沈菊望着杨忠，很想知道还有什么法律依据，可以否定她与丁连斌对本案利息问题的事实认定和处理意见。

九十

杨忠带着持重的神态继续说道："作为法官，对案件事实的认定，不能主观臆断，也不能被动等待现成的答案而束缚了为追求事实真相的决心和信念。要在遵循法律规定的前提下，依据良知和理性，对证据行使自由裁量权，从而形成法官的内心确信。最高人民法院《关于民事诉讼证据若干规定》第64条规定：'审判人员应当依照法定程序、全面、客观地审核证据，依据法律的规定，遵循法官职业道德，运用逻辑推理和日常生活经验，对证据有无证明力和证明力的大小独立进行判断，并公开判断的理由和结果。'这一规定，体现了法官自由心证的原则，要求法官用良知，结合自己掌握的法律、科学、社会知识和审判经验，判断证据的证明价值。"

他喝了一口茶继续说道："本案通过了法庭调查和辩论，我认为本案原、被告之间的100万元借贷是否约定利息，从以下几个方面分析：

第一，本案100万元是无息借款，不符合客观事实。原告王彩凤与被告胡平都从事民间资金借贷，王彩凤把100万元在没有约定借款期限的情况下，无息借款给胡平的可能性极小，双方都以利息收入作为营利的手段，他们之间的有息借款为正常交易，而无息借款为个别例外的情况。如果有例外的情况，可以推定双方在诉讼中都会说明这无息借款的原因和事实背景，如生活和经营中的资助，资金来源是无息的等，但在诉讼中被告没有提起这个情况。当然，真正的无息借款，并不一定需要说明其中的原因，但我们认定证据，就要考虑这方面的原因和事实背景。

第二，从本案原、被告所述的两笔借款中可以发现一个问题，或者可以称为案件事实漏洞。被告胡平为购买宝马车，于2008年12月2日向原告王彩凤借款30万元，胡平于2009年1月2日归还王彩凤，双方都承认借款月利率为 2%，一个月的利息为 6000 元，而王彩凤称她的借款通过田莹莹的银行账户汇给胡平，数额为 294000 元，另有 6000 元用现金交付给胡平，胡平在庭审中说没有收到这 6000 元现金。这里是否可以判断一个事实，就是王彩凤已经在借款之前收取了胡平一个月的利息，即 6000 元，实际交付给胡平的借款为 294000 元？另一笔，也就是本案的 100 万元，原告王彩凤称，这 100 万元借款的期限为 3 个月，月利率为 3%。胡平借款后并没有支付前 3 个月的利息，也就是在约定的 3 个月内没有支付利息。该 100 万元借款，王彩凤是否也在借款之前预先扣除了 3 个月的利息？在民间借贷中，把利息提前收取的方法，称为'抽上前'，我国法律和司法解释有明确规定，出借人预先在本金中扣除利息的，应当按实际出借的金额计算本金。对于提前收取利息，现在民间借贷中是个'潜规则'，借贷双方都知道用这种手段收取利息不合法，但是仍有很多的案例发生。在诉讼中，双方当事人都会隐瞒这样的事实。本案原告王彩凤不公开这个事实，被告胡平更不能承认，因为胡平主张本案是无息借款。对于原告是否已经提前收取了被告 100 万元借款的利息，由于没有证据证明，且双方当事人都没有提及此事，因而在法律上不能认定这一事实。

第三，本案原、被告为何没有以书面的形式明确约定利息？我认为，这里有双方对借款风险判断的失误和'潜规则'的认同。原告王彩凤借给被告胡平 100 万元，如果利率是 3%，借款期限是 3 个月，那么原告在借款前预先收取的利息为 9 万元，算是高利率了，且已经提前收取，自认为到了还款期限，一定能偿还借款本金 100 万元，因为当时王彩凤确信，顺帆船业有限公司实力强，该公司向胡平所借的 300 万元，一定能够得到偿还，胡平也一定能够偿还她的 100 万元。所以，这个已经收取的高利贷利息，王彩凤认为是不合法的，就没在借条中直接写明。胡平也认为，顺帆船业有限公司一定能够按约归还他 300 万元借款本息，并可以从中获利。后来由于顺帆创业有限公司停业，无力偿还借款，在原、被告的心中估计不会发生的事实，恰好发生了。他们原以为用'潜规则'可以实现各自的商业目的，后来却发生诉讼，需要在法庭上公开有关事实才能认定有关证据，又怕在法庭上公开'潜规则'，对双方都不利，所以仍然在隐瞒着对自己不利的客观事实。

　　第四，我们所说的客观事实，就是事实的本来面目，客观存在的事实。在民事诉讼中，客观事实如果没有证据证明，在法律程序上就不能认定，因为客观事实是不能再现于我们面前的，需要有证据证明才能认定其事实，得到法律上的认可。通过证据反映出来的事实，就是法律事实。但有些法律事实不一定是客观事实，也就是说有证据证明的事实，不一定是真实的。对本案借款利息的认定问题，原告提供的借条，并没有写明利息和利率的计算方法，在证据上可以认定，本案100万元借款没有约定利息的文字依据，这个法律事实可以得到认定。那么被告提供的证据，先后10次通过银行汇款给原告100万元，也没有写明是还本金或支付利息，扣除被告偿还原告另外的30万元借款外，其余70万元，如果是无息借款，可以认定为都是偿还本金。但我根据自己的审判经验，过去审理过的同类民间借贷纠纷案件，还有已经掌握的民间借贷交易习惯、规则等实际情况，确信本案原、被告的100万元借款是有利息的。除了我刚才讲的，从原、被告的主观上分析，即王彩凤与胡平都从事民间资金借贷，以获取利息为主要经营手段，以及借款的实际交付、商业目的判断失误和'潜规则'等因素，还有双方在借款发生后的行为中可以判断。也就是原告提供的证据，胡平与田莹莹的录音和手机短信，虽然不能直接明确地证实本案借款利息的全部事实，但印证了本案原、被告确实对100万元借款约定了利息。那么月利率是多少呢？原告主张是3%，原告为何不提出约定的月利率是2%或4%，而是3%，我判断原告提出双方约定的月利率3%是真实的。双方有月息3%的约定，在被告没有偿还本金的情况下，从2009年4月21日起至8月22日，连续每月汇款给原告3万元，这不像是偿还本金的方法，而是印证了月利率为3%的事实。我的意见：原、被告对本案的100万元借款约定的月利率为3%可以予以认定。"

　　杨忠看了看丁连斌与沈菊继续说道："我们在评议案件中，要坚持法律原则，畅所欲言，各抒己见。这是人民法院长期以来依法独立行使审判权的好传统。你们两位刚才提出的意见，很有法律见解，有不同的处理意见，这是很正常的。对民间借贷的利息的法律适用问题，我还想讲几句。《合同法》第211条规定：'自然人之间的借款合同对支付利息没有约定或者约定不明确的，视为不支付利息。'法律有明确规定，我们要执行。但我还是认为，这

个规定，对认定本案事实是有影响的。由于民间借贷利息的约定往往因很多原因而存在较大的随意性，有的当事人文化程度不高，在签订合同或者出具借条时，易产生歧义。要根据当事人之间约定所使用的词句、借款目的、交易习惯以及诚实信用原则，来确定当事人之间约定的真实意思，这是认定事实的关键。"

丁连斌与沈菊交换了一下眼色说道："杨老师的评议意见很有深度，但我认为，本案原、被告即使约定利息，也是约定不明的，法律已经明确规定，对公民个人之间的借贷没有约定利息或者约定不明的，视为不支付利息，我还是坚持本案借款为无息借贷的意见。"

沈菊说道："我也坚持与丁连斌相同的意见。"

九十一

杨忠对本案出现的分歧意见，从内心感到高兴，因为这个案件在证据的认定和适用法律上，值得探讨，也就是有分歧的意见，才能选择更符合法律和实际情理的要求。

他对合议庭评议作了如下总结："本案的事实认定和处理意见，合议庭有两种意见。我先讲我的意见，即少数人的意见：第一，原告王彩凤借给被告胡平 100 万元借款，扣除相互抵销的 15 万元，被告胡平应归还原告王彩凤借款本金 85 万元。第二，认定原、被告 100 万元借贷关系约定月利率为 3％。"

杨忠停了一下对丁连斌与沈菊说道："被告应支付原告 85 万元借款的月利率 3％过高，应当按人民银行规定的同期同类流动资金贷款基准利率的四倍计算利息，约为 2％，现在就按 2％计算，而以本金 100 万元，月利率 3％计息，胡平明显已经多支付了利息，这不是胡平的真实意思表示。我们把被告多支付原告的利息，可以抵作本金的账来一起算一下。"

他拿过一张纸，立了个表格予以说明，列出了本案被告于 2009 年 4 月 21 日开始，先后 9 次汇款给原告共 70 万元，每次汇款时间、金额、应支付的利息、日期，多付的利息等内容，并在卷宗中抽出被告胡平提供的证据《胡平归还王彩凤 100 万元借款明细账单》予以对比。丁连斌与沈菊也一起计算，在表格上清楚地反映了具体的账目。

杨忠看着表格说道："从这份表上可以清楚地看出，按本金 85 万元，月利率 2% 计算。从 2008 年 12 月 21 日至 2011 年 1 月 18 日，被告胡平已经汇款给原告王彩凤 60 万元，按 2% 计算，应支付的利息约为 40 万元，还有 20 万元，应当按支付的日期分别抵销本金。85 万元本金减去 20 万元，被告尚欠原告的本金为 65 万元。2011 年 1 月 19 日后，以本金 65 万元，月利率 2% 计算，被告每月应支付原告的利息为 1.3 万元，至 2014 年 1 月 9 日，正好是 36 个月差 20 天，被告胡平应支付原告王彩凤的利息约为 46 万元，扣除胡平分别于 2013 年 8 月 20 日汇款给王彩凤 5 万元、2013 年 11 月 2 日汇款 5 万元。截至目前，胡平应支付王彩凤的利息为 36 万元。"

杨忠用眼光与丁连斌与沈菊对视一下，丁连斌点了点头，表示已经明白杨忠的计算方法和结果。沈菊说道："杨老师的这个计算方法，对我们以后审理其他案件有参考作用。"

杨忠继续说道："我的处理意见：（1）被告胡平偿还原告王彩凤借款本金 65 万元，并支付利息，按月利率 2% 计算，其中 2014 年 1 月 9 日前应支付的利息为 36 万元，剩余直至计算到本金付清之日止；（2）驳回原告王彩凤的其他诉讼请求。

第二种意见是你们的处理意见，也是多数人的意见：（1）被告胡平偿还原告王彩凤借款本金 15 万元；（2）驳回原告王彩凤的其他诉讼请求。"

丁连斌对杨忠说道："本案合议意见有分歧，而且审判长的意见为少数人的意见，是否报审判委员会讨论决定后再判决？"

杨忠点着头说道："现在马上向庭长汇报一下，我的意见是，要在法庭上当庭认定证据，并将合议庭的两种不同认证意见在法庭上公开，按法律规定的程序，当庭宣告判决。"

沈菊已经拨通了杜蕾庭长的电话，她把手机交给杨忠。

杨忠把合议庭对本案有两种不同的处理意见，简单地向杜蕾做了汇报。

杜蕾正与董世明一起在接待室里与个别人大代表交谈，听取人民代表

对民间借贷问题的看法。一些人民代表通过旁听后认为，通过法庭审理，能够把民间借贷中隐蔽的部分事实予以公开，像王彩凤与胡平这样的人，没有利息出借资金是不可能的。而杜蕾则认为本案的事实和适用法律很清楚，应当根据《合同法》第211条规定，以无息借款处理。正在这时，她接到了杨忠的电话汇报，一时并没有表态，而是把电话交给在旁的董世明院长接听。

董世明听了杨忠简短的汇报后在电话中说道："要公开合议庭对案件事实证据两种不同的认证意见，在公开认证后再进行调解，如果双方不能达成调解协议，再按照法律程序予以判决。"他想挂了电话，贴在耳边的手机已经移向胸前，又想到了一句话，对杨忠说道："我相信，这个案件通过你们的努力，能够得到调解结案，因为在庭审中已经把握了双方当事人关键的问题。"说完他挂了电话。

九十二

在合议庭休庭评议期间，原、被告及其代理人都退庭到了庭外，胡平的代理人陈其与王彩凤的代理人钱益取在走廊相遇，陈其与钱益取打招呼："钱律师您好!"并上前与之握手。钱益取也笑着说道："陈律师好，久闻大名! 今天与你在法庭上交锋，真正感到后生可畏呀!"两个人握了握手。

陈其直冲正题说道："钱律师客气了，今天开庭我觉得效果很好，有的事实你我都心知肚明，只是都没敢当庭予以公开说明，但审判长在法庭调查中却切中要害，我很佩服。"钱益取点着头说道："我也有同感。"两人边走边谈。

陈其说道："本案我们是否可以协商调解解决?"

钱益取斜着眼与陈其的眼光碰了一下答道："当然可以! 但条件是一定要有利息，适当的降低利率是可以的，但不能超过规定的银行贷款利率四倍。"

陈其说道："对利率的高低问题，由王彩凤与胡平自己谈，你的意思利息一定要付，我已经明白了。还有就是王彩凤与胡平共同出借的 60 万元的处理，要给胡平予以抵销，抵销的具体数额可以协商。"

钱益取说道："对这 30 万元的抵销问题，王彩凤可能不会接受，我可以去做这个工作，还要看法庭对这个事实是怎么认定的。"

陈其说："时间很紧，我们各自要对当事人做法律上的引导，在法庭的主持下，促进双方达成协议。我认为有的事实，在调解中可以由我们双方坦诚地予以公布。"

钱益取点了点头说道："我明白你的意思，我们抓紧时间，你去做胡平工作，我去做王彩凤的工作。你说要公布有关事实，是否是我们双方都没有提出的，原告提前收取利息等事实？那就等于承认双方约定了利息，作为代理人，你敢公布吗？还是等法庭对本案证据认证后，再提出调解方案。"

陈其本来想促进钱益取对他作出妥协，想不到反而遭到他的有力回击。他认为不管怎样，钱益取也想在法庭上调解解决纠纷，这个动机应该与自己是一致的。因此他没有再说什么，与钱益取挥了挥手示意道别。

王彩凤想在休庭期间问钱益取一些问题，可一转眼钱益取却离开了。她认为约定的利息确实过高，可以降低，与胡平协商解决，但胡平对利息根本不予承认。她还担心，这 100 万元借款的 3 个月利息共 9 万元，是在 2008 年 12 月 21 日借款之日已经提前收取，还有 2008 年 12 月 2 日胡平向她借的 30 万元购车款，也是提前收取了 1 个月的利息 6000 元。虽然胡平在法庭上没有明确地提出这个事实，但法庭是否会查清呢？如果真的查清了或者胡平直接向法庭讲了实情，那又会怎么处理呢？她要尽快向钱益取问个明白。

王彩凤走出法庭，在走廊上正好遇到了钱益取。他们在走廊的一条长凳上坐下，商量着怎么与胡平调解谈判的事宜。

30 分钟后，在法庭内传出了书记员的清脆的声音："法庭将继续开庭，请大家坐好，原告及诉讼代理人、被告及诉讼代理人入庭就坐。"

本章附：

胡平汇款王彩凤 100 万元扣减表

日期	所欠本金	应支付利息按月利率2%计	实际汇款	多余数额抵本金
2008. 12. 21	100 万元	0	0	可抵销债务 15 万元
2009. 8. 23	85 万元	13.6 万元	15 万元	1.4 万元
2010. 7. 30	83.6 万元	18.4 万元	30 万元	11.6 万元
2011. 1. 18	72 万元	8 万元	15 万元	7 万元
2014. 1. 9	65 万元	30 万元	10 万元	
合计		70 万元	70 万元	20 万元

（注：其中 2009 年 1 月 2 日被告汇给原告的 30 万元，偿还另一笔借款。表中共计 70 万元）

第十九章

协议达成后的真相

九十三

原、被告以及代理人，旁听人员都已在法庭上就坐。合议庭人员在审判台上入座后，审判长杨忠敲响了法槌宣布："现在继续开庭。"他扫视了原、被告席和旁听席，继续说道："本案经过了法庭调查和法庭辩论，合议庭在认真听取双方当事人及其代理人就本案事实、证据和适用法律等方面的意见后，进行了认真的评议。在评议中依据法律规定，运用经验法则、逻辑规则，以法官职业道德、良知和理性，对本案证据和事实作出判断认定。"说到这里，他稍作停顿，此刻，法庭上鸦雀无声，双方当事人及其诉讼代理人、法庭旁听人员都在集中注意力，听着对案件证据和事实的认定。

九十四

杨忠对本案证据和事实作出认定：

"一、被告胡平于 2008 年 12 月 21 日向原告王彩凤借款 100 万元，由原告提供的借条及银行汇款单予以证明，双方对这个证据无异议，法庭予以认定。

二、被告胡平提供的 2008 年 1 月 2 日汇款给原告王彩凤的 30 万元银行汇款凭证，并经证人陆虎的证言，2008 年 7 月由蓬山佳园房地产开发有限公司的法定代表人沈启德在沈阳 S 银行存入王彩凤账户的 30 万元等证据，印证了原、被告于 2008 年 1 月各出资 30 万元，出借给蓬山佳园房地产开发有限公司 60 万元，后由于该公司法定代表人外出躲避债务等原因，王彩凤于 2008 年 7 月擅自委托陆虎、王阿三到沈阳追讨，向何启德讨回 30 万元。王彩凤占有该 30 万元并没有告知胡平。以上事实和证据，法庭予以认定。被告胡平在诉讼中主张，原告王彩凤到沈阳追回的 30 万元，是原、被告共有债权，应当各为 15 万元，这 15 万元可以与原告的借款相互抵销。被告胡平的这一主张，符合法律的规定，法庭予以支持。胡平提出，另有尚未追回的 30 万元，王彩凤在没有经过其同意的情况下，擅自放弃，对这个事实，虽有陆虎的证言，但没有其他证据佐证，证据不够充分，合议庭经评议认为不予认定。

三、被告胡平于 2008 年 12 月 2 日向原告王彩凤借款 30 万元用于购买宝马车，王彩凤通过田莹莹的银行账户汇给胡平 294000 元。胡平于 2009 年 1 月 2 日汇款给王彩凤 30 万元予以偿还，这笔 30 万元借款本息已经结清，双方并无异议，合议庭予以认定。

四、本案 100 万元借款的利息争议。合议庭经评议后有两种不同的意见，现在当庭予以说明。

第一种处理意见认为，本案是无息借款。主要理由是：（1）这 100 万元借款，在借条上没有写明利息，也就是没有明确的书面约定依据，被告在借款后过了三个月没有支付利息。2009 年 4 月 21 日后被告连续 5 个月，每月汇款给原告 3 万元，原告以此推断被告以月利率 3% 计算利息，理由不足。（2）田莹莹的录音和胡平手机发给王彩凤的短信，不能证明原、被告借款明确约定利息的事实。2013 年 12 月 7 日胡平与田莹莹的谈话录音中，虽然讲到有利息的内容，但不能明确利率及计算方法等，由于从胡平的手机发给王彩凤的那个短信中，最后的落款是"莹莹"，因此胡平在 2013 年 12 月 7 日发短信给王彩凤的真实性也不予认定。（3）即使原、被告对本案的借款约定有利息，也是约定不明确的。根据我国《合同法》第 211 条规定：'自然人之间的借款合同对支付利息没有约定或者约定不明确的，视为不支付利息。'本案原、被告是自然人之间的借款，应当视为不支付利息。

第二种处理意见认为，本案原、被告借款有约定的利息，月利率为 3%。主要理由是：（1）原告王彩凤与被告胡平当时都从事民间借贷，王彩凤把 100 万元在没有约定借款期限的情况下，无息借款给胡平的可能性极小，双方都以利息收入作为营利的手段，他们之间的有息借款为正常交易。（2）本案原、被告虽然没有以书面的形式明确约定利息，但原告提供的录音和短信中，都能够证明双方有利息的约定，由此可以判断，双方有月息 3% 的约定，才能发生在被告没有偿还本金的情况下，从 2009 年 4 月 21 日起至 8 月 22

日，连续每月汇款给原告 3 万元，这不是偿还本金的方法，而是印证了月利率为 3% 的事实。因此，原、被告对本案的 100 万元借款约定的月利率为 3% 可以予以认定。（3）由于民间借贷利息的约定往往有很多原因，存在隐蔽性和所谓的'潜规则'，在签订合同或者出具借条时产生歧义的现象较多。对此，要根据当事人之间的借款目的、交易习惯以及诚实信用原则，来确定当事人之间约定的真实意思表示。"

九十五

杨忠说到这里停顿了一下，环视了一下原告席和被告席。

原告王彩凤听了刚才审判长杨忠对案件事实的认定，心如翻江倒海，她首先想到的是，本案 100 万元借款的前三个月利息提前收取的事实可能法官已经知道了，因为这事是掩盖在她心中的空虚环节，不但本案的 100 万元借款提前收取利息，还有其他很多出借的资金，有的已经收回，有的尚未收回，也是提前收取利息的。此外，对本案利息的认定存有两种不同的意见，最后的处理结果会是怎样呢？坐在王彩凤旁边的钱益取律师看了对面被告席的胡平和陈其一眼，再看了一下坐在旁边的王彩凤，他想到的是，对王彩凤提前收取利息的事情，胡平肯定不会在法庭上说出事实真相，如果说出事实真相，就是承认本案的借款明确约定了利息；双方都不提这个事实，法庭由于没有这方面的证据，对这个事实也不能认定，法官虽然心中明白，但不能在法庭上认定这个事实。钱益取担心的是对本案借款利息的认定问题，根据本案的情况，他认为法庭很难认定本案借款有利息，《合同法》第 211 条明确规定，个人之间的借款合同对支付利息没有约定或者约定不明确的，视为不支付利息。本案要是由他钱益取来认定，也应该是无息的民间借贷了。

被告席上的胡平也感到有压力，他想不到法庭对本案事实会有两种不同认定意见，是否按有息借款认定很难说。如果本案按有息借款认定，那么王彩凤提前收取他利息的事情也应该向法庭说清楚，但是如果现在说了，那等于自己承认有约定的利息。他也看了一眼原告席上的王彩凤，两个不安的眼

神对视了一下，立即移开了。被告代理人陈其律师也与原告代理人钱益取对视了一下，他明白，合议庭对本案借款利息的事实认定存有两种意见，都有一定的道理，按事实而言，本案借款确实约定了利息，无息借款这个理由是虚假的，但有法律依据，可以认定为无息借款，但认定为有息借款，理由也很充足，而且符合客观事实的认证。他佩服合议庭认定本案有息借款的法官，认为这是凭审判经验、凭着法官的良知和心中对客观事实的确信所作出的结论，他推测这可能就是审判长杨忠所作出的认定结论。他现在想到了调解解决本案的途径。

在旁听席上，旁听人员也在私下里议论着，发出轻轻的噪杂声。

九十六

杨忠放慢语调，征求原、被告的意见说道："按照法律规定，原、被告在法庭上可以进行调解，现在双方是否进行调解？"

原告代理人钱益取与王彩凤交换了一下眼色，王彩凤点头表示同意在法庭上进行调解。钱益取说道："原告愿意在法庭上进行调解。"

被告代理人陈其接着说道："被告愿意调解。"

杨忠："双方当事人都愿意在法庭上进行调解，现在你们可以自行提出解决纠纷的调解方案。"

钱益取："刚才法庭认定，原告王彩凤借给被告胡平的100万元，抵销15万元，尚有本金85万元。对利息问题，原告同意降低，可以按月利率2%计算，从2008年12月21日至2013年12月21日，按本金85万元计算，被告应支付的利息为102万元，被告已经支付利息70万元，尚欠利息30多万元。我的意见，胡平今天偿还原告的85万元本金，再付15万元利息，共偿还王彩凤借款本息100万元。"钱益取的一番话，使在旁的王彩凤刚才不安的心情得到了缓解，脸上露出笑容，她点了点头，对钱律师提出的调解意见表示赞同。

被告代理人陈其立即提出意见："对原告代理人提出的调解意见，被告不能接受。既然是调解，被告同意本金按 85 万元计算，但是利息不能按 2% 计算。由于双方没有约定利息，可以按银行贷款的基准利率计算，月利率约为 0.6%，本金 85 万元每月的利息 5100 元，即使从 2008 年 12 月 21 日起算，至 2013 年 12 月 21 日也只有 30.06 万元，被告已经归还原告 70 万元借款，尚有 39.4 万元可以抵作本金。"

这时，在被告席的胡平看着对面的王彩凤说道："对我的情况王彩凤也是知道的，出借给顺帆船业有限公司的 300 万元本息现在无法收回，我的资金周转有点难度，现在有法庭为我们主持调解，我们都要有解决问题的诚意。"

王彩凤这时的表情稍微放松了些，她笑着对胡平说道："是呀，我们都要有解决问题的诚意。"她看了一眼坐在旁边的钱益取继续说道："刚才钱律师提出的调解方案，可以协商，我表示可以作出适当的让步。"

对王彩凤的表态，被告代理人陈其认为这是解决纠纷的真实表示，现在双方应当立即拉近距离，缩小分歧，他作为被告的代理人，要为被告把握的问题是，应扣除胡平已经提前多支付给王彩凤的多余利息，还应扣除法庭尚未认定的由王彩凤提前收取的 9 万元利息。他与胡平轻声地交谈了一下，就向法庭提出意见："尊敬的审判长、审判员，被告代理人认为，被告应偿还原告的本金在 50 万元左右，利息问题由双方再协商。"

杨忠作为审判长，立即明白被告代理人陈其律师的表态，这就是被告同意偿还原告本金的数额在 50 万元左右，利息问题再由双方协商。

原告代理人钱益取律师也明白了陈其律师提出偿还本金 50 万元左右的其中原因，就是要减去王彩凤提前收取胡平 9 万元的利息以及已经支付的 70 万元利息中，超出本金 85 万元的利息部分。他与坐在旁边的王彩凤一起，简单地计算了一下本案借款本息的账目。

杨忠认为，在双方都有调解诚意这个关节点上，主持调解的法官应当发表相关的意见，以平衡分歧，促进双方达成协议。他说道："我还要再强调一下，原告王彩凤提出本案 100 万元借款的期限为 3 个月，月利率为 3%。胡平借款后并没有支付前 3 个月的利息，也就是在约定的 3 个月内没有支付利息，这里面的事实问题，是否还有双方都未提及或不想提及的空当，请双方当事人为此再考虑一下。法庭可以提出调解方案供当事人协商时参考，但现在双方仍有很大的差距。刚才你们都表示有解决纠纷的诚意，应该如实地按照法律规定来说明事实，解决问题，尽量缩短这个差距。"

审判长杨忠的话再次触动了原告王彩凤的心，她认为杨忠已经知道了这100万元借款前三个月9万元的利息，已经提前向胡平收取的事实。她对准话筒向法庭表示："尊敬的审判长，我认为双方都要讲法律，凭良心。我知道胡平有困难，但是双方有账算账，我初步算了一下。"她把眼光投向胡平说道："胡平，提出偿还我的借款本金50万元，是否妥当？这借款已经过去整整5年了，你付的70万元利息无论如何也不够的。利息是否可以按照2分利，也就是月利按2%计算，我们今天就在法庭上解决问题吧。"

胡平的脸上也露出了友好的笑容，他懂得王彩凤提出月利率2%计算的真正意思，就是在她以后的民间借贷活动中，要有收取利息的合法依据，如果在今天这个影响这么大的场合下，连2%的利息也不能算，就有可能影响以后有更多的借款利息收入。他对王彩凤说道："可以考虑你提出的意见，月利率按2%计算，但我提前支付的利息本金按100万元计算，并且高于2%的部分，应当抵作本金，我们毕竟共同友好合作过，今后仍然需要友好合作并解决问题。现在是否请法庭为我们定个调解方案？"

杨忠说道："在调解中，双方当事人可以自己协商，法庭也可以提出调解方案供当事人协商时参考。现在双方当事人经协商，已经基本达成协议，也就是利息按2%计算，胡平过去多支付的利息，扣减本金，这个数额，双方可以再予以计算和协商。"

九十七

一名值庭法警走向审判席，把一封信递交给审判长杨忠后转身离开了。

杨忠立即从信封中抽出信纸看了一眼，是证人田莹莹写给法庭的信，信封上写着："蓬山县人民检察院杨忠审判长收"，在信封上写着杜蕾庭长的几个字："当庭宣读一下！"杨忠一看就知道，这封信是刚刚收到的，已经交给杜蕾庭长看过了。他把这封信交给旁边的丁连斌说："已经是迟到的证据，现在把这封信当庭来念一下如何？这封信的内容与现在调解的内容是相吻合的。"丁连斌看了一下点点头表示赞成，再递给沈菊说道："请沈菊当庭宣读一下。"

丁连斌与沈菊快速地看了田莹莹的信，信中写的内容，与杨忠判断认定的案件事实基本相同，而他们对证据的认定意见，与事实相差很远。他们对杨忠的办案经验和能力更加心悦诚服，也为他们对案件事实的认定和判断提供亲身经历的案例。

杨忠宣布："现在法庭刚收到证人田莹莹寄来的一封信，由审判员当庭来宣读一下。"

原、被告及其代理人，还有旁听人员都注视着审判席，急着想听听田莹莹信中的内容。沈菊宣读田莹莹的信，内容如下：

尊敬的杨忠审判长、合议庭法官：

我叫田莹莹，是N银行蓬山支行的职员，前段时间王彩凤阿姨因100万元借款与胡平打官司，要我到法庭作证，我感到很为难，因为王彩凤阿姨对我的关心培养和信任使我感恩不尽，而我对胡平也有着难以割舍的情感。当时，我很自负地答应阿姨，由我与胡平先谈，如果双方能够协商解决，就不需要打官司了。但事实并非我想的那么简单，双方存有很大的差异，不能协商解决问题，后来我曾答应为王彩凤阿姨到法庭作证的要求，但她与胡平之间为了利益上的争端，针锋相对，互不相让，使我感到很苦恼。我对以前做过一些为了小利而身不由己的事感到懊悔，怕到法庭上乱了方寸而讲不清楚，因此还是写信给法庭。

我以下所写的情况都是事实，以我的良心保证，也是我对王彩凤阿姨和胡平负责所应该做的。如有虚假，愿承担法律责任。

2008年12月2日胡平为购买宝马轿车，向阿姨借款30万元，当时，我作为胡平的女友，曾干涉过他，不要借款买车，但是他已经与阿姨协商好，阿姨把30万元通过我的银行账户汇给胡平，实际汇款294000元，扣了6000元作为提前收取一个月的利息。2009年1月2日，胡平汇款给阿姨30万元偿还了这笔借款。

2008 年 12 月 21 日，胡平向阿姨借款 100 万元，在借条上并没有写明利息，但是实际上双方口头约定月利率是 3%，借款期限为 3 个月，前三个月的利息 9 万元，是胡平用现金交给阿姨的，当时胡平一定要给我 1 万元的佣金，也是用现金给我的，胡平实际到手的是 90 万元。因为胡平借给顺帆船业有限公司 300 万元，就包括了这笔 100 万元，利息要高于 3%。后来由于顺帆船业有限公司不能偿还胡平的 300 万元本息，我与阿姨向他催讨后，每月支付阿姨 3 万元的利息，到 2009 年 9 月，他没有按时支付利息，我和阿姨向他催讨了不知多少次，他也支付过几笔，数额较大。不过胡平向阿姨和我多次提出过月利率 3% 太高，应予以降低的要求。

2013 年 12 月 7 日晚，我与胡平在枫兰港湾城交谈，是我事先带好录音笔进行录音的，尽管胡平对借款的利息问题表述得不是很清楚，但我觉得很对不起胡平，因为这是瞒着他录音的。还有，由于当时我的手机没有电了，借用胡平的手机，向阿姨发了条信息，这条信息的内容是我向阿姨说的，胡平并不知道。事前，我自信地认为阿姨与胡平能够协商解决问题，对自己偷偷录音的行为，带着侥幸的心理，总以为待双方协商解决后，都不会提及此事的，这样既可以完成阿姨交给我的任务，胡平也不会知道。现在此事不但胡平知道，而且全部暴露在法庭上了，我请求阿姨与胡平能原谅由于我的原因所造成的过失。

前几天我去海南旅游，自己思考了很久，认为一定要写信给法庭，如实地把我所知道的情况告知法官。

田莹莹

2014 年 1 月 7 日晚于浙江丽水

沈菊宣读完田莹莹的信，旁听席的安静气氛立即变得活跃起来，还发出了一些轻声私下评论的声音。

审判长杨忠以宽松的口气问双方当事人："刚才原、被告已经基本达成了调解协议，双方对田莹莹信中所述的内容有什么意见？我相信一定能促进双方形成统一认识。"

原告王彩凤认真地听了田莹莹写给法庭的信，心里感到内疚，认为田莹莹这个年轻的姑娘敢于直面事实，把事情的本来面目全部向法庭陈述，是有勇气的。同时也认识到，在民事诉讼中要查清有争议的案件事实是多么的不容易，要是双方在法庭上都能实事求是地把事情讲清楚，就会很简单，可是她和胡平，在各自利益的驱动下，竟编造了一些对自己有利的法律事实，并掩盖了一些对自己不利的事实，双方的律师为寻求事实和法律上的理由，在法庭上也针锋相对。她从内心感谢法庭能在程序上给双方平等的诉辩机会，更佩服审判长对案件事实和证据的分析认定，她感到法律公平正义的暖流正在驱散着冬季的寒冷。

九十八

王彩凤思考了一会儿说道："尊敬的法庭，田莹莹信中的内容都是真实的，刚才胡平与我基本已经形成一致意见，现在请胡平先提出具体的还款数额和还款时间吧。"

胡平也正在为田莹莹在信中的言辞所感动，他认识到田莹莹并没有故意给他设圈套，而且还对他存有较浓厚的情感，他对自己内心曾错误地谴责田莹莹而感到愧疚。他向法庭说道："尊敬的审判长、审判员，田莹莹信中所述的内容都是真实的，我可以接受调解，按照刚才双方基本达成一致的计算方法，确定具体的借款本息数额与归还期限，我的代理人陈其律师已经对此作了计算，可以由陈律师与原告协商。"

陈其接过话题说道："我们双方都应该以事实和法律作为解决纠纷的依据，我计算了一下本案借款本息：（1）胡平于 2008 年 12 月 21 日向王彩凤借款 100 万元，扣除应当抵销的 15 万元债权，还要扣除在借款之日提前收取的利息 9 万元，共 24 万元，尚有本金 76 万元，按照月利率 2% 计算。（2）胡平已经支付的利息是 70 万元，其中从 2009 年 8 月至 2011 年 1 月，按 2% 的月息计算，胡平应支付王彩凤的利息约 33 万元，而胡平在这段时间里实际支付给王彩凤的利息是 60 万元。这可能是胡平按照本金 100 万元，月利率 3% 计算而造成多付利息，也有可能胡平既有支付利息也有偿还本金，只是双方没有明确表示过而已。现在双方已经明确按 2% 的月息计算，胡平在这段时间先后多支付王彩凤的利息是 27 万元，应当扣减本金，本金 76 万元减掉 27 万元，尚约有 50 万元。（3）2011 年 1 月以后，以本金 50 万元月利率 2% 计算，至今共 36 个月，胡平应支付王彩凤的利息为 36 万元，已经支付 10 万元，尚欠利息 26 万元。我的意见是：胡平偿还王彩凤借款本金 50 万元并支付利息，按月利率 2% 计算，其中至 2014 年 1 月 9 日止的利息 26 万元，以后按 2% 计算到本金付清之日止。原告王彩凤有什么不同的意见可以再协商。"

王彩凤与坐在旁边的钱益取律师低声地商量了一下，由钱益取回答道："原告同意被告代理人提出的调解意见，本代理人的意见是立即付清上述本息。"

审判长杨忠望着被告席上的胡平，又看了看原告席上的王彩凤说道："双方已经达成一致意见，现在确定一下履行期限。"

胡平接着说道："刚才原告代理人提出要我立即付清这笔借款本息，确实困难。"他思索了一下，望着王彩凤，还是以原来的称呼说道："王阿姨，你是知道的，顺帆船业有限公司没有归还我的 300 万元本息，我自己的资金周转已经很紧张，但我一定会偿还你的借款，偿还日期要延长一点，请你考虑一下偿还的方法。"

胡平说这个话的意思，王彩凤已经很明白，胡平对 2% 的月息是认账的，主要是考虑王彩凤还有其他数额更多的出借资金的利息问题。但是由于胡平现在没有收回顺帆船业有限公司的 300 万元借款，因此，利息的实际支付要给予考虑，王彩凤从心里佩服胡平这个年轻人的踏实而灵活的处事风格。

王彩凤笑着对胡平说道："胡平呀，你的困难我是知道的，对利息问题我会考虑的。你看这样好不好，你在本月底先把 50 万元本金归还给我，对于 26 万元利息，你先支付 10 万元，其余的 16 万元利息，等半年后再支付给我。"

胡平点了点头说道："好的，我同意！"

九十九

审判席上，审判长和审判员相互点了点头，表示同意。审判长杨忠说道：

"本案在审理过程中，经本院主持调解，双方当事人自愿达成如下协议：被告胡平偿还原告王彩凤借款本金 50 万元，并支付利息（按月利率 2% 计算，算至 2014 年 1 月 9 日，利息共 26 万元），本息合计 76 万元，定于 2014 年 1 月 9 日支付本金 50 万元，利息 10 万元，尚有利息 16 万元，定于 2014 年 7 月 10 日前付清。"他停顿了一下问道："原、被告对此协议还有什么意见？"

王彩凤面对法庭说道："感谢法庭为我们公平地调解解决了纠纷，我没有其他意见。"

胡平说道："我对协议没有其他的补充意见，衷心感谢法庭依法办案，主持公道。原谅我由于不遵守法律规范对法官和司法机关所带来的麻烦。通过这次庭审，使我认识到，在商务活动中，一定要遵守法律规范，不能以有悖法律精神的'潜规则'从事商务交易，这是靠不住的，要依靠法律规范引导商务活动。如果发生商务纠纷和争端，要以真实的交易凭证和其他真实的材料为依据，由法律专业人士，律师等进行事前事后的分析评估，使商务活动和规则融于法律规范中。"

审判长杨忠说道："本案原、被告达成的协议内容，符合有关法律规定，本院予以确认。调解书经双方当事人签收后，即具有法律效力。"

然后宣布："双方当事人及其诉讼代理人，应当阅看核对庭审笔录。如认为对自己的陈述记录有遗漏或者差错的，有权申请补正。蓬山县人民法院商务审判庭对原告王彩凤与被告胡平民间借贷纠纷一案的法庭审理结束，现在闭庭。"敲响了法槌。

审判长和审判员先退庭后，原告代理人钱益取律师和被告代理人陈其律师走在一起，热情地握手。王彩凤含着激动的泪水，望着胡平。胡平走到王彩凤面前，原、被告之间相互握手、问候。

旁听席上，很多旁听人员看到这个情景，为原、被告能在法庭上达成协议相互握手而热烈鼓掌。

第二十章

聚焦轨迹

一百

　　开庭结束后，方怡在蓬山县法院办公室副主任方小玲的陪同下与相关人员访谈后，到了董世明院长的办公室。董世明让她们一起在沙发上入座，茶几中摆放着一盆橘子，他拿起一个交给方怡说道："先品尝一下蓬山的特产，这橘子的名字特好听，称为'红美人'。"方怡从董世明手里接过橘子，剥开闻了闻，品尝了一口，点头赞扬说："香甜鲜美呀。"

　　方小玲已经为方怡泡好茶，又在董世明的茶杯上续了水，捧到了茶几上，招呼道："董院长，方总，我去自己办公室处理一点事务。"董世明说道："你去忙吧。"方小玲与方怡相互挥了挥手，退了出去。

　　方怡对董世明说道："我已经订好了明天回程的机票，刚才杨忠给我打电话，晚上邀请我到他家里吃晚饭呐。"

　　董世明说："是呀！他刚才也打来电话给我，邀请我全家到她家吃晚饭，主要是请你，我是沾了你的光。噢，你对他上午审理的那个案件有什么评价？"

　　方怡对董世明说道："谈不上评价，只是有点感想。上午的庭审旁听，使我更加了解民间借贷的一些'潜规则'。譬如在借款前先收取约定的高利贷利息，在借条上就不要写明利息了，提前收取的利息往往是用现金支付的。这些所谓的'潜规则'，是没有明文规定，上不了台面的私下交易，有的甚至是法律所禁止的行为，很多人仍然心知肚明地在做。这对法院审理民事案件，查明事实真相带来了困难。"

　　董世明略有沉思地说道："'潜规则'不但在民间借贷中存在，甚至可以渗透到社会的各个领域。如演艺界桃色绯闻'潜规则'，还有医生收受红包的'潜规则'等。相对于显规则和法律规范的公开性，'潜规则'的特点是不公开、不透明、具有隐蔽性。但'潜规则'的内容却使行为人很明白，而且还要心照不宣地去做，这比明文规定的法律规范和规章制度还要厉害。如果在一个圈子里，谁不遵守'潜规则'，谁可能会付出代价。上午开庭的那

个案件，开始原、被告都没有在法庭上承认在借款前收取利息的事实，就是个例子。在'潜规则'阴影下，社会各阶层出于不同的利益和处境，自觉地作出潜在的选择。'潜规则'是长期的封建专制社会遗留下来落后消极的历史糟粕，很多是由弱势者在不平等、不公开，出于无奈而按照强势者的要求行事的规则，在我国一时还难以消除，只有在民主与法制制度日益完善的情况下才能予以根除。"

方怡也深受感触地说道："'潜规则'还会导致人们对法律规范和规章制度的质疑而不能自觉遵守，很多事情如果你按照正当的规则要求办可能会行不通，但按'潜规则'的方法去办却能行得通。而且'潜规则'是拿不到台面上的、隐蔽的私下交易，严重地损害了公开、公正、平等的民主法制制度和有序的市场竞争环境。我认为通过法庭公开审理案件，是解决'潜规则'的一个重要途径，今天上午开庭，杨忠对双方隐蔽的事实，在法庭上公开进行深入的调查，双方有争议，可以在法庭上按照法定程序和规则，平等地发表各自的意见，使'潜规则'在法庭上公开化，用法律规范予以调整，这会消除'潜规则'的某些影响。"

董世明点着头，以示赞同并说道："是呀！法庭是讲理说法的舞台，公开审理案件，确实可以把'潜规则'的隐蔽性公开化，作为法官也要了解'潜规则'，否则，就不知其中的奥妙，这需要法官具备公正的信念以及审判经验和日常生活经验的积累。我的意思是，法官不但要掌握法律，而且要深入生活，懂得在现实生活中客观存在的正反两方面的规矩。"

方怡看了看表，笑着对董世明说道："现在正好是下午 2 点 30 分，我们收听一条最新的新闻。"她打开手机，传出了播音员的声音。

"本台消息：蓬山县人民法院于今天上午调解一起民间借贷纠纷案件。原告王某与被告胡某因 100 万元借款及利息引起纠纷，由于双方受各自利益的牵制，故意隐蔽某些事实，以'潜规则'进行借款交易，使某些事实难以查清。在庭审中，双方当事人和律师经过激烈的诉辩对抗，法官严格按照法律规定的程序和要求进行审理，运用经验法则、逻辑规则和法官的职业良知，对案件证据和事实作出准确的判断认定，使'潜规则'在法庭上亮相。双方当事人根据事实和法律握手言和，达成了调解协议。参加旁听的部分人民代表和有关人士对此作出高度评价，这将对解决由于民间借贷引起的某些社会问题，具有法律意义的影响……"

听完这则新闻，董世明对方怡说道："毕竟是大编辑，立即把这里的消息传送到了省级电台？"

方怡答道："这也算是我的工作内容吧，开庭结束后我立即写了这则新闻，发给省广播电台。以后我还要写关于民间借贷的调研文章。"她说着再看了一下手机问董世明："我们大学的同班同学周莺，应该没有忘记吧？"

董世明答道："怎么会忘记呢？你与周莺是我们班里最漂亮的女生，毕业后，我与她就没有联系了，你现在与她还有联系吗？"

方怡看一眼董世明说道："我当然与她有联系，她毕业后分配在省广播电台，现在是法律栏目的主编。上午开庭结束后，我立即把新闻发给她，现在就广播了。"她笑了笑继续说道："我向他介绍了你与杨忠的情况，他很高兴，说要来蓬山看看老同学。"

董世明急着对方怡说："能否现在请她来。现在从省城到蓬山只有两个小时的车程，请她来，可以与你一起，我们老同学聚一聚。"

方怡说道："我已经在中午代你向她发出邀请了，她也很高兴地接受了邀请。她对我说，一者来拜访你这个基层法院院长和杨忠审判长，还有呢，就是到杨忠家里，品尝俞彩芳烧的美味菜肴。因为我们在省城上学时，周莺与我一起，由彩芳为我们做厨，曾经品尝过她做的厨艺菜肴。她现在应该在来到蓬山的路上了。"

董世明高兴地拍了拍手"噢"了一声，伸出手指，指了指方怡说道："太好了！安排得自然妥帖，恰到好处，我们晚上一起到杨忠家品尝俞彩芳的厨艺佳肴。"

一百〇一

电话铃响了，董世明起身接听，是商务庭庭长杜蕾打来的，她在电话中说道："董院长，我们刚接到县公安局刑侦大队的电话，对本院上午审理的王彩凤与胡平民间借贷纠纷一案，公安机关正在侦查关于该案王彩凤委托他人到沈阳讨债，还有蓬山佳园房地产开发有限公司法定代表人何启德死亡的相关案情，现在已经派员来与我们联系调查该案的相关材料。杨忠和合议庭成员正在准备一下该案相关的材料。"

董世明对杜蕾说："民事诉讼法和相关司法解释有规定，法院在审理民事纠纷案件过程中，涉及公安机关正在侦查的犯罪事实，与本案有牵连，应当将相关犯罪嫌疑线索、材料移送公安机关查处，但对民事诉讼纠纷案件继续审理。王彩凤与胡平民间借贷纠纷，已经达成调解协议，调解书是否已经送达？"

杜蕾答道："已经送达了，现在杨忠正在准备公安机关侦查所需的相关材料。"

董世明搁下电话后，方怡说道："我还想到县公安局去走访一下，了解与民间借贷相关的社会治安和犯罪问题。"

董世明看了看表说："现在已经下午三点，五点我来接你。"

方怡说道："好！届时我打电话给你，周莺到蓬山后，我会带她一起来的。"

<h2 style="text-align:center">一百〇二</h2>

胡平于下午2点收到法院的调解书后，立即准备资金，按调解协议所定的条款履行偿还王彩凤本金50万元以及利息10万元的义务。他已经凑了50万元，还欠10万元。在他的办公室里，正想打电话向朋友暂借10万元，放在桌上的手机却响了，他拿起手机接听，是王彩凤打给他的。

王彩凤在电话里的语气很温柔："喂，胡平，我是你王阿姨，我想现在到你那里去一趟，你有空吗？"

胡平以为王彩凤是急着向他要钱的，立即回答说："我已经准备了50万元，还差10万元的利息，现在正在想办法，今天一定会给你的。"

王彩凤说道："我不是向你要钱来的，是与你商量其他事情，我准备到你公司来看看，你在吗？"

胡平听得出，王彩凤并不是来要钱的，而真的有事来商量，于是答道："我就在公司，等待您的到来。"

过了不到一刻钟，王彩凤的轿车在蓬山中发投资咨询有限公司前停下了，她穿着一件黄色的披风，从容地走进了公司大门，胡平从自己办公室门口出来迎接。胡平还是按原来的称呼："王阿姨您好！欢迎光临！"王彩凤也称呼道："胡总好！"两人握了握手，胡平把王彩凤迎进了办公室，一起在沙发上坐下。负责公司接待客人的徐晓玲进来，为王彩凤泡了一杯茶放在茶几上，王彩凤用手指点了点茶几，说了声："谢谢！"徐晓玲答着："别客气！"就退了出去。

王彩凤对胡平说道："听说你们公司经营有道，特意来拜访，看到整洁有序的风貌，感觉真好啊。"

胡平说道："谢谢王阿姨的鼓励，我们公司在经营中体现了规范合作、齐心协力的力量，公司的经营方针和投资计划等重大事项，由股东大会决定。我们公司的股东人数越来越多，投入的资金也不断扩大，拟在近年变更注册为股份有限公司，尽快成为上市公司。"胡平说着站起来对王彩凤继续说道："您稍等一下，我先把那60万元钱准备好，打入您的银行账户。"

王彩凤摆了摆手说道："哎，我说过不是来要钱的，不要紧的呀，我们坐下再谈。我来这里，第一是向你说明一下已经过去的事情；第二就是来与你商量关于投资的问题，是向你请教来的。"

胡平说道："王阿姨不要客气，我们可以随便聊聊关于公司管理与投资的事，等一儿会公司的法律顾问陈其也要来，商量关于顺帆船业有限公司的债权处理问题，你来得太好了，可以一起为我出主意。"

王彩凤伸出双手，两个手心朝上拍了拍手，然后揉着双手说道："我正想与你商量这个事。首先请你能原谅我，现在我可以向你透露，我借给你的100万元资金，是某些领导的家属托我出借的，她们得知你把这个钱借给顺帆船业有限公司的，而且利息是3%，都乐意出借。因为当时你的信誉好，顺帆船业有限公司在我们县里还是实力型企业，想不到后来顺帆船业有限公司会变成这样，我几乎每天收到催讨这100万元借款的电话，也只能打官司，

向你要债这条路来解决我们的问题了。"

胡平笑着点了点头说道："我们要相互谅解，现在这个问题已经解决了。你说的领导家属，是否指干部的家属，就像法院林永平科长的老婆这样的人。"

王彩凤答道："是呀，在我心中，这些干部都称为领导，与我合作的有学校老师、医生还有银行工作的。由于你没有还给我100万元，他们向我催要，我就把这100万元先垫付出去，还给他们。对我与你打官司的事情，我找了其中几个领导的家属，想给法院打个招呼，但他们都说不能插手法院办案。你说林永平的家属马亚琴，她的话多，造成不好的影响，可林永平科长是个公私分明的人。我现在向你来解释这些，是希望你能谅解。另外，我听说顺帆船业有限公司的资产现在还有很多，但尚未得到处理。"

胡平对王彩凤称赞道："王阿姨真是人脉广、信息灵呀。"

他们在交谈中，陈其律师穿着一件咖啡色的大衣走了进来，立即与王彩凤打招呼："王老板好！"王彩凤答道："陈律师好！"她站起来与陈其握了握手一起坐下。

胡平对陈其说道："你来得正好，王阿姨正在与我谈顺帆船业有限公司的资产问题，还有关于投资的问题，请你介绍一下。"然后为陈其泡了一杯茶。

陈其喝了一口茶对胡平说："我是专程到这里来与你谈这个事情的。"他望着王彩凤继续说道："王老板也一起合计合计。"

王彩凤带着笑容，显得很乐意听陈其的介绍，她点着头说："好啊，我很想了解这些情况，向你们年轻人取经学习。"

陈其说道："中午，顺帆船业有限公司的董事长张鑫明来我的律师事务所，向我介绍了公司的相关情况。他所讲的问题，与我们已经了解的情况基本相符。"胡平问道："是他来找你的？"

陈其答道："是呀！上午他听到了你与王老板在法庭上开庭的消息，是由于他的公司没有还给你300万元借款引起的，觉得很对不起你。然后向我来说明公司的情况和他的一些意见。"

胡平会意地点点头说道："快说来听听。"

陈其："经我们以前的考察了解以及上午张鑫明所介绍的情况，目前顺帆船业有限公司的资产与债务基本能够持平，公司能够抵押的土地、厂房和设备等，大部分已经向银行和其他金融机构办理了抵押贷款登记，其中部分设备是融资租赁取得的。我讲的上述资产与债务能基本持平，不包括无形资产。刚才张鑫明对我说，顺帆船业有限公司已经取得国家专利的产品项目有50多个，还有公司商标品牌和国际国内的销售网络尚可以利用。并把有关证书和资料带来给我看了一下。"陈其说到这里问胡平："胡平，对顺帆船业有限公司的这些情况有疑问吗？"

胡平答道："顺帆船业有限公司的银行贷款都有抵押担保，应该是属实的，如果这些抵押的资产出售变现，能抵过全部银行贷款本息吗？公司没有设定抵押的债务有多少呢？包括公司欠员工的工资、社保统筹费用，这些问题的处理都是很棘手的。"王彩凤在旁听得很认真，尽管她不完全了解这些问题，但还是能够领悟到其中的主要内容，她补充说："我听说顺帆船业有限公司的职工，大部分已经与公司脱离了关系，留下的只是少部分管理人员。"

陈其："顺帆船业有限公司抵押的资产与银行贷款相抵，是能抵过的，但其他债务就很难说了。我与张鑫明初步算了一下，没有抵押的债务大约是3000万元。主要有：第一，欠民间借贷约1100万元，这1100万元中300万元是胡平的，另有400万元是向公司员工借的，还有400万元是以高利息向社会借入的，这与在公司经营困难时，向胡平借的300万元性质差不多。第二，欠应付款项，主要所欠的货款、加工款等大约2500万元。第三，工资100万元、税款300万元。"

陈其说到这里停了一下，看了一下胡平和王彩凤问道："胡平、王老板，如果现在收购顺帆船业有限公司是否有把握？"

胡平点了点头，以示可以，但没有发言，他想先听听王彩凤对此抱有什么打算。

王彩凤看着陈其说道："我对这个事是外行的，还是陈律师你来讲讲，我想听听你的意见。"

胡平听得出来，王彩凤对收购顺帆船业有限公司的事情感兴趣，就开门见山地问陈其："如果这个公司现在要全面经营运作，大约需要多少启动资金？"

陈其说道："这就是问题的关键所在，胡总经理毕竟是投资的行家里手，一句话切中要害。我现在来谈谈已经掌握的情况和想法。"

王彩凤连声说："好呀，好呀！快讲来听听。"

陈其："首先，偿还银行借款问题，顺帆船业有限公司抵押贷款的厂房、船坞、设备等，有一部分是租赁给他人使用的，租赁费偿还了银行的大部分贷款利息，由公司的部分主管和技术骨干留守管理并且从事简单的加工等经营活动。新股东收购时，应该把公司原来所欠的部分利息全部还清，然后由新股东向银行提供担保，重新办理抵押贷款，如果所有的贷款本息都得到偿还，那么顺帆船业有限公司的抵押贷款转移问题就解决了。其次，没有抵押的债务大约是3000万元，其中欠民间借贷约1100万元，胡平的300万元占民间借贷总数的28%，另有400万元是向公司员工借的，这些员工是公司的技术骨干或部门主管，很多是对公司有过贡献，把公司发给的奖金和较高的薪水收入所积蓄的资金，以1.2%的月息再出借给公司，在公司经营辉煌时，作为这些骨干力量的福利收入。公司的这些骨干力量，现在大部分并没有与公司解除劳动合同关系，如果收购了公司，可以继续聘请他们担任职务。胡平的300万元借款和另外的400万元民间借贷，这是在公司经营困难时，以高利息借入的，如果利息算起来已经有很大的数目，我打算动员这些民间借贷的债权人包括胡平、还有公司的部门主管和技术骨干，以债权入股，至于利息怎么算，可以协商，这样，1100万元民间借贷问题就解决了。对其他欠应付款项，主要是所欠的货款、加工款等大约2500万元，涉及的单位和个人较多，数额有大有小，我打算用多种方式解决：第一，公司的应收款抵应付款，公司的应收款尚有3000多万元，在收购时可以与那些债主协商，把其他人欠顺帆船业有限公司的债转让给他们，以抵过所欠的货款和加工款等债务。第二，动员入股，主要针对数额大的客户，这2500万元的应付款就解决了。第三，所欠职工的工资100万元和税款300万元。这需要拿出400万元的现金来解决，所欠工资主要是公司留守下来的管理人员，在留守期间公司只发了一半工资，另一半已经拖欠了好几年了，若收购成功，所欠的100万元工资是应当支付的。还有 300 万元税款，是公司在正常经营时欠下的，停产后，没有资金交付所欠的税款，公司就无法向客户开具发票，假如收购成功，所欠的 300 万元收款马上缴付，公司就可以向客户开具发票，要回部分应收款。这样算起来，如果收购公司，需要马上支付的工资和税款 400 万元，购买必要原辅材料等流动资金大约 200 万元，还有评估、审计等费用 50 万元，共 650 万元公司就可以启动运转了。"

听了陈其的上述介绍，王彩凤感到很受启发，她问陈其："公司收购后，那张鑫明和他的家族怎么办呢？"

陈其答道："顺帆船业有限公司的股权 95% 以上是张鑫明家族的，其中张鑫明个人就占了 60%，他已经明确表示，公司已经到了无法继续经营的地步，原来属于他的和他家族的股份全部以零资产转让。如果我们收购顺帆船业有限公司，也就是收购属于张鑫明家属的股权，要经审计评估确认，公司财产和债务相抵，资产为零，那么公司股权全部转让给我们，不需要支付一分钱，公司的资产、债务全部归新股东，只要准备好公司启动资金就可以正常经营了。"

胡平问道："现在有意向参与收购顺帆船业有限公司的人多吗？"

陈其答道："从停产到现在，有意向要收购顺帆船业有限公司的人很多，但是由于没有深入了解以及债务尚不完全明确的情况下，都没有实际行动，主要还是缺少牵头的人，来解决在收购过程中遇到的人财物的处理和相关的法律问题。我作为律师，应该做好这方面的法律服务，所以就与你以及相关的债权人牵头商量，以盘活顺帆船业有限公司资产，使之正常经营。"

胡平说道："我听说现在的法院院长董世明在担任海港镇镇长时，对企业资产重组、兼并、收购等很重视，镇政府有专门协调和指导这方面工作的人。"

陈其点了点头说道："前几天到了海港镇政府调查一个案件事实，负责企业改革的镇工办周主任对我介绍了这方面的情况，他对我说，从 2012 年开始，董世明镇长提出，要引导企业创新、接受先进的管理方法，让企业在激烈的市场竞争中充满活力，制定科学合理的管理规则，按照优胜劣汰的法则，建立必要的市场准入与退出制度。董镇长为此设立了专门的班子，对海港镇

的一些企业进行了兼并、重组和收购。如对有污染而技术含量不高的砖瓦厂、印染厂等企业进行收购重组，收到很好的效果。我与周主任谈了很长时间，他还打算聘请我当他们的法律顾问。"

王彩凤问道："你们是否谈到过顺帆船业有限公司的情况？"

陈其说道："镇工办很重视顺帆船业有限公司的重组，已经由镇工办组织专业人员进行审计评估。我与周主任谈过，应当把原来的家族企业，通过重组后，改变为众多的投资者，公司股东大会决定经营方针和经营计划，选举董事、监事，严格按照法律和公司章程的规定办。我已经与有关的债权人接头，他们大多数都愿意以债权入股，胡平也是的。紧接着就要准备启动资金，王阿姨是否也加入收购顺帆船业有限公司的行列？"

王彩凤爽快地答道："我今天来到这里，就是来了解这个事的，听了很受启发，我愿意与你们一起出资收购这个公司，若需要启动资金，我可以投入其中一部分。"

对王彩凤的表态，胡平心中非常高兴。他了解王彩凤当过企业会计，当过信用社从事信贷工作的经理，主要还是她精于管理，有较广的人脉圈，要是她能参与一起投资管理，一定能发挥她的所长呀。胡平想到了今天应当偿还王彩凤60万元借款本息的义务，就对王彩凤说道："王阿姨，我已经准备了50万元，现在打入你的银行账户，另外10万元，一会儿再……"

王彩凤摆了摆手，打住了胡平的话说道："你已经准备好的50万元可以汇到我的银行账户，另有10万元的利息，先不要急，我还要与你一起投资呀，这10万元以及尚有的利息，可以作为投资考虑。"她停了一下，看着陈其说道："就这样吧，陈律师也在，以后我们要很好地合作，胡平尚欠的利息，先不要支付，等投资问题确定后再决定吧。"陈其立即说道："能与王老板合作，我感到非常高兴。"

王彩凤从沙发上站起来说道："今天很高兴与你们一起谈论收购企业的话题，你们很忙，我也有点事，先走了。"说着与陈其握手道别，然后对胡平说道："胡平，我还想单独与你说几句话，我们边走边聊好吗？"胡平答道："好啊！我也应该送送你。"两个人走出办公室，王彩凤轻声地对胡平说道："胡平呀，我看莹莹这个姑娘很不错的，你们之间有这么长时间的磨合过程，应当非常了解，这是很难得的。"说到这里，她停顿了一下，想看看胡平对此反应。

胡平与王彩凤刚走出蓬山中发投资咨询有限公司大门，一阵冷风呼啸而过，胡平凝望着头顶那片飘动的浮云，心中感到内疚和不安，他对王彩凤默默地说道："我觉得很对不起她。"然后继续对王彩凤说："我们都对不起她。"王彩凤点了点头说道："我想在近段时间抽个时间到她丽水老家去看看，请她回到蓬山 N 银行来工作，到时候你也与她联系沟通一下怎样？"胡平的脸上露出了微笑，立即答应说："好啊！我们一定要请她回来。"

一百〇三

冬天的下午，已到下班的时间，多云转阴，天色暗了下来，蓬山法院的办公室里都已经亮起了灯光。董世明在自己的办公室里正在草拟年初工作计划提纲，放在桌子上的手机响了。电话是方怡打来的，"董院长，你不要来接我们了，公安局的同志已经带我与周莺到杨忠家里了，彩芳现在正在准备丰盛的菜肴呐"。

董世明说道："哦！大编辑真不一样呀，还有专门领路护驾的人。"

方怡笑着说："我与周莺在公安局了解了一些有关民间借贷的情况，公安局的同志讲到了集资诈骗、非法吸收公众存款，还有因民间借贷讨债引起的非法拘禁、伤害甚至杀人等案件，然后把我们带到了杨忠家。现在我们等你和你太太过来，再请教你关于解决这些问题的办法。"

董世明说道："这个嘛，等一儿会请杨忠与你们讲讲吧。"方怡在电话里兴奋地叫道："哎！世明呀，现在我已经闻到香喷喷的熏鱼味道，还有杭州、宁波口味的糟骨头、咸冬瓜，都是你我喜欢的上好佳肴啊，你可快点过来呀！"

"哈哈……"董世明笑着说道："被你这一讲，我还真的馋了。我对你说，这是花重金也尝不到的美味，你知道俞彩芳是食品检测专业的高才生，也是当今食品安全的专家，对菜肴的口感以及营养和环保等问题研究颇深，

她的厨艺超过了厨师。"方怡说道:"难得到这里品尝呀。"挂了电话,董世明望着院内办公室大多数灯光已经熄灭,是下班的时间了。

杨忠在办公室向公安局刑侦大队的两位警官介绍了王彩凤与胡平民间借贷纠纷一案,有关王彩凤委托陆虎等人讨债的经过,对何启德的妻子来法院反映情况的资料作了整理,两位警官听了杨忠的介绍并复印了有关资料后,与杨忠告辞而去。

董世明拨通了杨忠的手机说道:"杨忠,今天有京城和省城来的老同学一起到你家聚会,我也沾她们的光了,下班我们一起走吧。"他看着正在草拟的新年工作计划提纲,对杨忠说道:"有空请你到我办公室来一下。"

杨忠答道:"好的!"

杨忠与董世明一起坐到沙发上说道:"王彩凤与胡平的民间借贷纠纷,还涉及2008年一起抢劫案件,犯罪嫌疑人是白鸿炎,外号八爷,最近已经被公安机关刑事拘留,另一名犯罪嫌疑人应从生也被警方控制。"董世明听了杨忠的介绍,哦了一声,从语气和神态上看出他很想了解这个案情,他问道:"那个应从生也是犯罪嫌疑人?"

杨忠接着道:"刚才公安局的同志向我简单介绍了这个案情。2008年7月,王彩凤请白鸿炎,就是那个八爷去沈阳找蓬山佳园房地产开发有限公司的法定代表人何启德讨债。在讨债过程中发现何启德身上带着很多数量的现金,并且得知何启德租住在郊区一个村边的平房里。2008年8月2日的夜里,白鸿炎突然闯入何启德租住的房间,要何启德拿出现金。何启德拿起床上的一个包,夺门向外跑,白鸿炎就在后面追,何启德在惊恐中逃跑,把那个包也掉了,他转身想捡回,看到白鸿炎手里拿着一把匕首直扑过来,转身又跑,并喊着:'来人哪!来人哪!'在横穿一条马路时,正好撞到一辆快速行驶的卡车,何启德当场被卡车撞倒死亡。白鸿炎捡起何启德的那个包就逃之夭夭了。"

杨忠说到这里停顿了一下,董世明插问了一句:"那个应从生与这抢劫案件是怎么牵连的?"杨忠继续说道:"白鸿炎抢得何启德的那个包里,装有现金60多万元,第二天他就到上海'白相'去了。应从生与白鸿炎在蓬山时经常一起喝酒,称兄道弟亲密得很。白鸿炎到了上海,在虹口机场碰到正在广西做传销到上海的应从生。白鸿炎很大方,请应从生住到一家五星级酒店吃喝玩乐了两天。应从生了解白鸿炎是做保安的，没有钱的，怎么一下子变得如此阔气？他试探着问白鸿炎最近发了什么财，白鸿炎告诉他，是运气好，做了几笔买卖赚了几十万元。应从生说，这几十万元，可以帮他放利息，每月保证能得到可观的利息。白鸿炎很高兴，把抢得的 60 万元钱借给应从生，每个月收取 1 万元利息。何启德死亡后，公安机关对他的死因进行过侦查，但是没有证据线索，就按一般的交通事故处理。后来这个白鸿炎又多次抢劫作案，前段时间，公安机关根据受害人的报案，还有何启德的妻子所写的书面举报材料，经立案侦查后，掌握了白鸿炎实施抢劫的主要犯罪事实，对他采取了刑事拘留。根据白鸿炎的交代，最大的一笔是向何启德抢劫得到的 60 多万元。公安机关查了有关白鸿炎的银行账户资金往来情况，同时对王彩凤、陆虎、王阿三等人的银行往来账户也进行过调查。公安机关重点对应从生的银行账户进行了侦查，因为他的银行账户多达几十个，往来资金数额巨大，涉及很多赃款、来源不明的外汇等，还涉及很多投资公司和个人的资金联系，包括应从生与王阿三共同经营的投资公司，但大部分的资金往来，是通过应从生个人的银行账户处理的。公安机关认定，这是个地下钱庄，涉及很多犯罪的赃款转移、非法买卖外汇、走私等犯罪行为。现在公安机关已经采取了相应的措施，防止应从生外逃，并冻结了他个人的所有银行账户。"

董世明听了杨忠的介绍，凝重地说道："这地下钱庄与民间借贷有一定的联系，涉及洗钱、外汇管理等问题。如果大量性质不明的资金游离于国家金融监管体系之外，就会扰乱金融秩序，甚至影响社会治安。刚才方怡在电话中对我说，她要了解有关集资诈骗，还有因民间借贷讨债引起的非法拘禁、伤害甚至杀人等案件，请你为她们讲讲解决这些问题的办法。"

杨忠说道："探索对民间资金的管理和防范地下钱庄活动的措施，确实很有必要。这需要金融管理、公安、司法机关等部门的相互配合，加强治理的力度。"

一百〇四

董世明语气平稳地问杨忠："新年伊始，我刚担任院长，同志们有什么

要求和反映？"

　　杨忠答道："同志们都对你寄予了期望。法官依法独立行使审判权，实现司法公正，需要有个善于协调、敢于担当的好院长。"他略作思考继续对董世明说道："最近，丁连斌与我多次讲到，他要辞职，过去他曾写过辞职报告，还有几个年轻的法官也提过辞职的要求。基层法院的法官工作辛苦，承担的责任也大，而经济收入与普通律师相比，却差得很远。法官除了开庭、书写裁判文书以外，还要完成各级领导布置的司法管理、考核任务，而对案件的最后裁决权却往往不是法官决定的，法官受制于庭长、院长行政式的管理，也就是"审者不判，判者不审"，"审者无权，判者无责"。

　　董世明认真听着没有出声，杨忠说道："可能我有点言重吧？"董世明摇着头说道："不！你讲得很好，很实际！过去我只是听说这些情况，但没想到立马就要落实到我的工作之中，我正在思考如何解决这些难题。中央已经提出深化司法体制改革，实现社会公平正义。我们要树立信心，克服困难。今天时间不早了，以后再探讨吧。"

一百〇五

　　董世明驾驶着他的帕萨特，杨忠坐在副驾驶位，驶入繁华的马路上。拥挤的车辆排起了长龙，在路上徐徐前行，还有电瓶车、自行车和行人都急匆匆地赶路。董世明说道："社会应当在法治下前行，要营造和谐有序的现代社会，我们的任务还是很艰巨。"杨忠想起了屈原的诗句念道："路漫漫其修远兮，吾将上下而求索。"

翁华杰

2015 年 11 月 25 日 6 时于宁波象山完稿

后　记

这是我写的第一本小说，历时 1 年 5 个月完成。小说完稿之际，在后记中借此对本小说以及民间借贷的几个问题进行一下梳理：

、小说写的是一起民间借贷纠纷案

什么是民间借贷？《最高人民法院关于审理民间借贷案件适用法律若干问题的规定》第 1 条第 1 款规定："本规定所称的民间借贷，是指自然人、法人、其他组织之间及其相互之间进行资金融通的行为。"由此可见，民间借贷的主体具有相当的广泛性，包括了全部具有民事主体资格的人。一方面，民间借贷作为一种历史悠久的资金融通现象，在目前的经济活动中，仍然以其简便、灵活的方式、广泛而丰富的资金来源等优势，活跃于资金市场，对解决急需资金的生产、经营者融资难，促进市场经济的发展起到积极作用。另一方面，由于民间借贷在交易中利率的放任性、强烈的逐利性以及交易的隐蔽性等特点，存有严重的风险隐患，甚至影响社会稳定。我们已经可以看到一些人，因为从事民间借贷、追求高利息而丧失理智，造成倾家荡产甚至付出生命的代价，还有的走上了集资诈骗、非法吸收公众存款等犯罪道路。

近年来，民间借贷呈现迅猛的发展势头，从形式上，不仅仅是单一的借贷两方的交易，还有通过 P2P 网络借贷平台从事民间借贷活动；有的与典当行、小额贷款公司等相互发挥作用，在经济发达地区，民间资本以扩股增资、转让股权、重组、新设等形式入股非银行业机构，对产权和股权以及金融业造成很大的影响。作者着力于将自己在审判实践中遇到的典型民间借贷纠纷案件，通过小说的形式展示民间借贷引起的上述正反两方面的社会关系和法律现象。

二、民间借贷的一个关键问题是利率

民间借贷不同于金融借贷的利率，它没有统一的利率标准和要求，出借人为追求高额利息，不顾风险把资金投放于民间资金市场。我们平时称高利贷，这个定义现在很难，只能以合理的利率标准才能确定什么是高利贷。作者在写作过程中，对民间借贷的利率问题，查阅了很多历史资料和现行规定，结合长期的审判实践，探讨民间借贷的利率标准。

小说在很多章节中提到了利率标准问题：（1）最高法院于1952年11月27日，向当时的东北分院作过一个回复，认为民间借贷一般不能超过3%的月利率标准。（2）最高人民法院于1991年8月发布《关于人民法院审理借贷案件的若干意见》的司法解释规定："六、……最高不得超过银行同类贷款利率的四倍（包含利率本数）。超出此限度的，超出部分的利息不予保护。"作者查了1991年的银行贷款基准利率，当年一至三年期贷款基准利率是9%，最高院关于四倍的年利率限定，正好是36%。（3）央行于2002年1月下发了《中国人民银行关于取缔地下钱庄及打击高利贷行为的通知》规定："民间个人借贷利率由借贷双方协商确定，但双方协商的利率不得超过中国人民银行公布的金融机构同期、同档次贷款利率（不含浮动）的4倍。超过上述标准的，应界定为高利借贷行为。"上述规定，确定了新中国成立后至改革开放期间的民间借贷利率标准，最高院和央行只规定超出银行同类利率四倍的利率不予保护，并没有规定如何处罚高利贷的问题。（4）我国古代，如清朝法律规定，民间放贷及典当，每月利息不得超过三分，也就是年利率不得超过36%。当时相应的惩罚措施也非常严厉，规定"放贷人收取利息每月超过三分的，笞四十，严重者杖八十"。对此，作者曾查阅过清朝有关因放高利贷而受到处罚的案件历史资料，但尚未查到此类案例。

前几年，人民法院在审理民间借贷纠纷案件中，对利率的标准，按不超过银行同期贷款基准利率的四倍为标准进行裁判，由于基准利率在调整，标准也同样在调整，有时候是月利率在2%以下，有时候月利率超过2%。最高人民法院于2015年8月6日发布《最高人民法院关于审理民间借贷案件适用法律若干问题的规定》，自2015年9月1日起施行。此时，我对本书的写作已经基本完成，发表在榕树下网站。当我看到最高院这个规定时很激动，认为当时在小说中写的利率问题，与这个规定是一致的。

三、依法完善和规范民间借贷行为

1. 政府和相关部门对民间借贷的事前的监管很有必要。有关民间借贷的广告信息随处可见，如"提供创业贷款、资金周转急贷、消费贷款、装修贷款；手续简单，快速放贷；1分钟申请，10分钟审核，即刻放款；0抵押0担保，贷款额度高"等。民间借贷手续简单方便，这是基于借贷关系是建立在交易双方的信任关系基础之上的，虽然有部分民间借贷有担保，但是大多是无担保的。因此，作者没有把担保法律关系写进小说，以突出借贷关系。

由于目前法律法规以及相关部门的规章，对民间借贷的事前规范尚不完善。往往是发生了事情后政府才出面管，即事后监管。如负有巨额民间借贷债务的企业或个人，发生无法偿还债务而跑路的；因涉及面广可能影响社会稳定的等。此时就需要由政府机关和相关部门协商解决了。如何加强事前监管，发挥政府、司法部门、中介组织和相关部门的相互作用，越来越受到有关领导的重视。

2. 应当尽快制定完善民间借贷的相关法律法规，如可以对民间借贷管理服务公司进行试点经营，开展经常的民间借贷中介业务，让民间借贷在阳光下规范运行等。引导民间闲散资金投向具有发展前景的高科技企业和信誉好的成长型中小企业。

3. 对民间借贷的利率，根据《最高人民法院关于审理民间借贷案件适用法律若干问题的规定》，以年利率24%、36%两个具体数字划分了"两线三区"：第一条线，年利率在24%以内的，法院判决予以支持；第二条线，年利率在36%以上的，借款人有权请求出借人返还已支付的超过年利率36%部分的款项；"24%～36%这一部分把它作为一个自然债务，如果借款人已经偿还了这部分利息，之后又反悔要求偿还，法院判决不予支持。"作者认为，作为司法手段调整，对民间借贷的利率作出上限的规定是必要的，但这只是局限于民间借贷发生诉讼后才得到司法干预。对此可借鉴我国香港地区《放债人条例》，作出适当的利率上限，实行差别利率和浮动管理的规定。运用原则性与灵活性相结合的方法，妥善处理好消费性、经营性、投机性的借贷关系以及利率的合理性问题，对民间借贷的监管更为具体实际。上述这些问题，在小说中均有详细的故事情节描述。

最后，对关心、指导、帮助、支持我完成本书写作的朋友们，表示衷心的感谢！

翁华杰

2016 年 7 月 29 日